Brook und der Skorpion

Cornelius Hartz, 1973 in Lübeck geboren, lebt seit der Schulzeit in Hamburg. Er arbeitet als freier Übersetzer, Lektor und Autor und ist nebenbei Betreuer des Literaturlabors Wolfenbüttel. Er hat einen Roman und mehrere Sachbücher veröffentlicht, die sich unter anderem mit den Themen Tod und Verbrechen beschäftigen. »Brook und der Skorpion« ist sein erster Kriminalroman.

CORNELIUS HARTZ

Brook und der Skorpion

KRIMINALROMAN

emons:

Bibliografische Information der Deutschen Bibliothek
Die Deutsche Bibliothek verzeichnet diese Publikation in der Deutschen Nationalbibliografie; detaillierte bibliografische Daten sind im Internet über http://dnb.d-nb.de abrufbar.

MIX
Papier aus verantwortungsvollen Quellen
FSC® C083411
FSC
www.fsc.org

Umschlagmotiv: photocase.de/jlokij
Umschlaggestaltung: Tobias Doetsch
Satz: César Satz & Grafik GmbH, Köln
Druck und Bindung: CPI – Clausen & Bosse, Leck
Printed in Germany 2013
ISBN 978-3-95451-077-1
Originalausgabe

Dieser Roman wurde vermittelt durch die Agentur EDITIO DIALOG,
Dr. Michael Wenzel, Lille, Frankreich (www.editio-dialog.com).

Für Catrin

Und es ward ihnen gegeben,
dass sie sie nicht töteten,
sondern sie quälten fünf Monate lang;
und ihre Qual war wie eine Qual vom Skorpion,
wenn er einen Menschen schlägt.
Offenbarung des Johannes 9,5

1

Es ist kalt. Meine Jacke ist zu dünn. Die Kälte dringt in alle Poren. Wenigstens regnet es nicht. Es sind dunkle Wolken am Himmel, aber es bleibt trocken. Hoffentlich. Da ist der Weg, der durch den Wald führt. Hier von der Straße aus, vom Gehweg, mitten in den Wald. Hohe, dunkle Bäume. Nadelbäume. Dort, wo ich vorhin noch war, gab es keine Bäume. Nur Wüste, Felsen, Geröll. Und die sengende Sonne. Aber ich gehe dorthin, wo ich meinen Auftrag erfüllen kann. Wenn mir nur nicht so kalt wäre. Mein Herz klopft. Ich spüre es im Hals.

Aber es ist alles in Ordnung. Ich tue das, wozu ich bestimmt bin. Meine Arbeitsutensilien sind auch noch da. Hier in meiner Jackentasche, ich fühle sie von außen, wenn ich mit der Hand darüberfahre. Der Rest ist in der Plastiktüte. Seil, Handschuhe, Klebeband, Reinigungstücher.

Gleich ist es so weit, gleich wird es geschehen. Endlich wird mir warm. Der Mut gibt mir Kraft, gibt mir Wärme. Von innen. Es riecht gut. Nach Erde und Tannennadeln. Dass diese Welt so riechen kann. Die falsche Welt. Dass sie überhaupt nach etwas riecht. Als wäre alles um mich herum echt. Etwa hundert Schritte bin ich gegangen. Hier ist es, hier treffen wir uns. Und dort, abseits des Weges, wird es geschehen. Hier werde ich warten, bis er kommt.

Und dann wird sich der Plan erfüllen. Durch mich. Nur auf mich kommt es an. Was ich tue, wird entscheidend sein für den Fortgang von allem, für die Zukunft der Menschheit. Es ist jetzt kurz vor halb sieben. Der Junge ist noch nicht in Sicht. Ob er sich verspätet? Nein, das kann nicht sein. Er muss kommen. Schließlich ist das der Plan. Und beim Plan wird nichts schiefgehen.

Es ist schließlich nicht mein Plan.

Ich bin nur das Werkzeug.

2

Ein Dienstagmorgen Anfang September, im Wald am Rande eines kleinen Ortes in Schleswig-Holstein. Es regnete. Dicke Tropfen fielen zwischen den Bäumen herab, hohe Kiefern, dazwischen kleinere Laubbäume. Am Himmel schoben einander schwere graue Wolken hin und her. Seit Stunden regnete es. Der Waldboden war feucht und weich, man sank bis über die Sohle mit den Schuhen ein, wenn man den ausgetretenen Pfad, der hier von der Straße in den Sachsenwald führte, verließ.

Kriminalhauptkommissar Gunwald Brook hasste Niederschlag, egal in welcher Form. Ein Regentropfen löste sich vom Rand der Kapuze seines weißen Schutzanzugs und rann seine Wange herab. Sobald es Herbst wurde, hatte er fast täglich das Gefühl, im falschen Land zu leben. Und nun stand er hier neben einem provisorisch errichteten Regenschutz aus einer Plastikplane und blickte auf einen Toten.

Wohltorf lag fünf Kilometer hinter der Hamburger Stadtgrenze, südöstlich der Stadt. Vom Ortskern hatten sie nichts gesehen, wenn es hier überhaupt einen gab und nicht nur ein paar Einfamilienhäuser. Hier wohnten wohl hauptsächlich Pendler.

Brook und sein Kollege, Kriminalkommissar Gerrit Hellkamp, waren über die B 5 gekommen, durch Bergedorf, Wentorf und über eine Landstraße direkt durch den Sachsenwald. Die Stelle hatten sie sofort gefunden: Ein örtlicher Polizeiwagen hatte am Straßenrand gestanden, davor und dahinter je eines ihrer Fahrzeuge. Eines musste dem Erkennungsdienst gehören. Dazu ein Mannschaftswagen und zwei Zivilfahrzeuge.

Ratzeburg, die Kreisstadt des Kreises Herzogtum Lauenburg, verfügte zwar über eine Kriminalpolizeistelle, aber die Kollegen waren so überlastet, dass die Polizeidirektion das Polizeikommissariat 37 in Hamburg-Wandsbek um Amtshilfe gebeten hatte. Was auch nicht weiter ungewöhnlich war, denn bei vielen Fällen, die sich im Hamburger Speckgürtel abspielten, führten die Spuren über kurz oder lang doch wieder in die Millionenstadt. Und da die Kollegen in Billstedt noch überlasteter waren als die Ratzeburger, war das Los, nach Wohltorf zu fahren, Gunwald Brook zugefallen.

»Morgen, Herr Hauptkommissar«, bellte Kriminalmeister Lejeune, der wie immer vor ihnen am Einsatzort eingetroffen war, durch den Mundschutz.

Brook zuckte zusammen. Er hatte den jungen Mann nicht erkannt, in den weißen Schutzanzügen sahen sie alle gleich aus. Der Kommissar mochte Lejeune nicht besonders, denn er hatte immer das Gefühl, dass jener selbst nach Jahren bei der Kriminalpolizei seine Unsicherheit durch lautes Reden und bemüht lustige Kommentare zu kaschieren suchte.

»Wie Sie sehen, sehen Sie nichts«, sagte Lejeune. »Ich glaube, da müssen wir dann doch auf die Rechtsmedizin warten.«

Brook musste zugeben, dass Lejeune nicht ganz unrecht hatte. Der Mann, der vor ihnen an den Baum gefesselt war, war ohne Zweifel tot. Aber auf den ersten Blick war die Todesursache nicht zu erkennen.

Brook trat unter die Plastikplane und ging näher an den Toten heran. Er schätzte ihn auf achtzehn oder neunzehn. Kurze dunkle Haare, eine schmale Nase, ein großer goldener Ohrring. Unter der offenen dunkelblauen Jeansjacke ein grünes T-Shirt, schwarze Jeans, Turnschuhe. Der Tote saß mit dem Rücken zum Baum auf dem Boden, die Beine waren eingeknickt.

Brook versuchte, sich das Bild so genau wie möglich einzuprägen.

Eine seltsame Stellung.

Die Arme des jungen Mannes waren rückwärts um den Baumstamm geschlungen. Hinter dem Baum hatte jemand die Hände mit einem Strick gefesselt, diesen dann mehrmals um den Stamm gewickelt und schließlich unten um die Fußgelenke gebunden, um sie so zu fixieren.

Die Augenlider des Toten waren geschlossen, der Mund mit breitem grauem Klebeband zugeklebt.

Brook beugte sich hinunter und betrachtete die Leiche genau. Es waren keinerlei oberflächliche Zeichen von Gewalteinwirkung zu erkennen. Das Einzige, was ihm auffiel, war, dass die Jeans vorn im Schritt feucht, geradezu nass war. Aber dass sich einem Toten nach dem Ableben die Blase entleerte, war nicht ungewöhnlich.

Er blickte wieder hoch und sah dem toten jungen Mann ins Gesicht. Aus dem Nasenloch krabbelte eine große Ameise.

Brook schüttelte den Kopf. Sicher, sie waren hier mitten im Wald, aber musste die Natur sich so schnell des Toten bemächtigen?

»Hat der Erkennungsdienst schon Ergebnisse?«, fragte er in die Runde, als er sich wieder aufgerichtet hatte.

»Wie man's nimmt«, sagte Lejeune eifrig.

»Was soll das heißen?«

»Durch den starken Regen letzte Nacht scheint sich so ziemlich alles, was man eine Spur hätte nennen können, in Wohlgefallen aufgelöst zu haben. Ein bisschen vom Weg ab in diese Richtung gerade mal ein verwertbarer Fußabdruck an einer etwas lehmigen Stelle. Aber der stammt wohl vom Opfer.«

»Na prima.« Das erhellte Brooks Laune nicht gerade. »Wer hat die Leiche entdeckt?«

»Ein alter Mann. Ein Herr … äh …« Lejeune antwortete, ohne die Antwort zu wissen. Er blätterte in einem kleinen Notizbuch. Endlich wurde er fündig. »Ein Herr Scharnemann.«

»Ist der hier noch irgendwo?«

»Herr Scharnemann?«

»Ja.«

»Nein.«

Brook schaute gequält. »Und?«

»Und was?« Lejeune blickte den Kommissar fragend an.

»Und wann hat Herr Scharnemann die Leiche entdeckt? Und wie genau?«

»Beim Spazierengehen im Wald, mit seinem Hund. Also beim Gassigehen, sozusagen.«

»Ich weiß schon, was man mit einem Hund im Wald macht. Wann war das?«

»Heute Morgen um Viertel nach sechs.«

Armer Mensch. Brook hatte keinen Hund. Es reichte ihm schon, wenn er morgens um halb acht zu Hause am Telefon erfuhr, dass er eine Viertelstunde später von Hellkamp abgeholt würde, um zu irgendeinem Tatort zu fahren. Aber morgens um sechs raus zum Gassigehen? Konnte man hier den Hund nicht einfach in den Garten lassen, damit er sein Geschäft erledigte? Seltsam.

Brook ertappte sich dabei, wie er schon wieder hinter einem

ganz alltäglichen Vorgang ein Vergehen, ein Verbrechen witterte. Er war jetzt fünfundfünfzig Jahre alt und schon so lange bei der Kriminalpolizei, dass er der Überzeugung war, dass man niemandem trauen konnte, den man nicht kannte. Vor allem im Dienst. Und erst recht im Zusammenhang mit einem Tötungsdelikt.

»Na gut, Lejeune, geben Sie mir mal die Adresse.«

Lejeune kritzelte Straße und Hausnummer auf eine Seite seines kleinen Notizblocks, riss sie ab und reichte sie Brook.

Der schaute darauf. »Wo ist das genau?«

»Wenn Sie hier vorn an die Straße kommen, nach links und dann die nächste, die rechts reingeht.«

»Okay, da gehen wir dann nachher mal vorbei. Ich nehme an, der Hund hat die Leiche entdeckt?«

»Ganz recht, Herr Hauptkommissar.«

»Was für ein Hund war das?« Brook wusste selbst nicht so recht, warum er die Frage stellte. Aber jedes kleine Detail konnte wichtig sein.

»Ein HSH.«

»Ein was, bitte?«

»Na, ein HSH. Hannoverscher Schweißhund. Sie sind wohl kein Hundeliebhaber, was?«

»Nicht wirklich.« Besserwisser. »Also ein … Schweißhund?«

»Ganz recht. ›Schweiß‹ nennt der Waidmann die Blutspur eines getroffenen Tieres. Ich glaube, der Herr Scharnemann ist Jäger.«

»Aha. Also ist das so eine Art Bluthund?«

»Genau. Ich nehme an, dass er das Blut am Tatort gerochen hat, und –«

»Sagen Sie mal, Hellkamp«, unterbrach Brook Lejeunes Ausführungen und wandte sich demonstrativ seinem anderen Kollegen zu, »sehen Sie hier irgendwo Blut?«

»Nicht wirklich.«

Seltsam, sehr seltsam.

Brook wollte sich gerade wieder der Leiche zuwenden, als er hinter sich eine bekannte näselnde Stimme hörte.

»Guten Morgen, die Herren!«

Es war Dr. Mann, der Rechtsmediziner. Endlich ein Lichtblick. Brook arbeitete gern mit Dr. Mann zusammen, dessen

Arbeitsweise seiner eigenen sehr ähnelte, wie er fand: schnell, schnörkellos, ergebnisorientiert.

»Schade«, sagte Dr. Mann zu Brook, als er ihm die Hand schüttelte, mit einem Blick nach oben, »gestern war es noch so schön. Na ja, dann wollen wir mal.«

Es dauerte eine Weile, bis die Polizisten die Leiche vom Baum geschnitten und auf eine Plastikplane gelegt hatten. Jeder Arbeitsschritt wurde per Foto- und Videokamera festgehalten. Brook bestand an jedem seiner Tatorte darauf, dass alles so gut wie möglich und bis ins kleinste Detail dokumentiert wurde, mehr noch, als es sowieso schon Vorschrift war. Oft genug hatte er später über einem Stapel Fotos gebrütet, bei dem dann ein kleiner Hinweis, eine winzige Kleinigkeit sich als Spur entpuppte und ihm und den Kollegen weiterhalf.

Dr. Mann holte jetzt ein Brillenetui aus seiner großen Ledertasche, nahm die Brille umständlich aus dem Etui, setzte sie auf und kniete sich hin, um die Leiche zu untersuchen. Mit ihm drängten sich unter dem Regenschutz nun zehn Personen um den hohen Baum, von dessen Rändern es so stark tropfte, dass man kaum merkte, dass der Regen nachgelassen hatte.

Brook entfernte sich einige Schritte, nahm den Mundschutz ab und betrachtete die Gegend. Er sah nicht unbedingt gern zu, wenn sich der Polizeiarzt an der Leiche zu schaffen machte. Das wunderte ihn manchmal selbst. Er hatte kein Problem damit, später die Unmengen an Fotos der Untersuchung anzuschauen, aber am Tatort wurde ihm immer ein wenig übel, wenn ein Rechtsmediziner an der Leiche herumhantierte, auch wenn hier in der Regel noch kein Schnitt angesetzt oder invasiv untersucht wurde. Wichtig war für ihn ohnehin nur das vorläufige Ergebnis der Untersuchung: Todeszeitpunkt, Todesursache, Fremdverschulden.

Mehrmals lief Brook den Weg vom Tatort zum Waldweg ab. Dann versuchte er, den Tatort in eine andere Richtung zu verlassen. Aber überall standen die Buchen, Birken und Kiefern so dicht, dass er nicht hindurchkam, ohne Spuren wie abgebrochene Äste oder Zweige zu hinterlassen. Und solche Spuren waren nirgends zu finden. Täter und Opfer mussten beide auf die gleiche Art und Weise an diesen Ort gekommen sein: direkt vom Weg aus, der von der Straße durch den Wald führte.

Als Brook wieder am Tatort angelangt war, sprach er einen der Kollegen vom Erkennungsdienst an: »Gab es irgendwelche Spuren, die darauf hinweisen, dass das Opfer unfreiwillig an diesen Ort gebracht wurde? Schleifspuren, so etwas in der Art?«

Der Mann schüttelte den Kopf. »Nein, nichts. Nach dem Regen ist es zwar ein wenig schwierig zu beurteilen, aber alles deutet darauf hin, dass Täter und Opfer zu Fuß hierhergekommen sind.«

Brook ging noch einmal zurück zum Waldweg. Es waren ungefähr hundert Meter. Er versuchte selbst, auf Spuren zu achten, soweit das überhaupt noch möglich war, jetzt, wo schon ein Dutzend Menschen hier entlanggegangen war und eine Art Trampelpfad hinterlassen hatte.

Nein, Schleifspuren waren nicht zu erkennen. Er grübelte. Natürlich könnte das Opfer mit Waffengewalt hierhergebracht worden sein. Oder es war getragen worden. Aber warum gerade hierher? Was war hier passiert?

Inzwischen war Brook wieder am Tatort angelangt, wo Dr. Mann gerade ein paar seiner Instrumente zurück in den Koffer legte.

»Der Pathologe ist fertig!«, krähte Lejeune, als er Brook kommen sah. Der hob eine Augenbraue.

Er wusste, was jetzt kommen musste, und ganz richtig bemerkte Dr. Mann trocken: »Ich muss doch bitten. Ich bin Forensiker, kein Pathologe, junger Mann. Rechtsmediziner. Das ist ein feiner Unterschied.«

Brook sah mit Genugtuung, wie Lejeune rot anlief.

Dr. Mann wandte sich jetzt an den Hauptkommissar: »So, ich bin hier jetzt erst einmal fertig. Kurz und knapp – voraussichtliche Todesursache: Blutverlust, Grund: Verletzungen im Genitalbereich, höchstwahrscheinlich auf Fremdeinwirkung zurückzuführen. Genaueres später im Labor.«

»Todeszeitpunkt?«, fragte Brook.

»Sehen Sie sich die Leiche an. Sie liegt flach auf dem Rücken.«

»Und?«

»Wie Sie sehen, ist die Leichenstarre noch nicht ganz abgeschlossen. Sonst hätten wir den jungen Mann nur auf die Seite legen können, ohne Schaden anzurichten. Bei der Stellung der Beine.«

»Das heißt?«

»Ich schätze, gestern Abend zwanzig Uhr. Ungefähr.« Damit packte er seinen Koffer zusammen.

»Mit den Kollegen habe ich vorhin schon telefoniert, sie verspäten sich ein wenig, kommen aber bald und holen die Leiche ab. Ich hoffe, ich komme heute noch dazu, mit dem jungen Mann weiterzumachen.«

»Gut, wir bleiben in Kontakt.«

»Sobald ich etwas habe, faxe ich es Ihnen. Ach ja, und … Brook?«

»Ja?«

»Bitten Sie die Kollegen, nach der Eichel des Opfers Ausschau zu halten. Die ist nämlich weg.«

Brook schüttelte es. Er blickte Dr. Mann nach, der zurück in Richtung Waldweg ging.

Die Spurensicherer durchsuchten nun die Kleidung des Toten genauer und stellten sicher, was er bei sich trug. Alles verschwand in durchsichtigen Plastiktüten.

Hellkamp stand dabei. Als Brook sich näherte, sagte er: »Ein Handy haben die Kollegen leider nicht gefunden. Auch keine Autoschlüssel übrigens.«

»Wissen wir immerhin schon, wer der Tote ist?«

»Ja, er hatte ein Portemonnaie bei sich, mit Personalausweis, Führerschein und HVV-Karte drin. Moment.« Hellkamp holte einen Notizblock aus der Tasche, schlug ihn auf und las vor: »Folke Kranert, wohnhaft in Hamburg-Billstedt, neunzehn Jahre.«

Neunzehn Jahre. Kaum angefangen, das Leben, und schon –

»Schauen Sie mal!«, unterbrach ein Kollege, der noch bei der Leiche kniete, die Gedanken des Hauptkommissars. Er hielt eine kleine durchsichtige Tube empor.

Brook trat heran und las die Beschriftung: »›Smooth Glide‹? Was ist das denn?«

Der Mann sah sich die Tube genauer an: »›Medical lubricant‹, das ist ein Gleitmittel. Außerdem hatte er fünf Kondome in der Jackentasche.«

»Interessant.«

Dr. Mann würde herausfinden, ob der Junge hier Sex gehabt hatte. Vielleicht war das Ganze eine Eifersuchtstat? Dass ausgerechnet die Genitalien verstümmelt waren, musste etwas zu bedeuten haben. Eine betrogene Freundin? Aber wie passte das Gleitgel dazu? Vielleicht ein betrogener Freund?

Zuerst einmal mussten sie mehr über den Toten herausfinden.

»Lejeune?«

»Jawohl, hier bei der Arbeit!«

»Wenn Sie nachher in die Dienstelle kommen, finden Sie heraus, wer die nächsten Angehörigen des Toten sind. Sie werden dann, sobald es geht, dorthin fahren und die Hinterbliebenen verständigen.«

Lejeune schluckte, und man merkte, dass er unsicher wurde. »Ich allein, Herr Hauptkommissar?«

»Nehmen Sie die Kollegin Matthiesen mit.«

Das schien den Kriminalmeister wieder zu beruhigen

Brook wies zwei der uniformierten Beamten an, vorn an der Straße von Haus zu Haus zu gehen und zu fragen, ob jemand irgendetwas beobachtet hätte.

»Kommen Sie«, rief Brook seinem Kollegen Hellkamp zu, »wir wollen mal den Mann besuchen, der die Leiche gefunden hat, diesen Herrn Scharnemann.«

»War das wirklich nötig, Lejeune zu den Angehörigen zu schicken?«, wollte Hellkamp wissen, als sie bei ihren Wagen angelangt waren und sich der Schutzkleidung entledigten.

»Ach, das wird er schon hinbekommen. Vermutlich lässt er eh die Matthiesen die ganze Arbeit machen. Aber irgendwie muss er mal seine vorlaute Art loswerden.«

Hellkamp schaute skeptisch. »Ob das die richtige Methode ist …?«

3

Das Haus des Hundebesitzers sah aus wie alle Häuser in dieser Straße.

Ein einstöckiger Bungalow aus den siebziger Jahren, kein Keller, niedriger Dachboden, breite gläserne Terrassentür. Über dem Klingelknopf war ein Messingschild angebracht, auf dem in verschnörkelter Schrift »Scharnemann« zu lesen war.

Brook drückte auf den Knopf, und ein lauter Gong war zu hören.

Nichts geschah. Eigentlich hatte Brook lautes Hundegebell erwartet, aber auch das blieb aus.

Sie standen eine Minute unschlüssig herum, Brook klingelte erneut.

»Hat er zu Lejeune gesagt, dass er wegmuss?«, fragte Brook.

Hellkamp zuckte mit den Achseln. »Vielleicht ist er noch mal mit dem Hund raus.«

Die dunklen Wolken hingen immer noch tief, und allmählich regnete es wieder etwas stärker. Auf einen Regenschirm hatten sie verzichtet, und Brook hoffte nun, dass sie nicht umsonst gekommen waren und durch den Regen zum Auto zurückgehen mussten.

Doch endlich rührte sich etwas im Inneren des Hauses. Sie hörten eine Tür klappen, und dann erschien ein älterer Mann in einem grün-blau längs gestreiften Bademantel, nicht zugebunden, sodass man sah, dass er darunter eine dunkle Anzughose und ein weißes Feinripp-Unterhemd trug. Das Hemd war fleckig. An den Füßen hatte er dunkelbraune lederne Hausschuhe. Brook schätzte ihn auf Anfang bis Mitte siebzig. Feine weiße Bartstoppeln umgaben seinen Mund, seine Gesichtsfarbe war leicht gräulich, das Haar noch voll und schneeweiß.

»Bitte um Entschuldigung«, sagte der Mann im Kasernenhofton, ohne Begrüßung. Er verströmte einen sauren, beißenden Geruch, als er den Mund aufmachte. Brook trat unwillkürlich einen Schritt zurück. »Ich war gerade noch im Bad.«

Zähne geputzt hat er da sicher nicht. Brook ekelte es.

Abwartend sah der alte Mann in der Tür stehend die beiden Männer an.

Brook zog routinemäßig den Dienstausweis aus dem Jackett und hielt ihn ihm kurz vor die Nase.

»Mein Name ist Kriminalhauptkommissar Brook, und das hier«, er wies mit einer leichten Handbewegung hinter sich, »ist mein Kollege, Kriminalkommissar Hellkamp. Wir kommen von der Polizeidirektion Hamburg-Ost.«

»Kriminalpolizei, ja, ja«, sagte der Alte in wissendem Tonfall.

»Herr Scharnemann?«

»Das bin ich.«

»Dürfen wir kurz hereinkommen?«

»Warum?«

Brook wurde ungeduldig. »Es regnet.«

»Aber Sie stehen doch unter dem Vordach.«

»Da haben Sie zwar ganz recht, aber ich glaube, es wäre drinnen doch ein wenig gemütlicher.«

Herr Scharnemann schien unschlüssig, sah wie hilfesuchend von Brook zu Hellkamp und zurück, dann auf seine eigenen Schuhe.

»Ich würde Sie wirklich ungern ins Haus lassen, habe nicht aufgeräumt.«

»Das ist mir egal, wir haben mit Ihnen zu reden.«

Brooks Tonfall war jetzt eine Spur schärfer, und endlich drehte sich Scharnemann mit einem Seufzer um und ließ die Polizisten herein.

Er ging voran durch einen kurzen Flur, und dann öffnete er die Tür zum Wohnzimmer.

Brook verschlug es den Atem. Der Gestank, der ihnen entgegenschlug, war geradezu unerträglich.

Er blickte sich um. Es sah aus, als hätte ein Wirbelsturm gewütet, Bücher lagen auf dem Boden und auf dem großen Esstisch, getragene Kleidungsstücke waren überall verteilt.

Mein Gott, ein Messie-Haushalt, schoss es ihm durch den Kopf.

Brook hatte so etwas Ähnliches schon öfter gesehen, aber es erstaunte ihn immer wieder, dass Menschen unter solchen Umständen leben konnten.

Überall standen volle Aschenbecher und leere, nicht abgewaschene Teller herum. Schmutziges Besteck, halb volle Gläser, in denen Schimmel auf dunklen Flüssigkeiten schwamm. Ein leer gefressener Hundenapf stach ihm ins Auge. Nur das dazugehörige Tier war nirgends zu sehen.

In Brooks Kopf stritten zwei Gefühle miteinander: Mitleid und Verärgerung. Mitleid mit dem alten Mann, um den sich niemand kümmerte, dem niemand half, der offenbar vollkommen allein war. Und Verärgerung über den Beruf, den er ausübte, der ihn in solch unangenehme Situationen zwang. In fremde Wohnungen einzudringen, seine Mitmenschen in eine Lage zu bringen, dass sie sich vor ihm schämen mussten. Auch Verärgerung über sich selbst, schließlich hatte er diesen Beruf gewählt.

Scharnemanns Gesicht hatte sich dunkel verfärbt. Es war ihm deutlich anzumerken, wie peinlich es ihm war, dass zwei Fremde in seinem Wohnzimmer standen und sahen, wie er hier hauste.

Brook machte eine kurze Kopfbewegung. Hellkamp verstand sofort, ging zur Terrassentür und öffnete sie weit. Frische, kühle Luft strömte herein. Herr Scharnemann band sich fröstelnd den Bademantel zu.

»Die Personalien hat mein Kollege vorhin schon aufgenommen, ist das richtig?«

Scharnemann nickte.

»Wir hätten trotzdem noch gerne ein paar Einzelheiten von Ihnen erfahren«, sagte Brook. »Erzählen Sie doch bitte noch einmal genau, wie Sie heute Morgen den … was heute Morgen passiert ist.«

Hellkamp holte einen Notizblock aus der Tasche. Ein eingespieltes Prozedere.

»Ja, also … Ich bin wie jeden Morgen mit Bruno hier vorne in den Wald gegangen. Ein Stück die Straße runter. Die Gutenbergstraße. Dann rechts in den Wald. Schöne Strecke, drei bis vier Kilometer.«

»Bruno ist Ihr Hund?«

»Sicher. Hannoverscher Schweißhund. Wundervolles Tier.«

Der alte Mann hatte sich jetzt wieder gefangen und redete laut und deutlich. Der Gedanke an den Hund hatte ihn offenbar seine Zurückhaltung und Scham vergessen lassen.

»Wo ist Ihr Hund denn jetzt?«, wollte Hellkamp wissen, der von seinem Notizblock aufsah.

»Die Kinder haben ihn.«

»Die Kinder? Ihre Enkel?«

Scharnemann schnaubte verächtlich. »Enkel! Lassen sich nie blicken. Nein, Kinder aus der Nachbarschaft. Wohnen da rechts um die Ecke. Gehen manchmal mit dem Hund. Ist ein liebes Tier, tut nichts.«

»Aber doch abgerichtet als Jagdhund, wenn ich es recht verstanden habe?«, warf Hellkamp ein.

»Das ist richtig. Ein Schweißhund. Ich bin Jäger aus Passion, wissen Sie. Habe aber schon lange nicht mehr … Na ja. Der Hund ist auch alt. Zwölf Jahre. Aber seine Nase ist immer noch gut.«

»Sie sind also mit dem Hund los«, nahm Brook den Faden wieder auf. »Wann war das genau?«

»Kurz nach sechs. Wie jeden Morgen. Kurz nach sechs.«

»Sie sind also in den Wald?«

»Jawoll.«

»Und dann?«

»Hat der Hund auf einmal Witterung aufgenommen. Und lief fort.«

»Hatten Sie den Hund nicht angeleint?«

»Nein, Bruno geht nicht gern an der Leine. Ich habe ihn aber im Griff, kein Problem.«

Brook sah ihn misstrauisch an.

»Wenn die Kinder mit ihm gehen, dann natürlich schon an der Leine«, fügte Scharnemann schnell hinzu.

»Der Hund lief also weg«, sagte Brook.

Scharnemann nickte. »Auf einmal war er fort. Dann bellte er. Hab ihn gerufen, aber er blieb weg. Meldete sich durch Bellen.«

»Ich nehme an, das tut der Hund normalerweise bei der Jagd?«

»Jawoll. Ein Schweißhund soll den Jäger zum angeschossenen Wild führen. Ist dazu ausgebildet, die Wundfährte zu erschnüffeln. Na ja, ich hab noch so bei mir gedacht: Sind hier Jäger unterwegs? Ist ja gar kein Jagdrevier. Ich dachte schon, ich müsste die Polizei rufen. Was ich dann ja auch musste.«

»Nicht so schnell, Herr Scharnemann«, griff Brook ein. »Sie sind also dann dorthin, wo der Hund war?«

»Jawoll. Ich musste mich ein wenig durch die Büsche zwängen. War ganz schön nass. Die Hose hängt noch zum Trocknen irgendwo.« Er schaute sich im Zimmer um und wirkte jetzt ein wenig zerstreut.

Brook räusperte sich. »Was genau fanden Sie dann vor?«

Scharnemann schien ihn nicht zu hören. Er sah sich immer noch um und murmelte vor sich hin. Der Mann, der eben noch mit fester Stimme in militärischem Tonfall erzählt hatte, kam Brook jetzt verwirrt und fahrig vor.

Vielleicht wollte er sich nicht daran erinnern, was er gesehen hatte. Wer findet schon gern eine Leiche? Brook hatte schon manches Mal erlebt, dass diese Menschen erschütterter waren als die Angehörigen des Toten, die er danach vom Ableben ihres Vaters, ihres Mannes, ihrer Schwester oder Tochter unterrichten musste.

Vielleicht war das auch verständlich. Sobald die Polizei in der Tür stand und sagte: »Wir haben leider eine schlechte Nachricht für Sie. Würden Sie sich bitte setzen?«, rechnete doch jeder mit dem Schlimmsten. Aber wenn ein Passant vollkommen ahnungslos einen blutüberströmten Leichnam entdeckte oder ein Kind mit starrem Blick und blau angelaufenen Lippen, vielleicht beim Sonntagsspaziergang oder beim Joggen, dann reichte oft schon die schiere Überrumpelung durch den Tod, das Böse, das, was jeder gern verdrängt, um einen Menschen aus der Bahn zu werfen.

Dennoch wollte Brook nicht riskieren, dass der alte Mann den Faden verlor.

»Herr Scharnemann, bitte. Was fanden Sie dort vor?«

Scharnemann war glücklicherweise wieder bei ihm. »Den Mann, der an den Baum gefesselt war. Der Hund saß daneben und bellte.«

»Können Sie uns noch ein paar Einzelheiten dazu erzählen?«

»Jawoll, Einzelheiten. Der Tote. An den Baum gefesselt. Arme hintenrum, ein Strick. Klebeband auf dem Mund.«

»Wussten Sie denn sofort, dass er tot ist?«, hakte Hellkamp nach.

Brook schaute ihn von der Seite an. Die gleiche Frage hätte er jetzt auch gestellt.

Sie arbeiteten schon lange zusammen und verstanden sich gut. Anfangs hatte es Brook gestört, dass sie oft die gleichen

Gedankengänge zu haben schienen, aber mit der Zeit hatte es sich immer öfter als wertvoll erwiesen – wenn auch meist in Situationen, wenn sie an verschiedenen Orten ermittelten, nicht zusammen wie jetzt gerade. In gewisser Weise war einer von ihnen beiden hier entbehrlich.

»Das sah man doch«, sagte Scharnemann.

»Ein wenig genauer.«

»Der Kopf heruntergesunken, rührte sich nicht.«

»Haben Sie den Puls gefühlt?«

»Wie bitte?« Der alte Mann sah den Hauptkommissar entsetzt an.

»Es hätte ja sein können, dass der Gefesselte nur verletzt war«, sagte Hellkamp. »Dass er Hilfe brauchte. Auf die Idee sind Sie wohl nicht gekommen? Dass Sie ihm hätten helfen können?«

Scharnemann machte große Augen. »Was? Der Mann lebte noch, als ich ihn …?« Er vollendete den Satz nicht. Angst sprach aus seinem Blick.

»Nein, nein, keine Sorge.« Brook ärgerte sich sofort über seine Wortwahl. Aber Scharnemann machte tatsächlich ein erleichtertes Gesicht.

»Haben Sie noch irgendetwas anderes beobachtet? Irgendetwas Auffälliges?«

Man sah dem alten Mann an, dass er nicht wusste, was Brook meinte. Er sagte nichts.

»Ist Ihnen jemand begegnet, haben Sie jemanden im Wald gesehen?«, versuchte Hellkamp es jetzt. »Oder am Waldrand?«

Scharnemann blickte ins Leere.

Einen Moment lang dachte Brook, er sei im Stehen und mit offenen Augen eingeschlafen.

»Ein Auto«, brachte er schließlich hervor.

Brook horchte auf. »Ein Auto?«

»Ja, gestern Abend. Ein Auto. Ist an mir vorbeigefahren.« Scharnemann wurde wieder munter. »Viel zu schnell. Ein Wahnsinniger.«

»Hier bei Ihnen in der Straße?«

»Ja, an der Ecke zur Gutenbergstraße.« Damit zeigte er quer durch das Wohnzimmer, in Richtung der Straße, die am Wald entlangführte.

»Direkt an der Ecke?«

»Jawoll. An der Ecke.«

»Woher kam denn das Fahrzeug, und in welche Richtung ist es danach gefahren?«

»Von links, aus der Gutenbergstraße, und ist dann hier in den Ziegeleiweg eingebogen und weitergefahren.«

»Und es fuhr zu schnell?«

»Viel zu schnell, eine Frechheit.«

»Wissen Sie noch, wann das war?«

»Jawoll, halb neun. Ich habe auf die Uhr geschaut, bin noch einmal mit dem Hund los.«

»Was war das für ein Fahrzeug?«

»Ein Auto.«

»Ja, aber erinnern Sie sich an Einzelheiten?«

»Einzelheiten?« Der alte Mann blickte wieder ins Leere.

Hellkamp machte noch einen Versuch: »War es ein großes oder kleines Auto?«

»Na ja … eher groß, denke ich. Kein Kleinwagen.«

»Und welche Farbe hatte der Wagen?«

»Farbe …« Scharnemann schien nachzudenken. Nach ein paar Sekunden kam zögerlich: »Dunkelrot.«

Immerhin etwas.

»Und sonst?«, fragte Hellkamp. »Haben Sie den Fahrer gesehen?«

»Den Fahrer? Nein. Es ging alles so schnell.« Scharnemanns Tonfall klang entschuldigend.

»Aber er fuhr auf jeden Fall zu schnell?«

»Ja, viel zu schnell.«

»Sonst nichts?«

»Nein.« Scharnemann schüttelte den Kopf.

Nach einer kurzen Pause dann: »Die Autonummer weiß ich natürlich.«

Brook sah den alten Mann ungläubig an. »Die Autonummer? Das Kennzeichen?«

»Jawoll.«

»Und, wie lautet es?«

»HH GO 4684.«

»Ich denke, es ging alles so schnell?«, wunderte sich Brook.

»Schon, aber er bog ja ab, hier in die Straße. Ich sah dann das Auto von hinten und das Nummernschild. Ich dachte noch bei mir: Den Kerl müsste man anzeigen.«

»Zumindest scheinen Sie ein gutes Gedächtnis zu haben.«

»Das will ich meinen! Und gute Augen!«

Hellkamp hakte nach: »Er fuhr also hier in die Straße?«

»Jawoll.«

»Und kam aus Richtung Wald?«

»Ja, er bog ab und rammte mich beinahe, der Rüpel.«

»Rüpel? Es war also ein Mann am Steuer?«

»Sicher.«

»Können Sie ihn beschreiben?«

»Nein. Richtig gesehen habe ich den Fahrer nicht.«

»Woher wissen Sie denn, dass es ein Mann war?«

»So fährt doch keine Frau. Ich bitte Sie!«

Hellkamp grinste, und Brook ahnte, warum. Hellkamp hätte am liebsten gesagt: *Doch, genauso fährt eine Frau.*

»Na gut«, sagte Brook. »Mehr fällt Ihnen jetzt nicht ein?«

Scharnemann schüttelte abermals den Kopf.

Brook blickte zu Hellkamp; der nickte.

»Dann danke ich Ihnen herzlich. Ihre Aussage könnte sehr hilfreich für uns sein. Hier ist meine Karte, falls Ihnen noch irgendetwas einfällt.«

Er reichte Scharnemann seine Visitenkarte. Der sah erleichtert aus und blickte beinahe hilfesuchend in Richtung Wohnzimmertür.

Als sie wieder im Flur waren und Brook bereits die Haustür geöffnet hatte, wollte er von Scharnemann wissen: »Haben Sie hier im Ort jemanden, der sich um Sie kümmert?«

»Im Ort? Nein. Ich brauche auch niemanden. Bin ganz zufrieden so.«

»Sie sind Witwer?«

»Witwer? Wie kommen Sie denn darauf?«

»Ich dachte nur, weil … Ich nahm an …« Brook wusste nicht genau, was er sagen sollte. Er hatte ganz einfach das Gefühl, dass Scharnemanns Frau gestorben sein musste und ihn der Schmerz aus der Bahn geworfen hatte.

»Meine Frau hat mich verlassen.« Scharnemanns Augen glühten auf einmal vor Verachtung. »Wegen eines anderen. Mit fast siebzig.« Von einem auf den anderen Moment schien seine Wut in Traurigkeit umzuschlagen. »Egal, ich brauche niemanden. Bin ganz zufrieden so.«

Hellkamp und Brook hatten gerade die Türschwelle passiert, als die Haustür hinter ihnen zuknallte.

Der Regen war inzwischen noch stärker geworden.

4

Wie lange sind wir schon unterwegs? Wochen, Monate, vielleicht Jahre? Ich könnte es nicht sagen. Die Sonne brennt. Wie jeden Tag. Erbarmungslos. Karge Felslandschaften um uns herum, Wüste, kaum mehr als ein paar halb vertrocknete Sträucher hier und da. Was hat der Herr nur mit mir vor? Es muss jetzt um die Mittagszeit sein. Ich befehle dem Tross, anzuhalten. Auf meine Frage, wie viel Wasser wir noch haben, sagt mein Neffe, es sei kaum genug für die Mulis; wenn wir nicht bald eine Quelle fänden, dann müssten wir vielleicht verdursten. Ich hole aus und schlage ihn ins Gesicht. Meine Hand macht auf der Wange des Jungen ein so lautes Geräusch, dass ich meine, ein Echo zu hören, das von den fernen Bergen zurückgeworfen wird. Er hat es nicht anders gewollt. Seine Worte sind Frevel. Der Herr wird es richten. Der Herr versorgt uns mit allem, was wir brauchen. Aber mein Neffe ist ein Zweifler. Er soll sich nur vorsehen. Natürlich sind sie alle, auch mein Neffe, mein Sohn und seine Frau, von meinem Reichtum geblendet. Abraham, der reiche Abraham, er wird für uns sorgen, denken sie. Aber das stimmt nicht. Der Herr sorgt für sie. Hier in der Wüste ist all mein Geld nichts wert. Sie können es alle nicht verstehen, aber der Herr hat einen Plan, und ich werde ihn erfüllen. Wir sind auf dem Weg in das Land, das der Herr mir verheißen hat. Dort werde ich, ich ganz allein herrschen und schalten und walten, wie ich es will. Oder vielmehr so, wie der Herr es von mir verlangt. Wenn es nur nicht diese Zweifel gäbe. Die Zweifel derer um mich herum. Nicht meine, ich habe keine Zweifel. Ich stehe über dem Zweifel, jenem Stachel, den der Mensch in sein eigenes Fleisch treibt und immer wieder herumdreht. Ich nicht. Zu mir spricht der Herr, er vertreibt mein –

»Können Sie bitte mal aufrücken?«

Die ungeduldige Stimme der Frau hinter ihm riss ihn aus seinen Gedanken.

Richtig, vor ihm war das Laufband an der Supermarktkasse schon fast ganz frei, während er mit seinem Einkaufswagen noch ganz am Anfang stand, auf Höhe der ineinandergestapelten blauen Körbe.

Sofort bekam er Angst. Er hatte das Gefühl, dass alle, die hinter ihm standen, ihn anstarrten und wütend auf ihn waren. Ein unerträgliches Gefühl, die Blicke dieser Wesen auf sich zu wissen, die aussahen wie Menschen. Es beschwor Erinnerungen, verdrängte Bilder herauf. Instinktiv wusste er, wie immer, wenn die Bilder kamen, was dagegen half: Arbeit, Aktivität, die ihn ablenkte. Und die Gewissheit, dass dies alles eine Scheinwelt war, Trugbilder, nichts weiter.

Hektisch begann er, seine Waren auf das Band zu legen, während er fühlte, wie die Wut in ihm hochstieg. Die unbändige Wut, die ihn in dieser Welt immer wieder antrieb. Die ihn morgens aus dem Bett holte, noch bevor die Sonne aufging, und die ihm nachts den Schlaf raubte.

Seine Hand zitterte.

Die Verkäuferin hatte die Einkäufe über den Barcodescanner gezogen, er hatte sie wieder in den Wagen gelegt, bezahlte und schob den Einkaufswagen zu dem Tisch, an dem man die Umverpackungen zurücklassen konnte.

Bedächtig stapelte er alles in zwei Plastiktüten.

Erst als er draußen auf der Straße war, wurde er ruhiger.

Er zwang sich, langsam und tief zu atmen.

Kurz schloss er die Augen, und sofort tauchte sie wieder vor ihm auf.

Die Wüste.

5

Hauptkommissar Brook und Kommissar Hellkamp standen vor einem zwölfstöckigen Wohnblock in Hamburg-Billstedt.

»Billstedt, Hamm und Horn schuf der Herr im Zorn«, murmelte Hellkamp.

»Heißt das nicht: ›Wandsbek, Hamm und Horn …‹?«, fragte Brook.

»Na ja, ich wäre lieber in Wandsbek als hier, oder?«

»Kommen Sie, die meisten Leute werden sich kaum ausgesucht haben, hier zu wohnen.«

Es sah tatsächlich alles andere als einladend aus. Links neben der Eingangstür lagen die Scherben einer grünen Bierflasche. Die matte Scheibe in der Tür hatte einen Sprung. Sie suchten unter den Klingelknöpfen nach dem Namen. Kranert, siebter Stock.

Brook klingelte, und keine zwei Sekunden später ging der Summer. Der Erkennungsdienst war schon seit einer Stunde in der Wohnung des Toten.

Sie betraten den Hausflur. Eine ganze Wand mit Briefkästen, aus etwa der Hälfte schauten zusammengefaltete grellbunte Werbesendungen heraus. Auch hier lagen Glassplitter auf dem Boden.

Ein fauliger Gestank lag in der Luft.

Hellkamp atmete durch die Nase ein. *»I love the smell of napalm in the morning.«*

»Wie bitte?« Brook sah ihn verständnislos an und ging weiter zum Fahrstuhl.

»Kennen Sie nicht? ›Apocalypse Now‹.«

»Nee, kenn ich nicht. Schauen Sie mal lieber hier.« Er wies auf einen Zettel, der am Fahrstuhl klebte. »Außer Betrieb.«

»Na super, schon wieder Sport.« Hellkamp grinste.

»Sehr witzig.«

Es dauerte eine Weile, bis sie im siebten Stock angelangt waren. Hellkamp, der für seine dreiundvierzig Jahre immer noch gut in Form war und regelmäßig im Verein Sport trieb, hatte mit dem Aufstieg weniger Probleme als Brook, der erfolglos mit seinen überschüssigen Pfunden kämpfte und hörbar schnaufte, als sie die Tür zu Kranerts Wohnung erreicht hatten.

»Sagen Sie Lejeune gleich …« – Brook brach ab und musste Luft holen – »… dass er den Hausmeister oder irgendwen verständigt, dass die den Scheiß-Lift in Ordnung bringen. Noch mal mache ich das nicht.«

Die Wohnungstür stand offen, und drinnen war fast dieselbe Mannschaft versammelt wie am Morgen am Tatort. Brook blieb noch eine Minute vor der Tür, bis sein Atem wieder einigermaßen regelmäßig ging. Dann trat er ein.

Was er sah, überraschte ihn. Die Einrichtung und der Zustand der Wohnung standen in keinem Verhältnis zum heruntergekommenen Flur und Treppenhaus oder der Fassade.

Das Erste, worauf Brooks Blick fiel, war der riesige Flachbildfernseher in der linken hinteren Ecke des Wohnzimmers. Ein dunkler Laminatboden, an der rechten Wand ein schwarzes Ledersofa. Davor ein Couchtisch aus Glas mit verchromten Füßen.

Alles war geradezu blitzsauber. Kein Staub, keine Unordnung.

Hellkamp pfiff anerkennend durch die Zähne. »Nicht schlecht. Sind Sie sicher, dass wir in der richtigen Wohnung sind?«

»Ich glaube, Lejeune sollte uns mal erzählen, was wir inzwischen über den jungen Mann wissen«, bemerkte Brook.

Kaum dass er seinen Namen gehört hatte, kam Kriminalmeister Lejeune aus dem Nebenzimmer herbeigeeilt. »Guten Tag und sehr gern, Herr Hauptkommissar. Folke Kranert, neunzehn Jahre alt, ungelernt, keinen Beruf ausübend. Er lebt von Hartz IV. Äh, besser gesagt: lebte.«

»Hartz IV?«, fragte Brook ungläubig.

»Ja.«

»Haben Sie seine Angehörigen verständigt?«

»Das … äh … nun ja.«

»Also was?« Lejeune brachte ihn schon wieder auf die Palme.

»Kranert war ledig und hat hier allein gewohnt, soviel wir wissen. Einziger Angehöriger ist der Vater, die Mutter ist vor einigen Jahren gestorben. Geschwister gibt es nicht. Der Vater, Uwe Kranert, Jahrgang 56, wohnt ebenfalls in Hamburg, in Poppenbüttel. Aber als Kriminalmeisterin Matthiesen und ich bei ihm eintrafen, hat er uns gar nicht hereingelassen. Er sagte nur so etwas wie … Moment.«

Lejeune kramte nach seinem Notizbuch, fand es und blätterte.

»Na, kommen Sie, einfach sinngemäß.« Brook wurde ungeduldig.

»Nein, nein, Herr Hauptkommissar, kein Problem. Nur einen Moment … Da haben wir's. Der Vater sagte: ›Ich habe keinen Sohn.‹ Ich sagte zu ihm so etwas wie, ob er nicht Uwe Kranert sei, der Vater von Folke Kranert, und der Mann sagte, wörtlich: ›Mein Sohn ist für mich gestorben. Ein für alle Mal.‹ Das war natürlich eine etwas seltsame Situation, denn sein Sohn war ja wirklich … wenn Sie verstehen, was ich meine.«

Brook nickte.

Lejeune fuhr fort: »Kriminalmeisterin Matthiesen hat dann noch versucht, ihm wenigstens auf der Türschwelle mitzuteilen, dass sein Sohn tot sei, aber er sagte nur: ›Ist mir egal.‹ Ich weiß nicht mal, ob er sie richtig verstanden hat. Wobei, einen Moment lang dachte ich schon, dass er zumindest einen Schreck bekommen hat. Na ja, mehr konnten wir wohl nicht tun.«

»Jaja, schon gut. Danke.« Brook verscheuchte Lejeune mit einer Handbewegung.

Da würde er wohl selbst noch einmal vorbeifahren müssen. Es konnte durchaus wichtig sein, was da zwischen Vater und Sohn vorgefallen war.

»Also, Brook, ich finde, nach der Wohnung eines Hartz-IV-Empfängers sieht das hier alles nicht aus«, mischte sich Hellkamp ein. »Die Ledercouch, kein Kunstleder scheint mir, der riesige Fernseher. Teure Stereoanlage. Alles picobello. Und das in einem Sozialbau in Billstedt.«

Brook nickte. »Da wird wohl jemand ein paar Nebeneinkünfte gehabt haben.«

Sie gingen nach nebenan ins Schlafzimmer. Auch hier machte alles einen eher edlen Eindruck. Das Bett sah unbenutzt aus, eine Tagesdecke lag darüber.

Das Auffälligste im Zimmer war ein Bild, das über dem Bett angebracht war. Ein riesengroßes Schwarz-Weiß-Foto, auf eine Holzplatte aufgezogen, an die zwei Meter hoch. Es sah aus wie eine historische Aufnahme.

Zu sehen waren mehrere Schwarze, offenbar Eingeborene, spärlich bekleidet. Im Vordergrund des Fotos ein großer, kräftiger, kahl geschorener Mann, der einen anderen, völlig nackten auf den Schultern trug.

Brook und Hellkamp betrachteten das Bild, als Lejeune zu ihnen trat.

»Das kenne ich. Das ist ein Foto von George Rodger. Ganz berühmter Fotograf.«

Brook zog die Augenbrauen hoch. »Sie kennen das Bild?«

»Ja, das hat eine Bekannte von mir auch. Das ist noch aus den Vierzigern. ›The Wrestlers‹ heißt es, glaube ich.«

Weiter war auch in diesem Zimmer auf den ersten Blick nichts Auffälliges zu entdecken. Ein Kollege untersuchte gerade den Kleiderschrank, ein anderer die Schubladen eines Schreibtischs aus dunklem Holz, der rechts in der Ecke stand.

»Computer?«, wollte Brook wissen.

»Ja, ein Notebook«, sagte Lejeune. »Haben wir schon eingepackt zur Untersuchung in der Dienststelle.«

»Sonst noch etwas?«

»Im Nachttisch haben wir Kondome gefunden. Mehrere Packungen, insgesamt an die hundert Stück. Und …« – er zögerte – »Sexspielzeug.«

»Sexspielzeug?«

»Ja, so Vibratoren und so Zeugs.«

»Noch etwas?«

»Handschellen mit schwarzem Plüsch dran. Und Gleitcreme.«

»Herr Hauptkommissar«, meldete sich jetzt der Beamte, der den Kleiderschrank untersuchte. »Sehen Sie mal hier.« Er hielt einen geöffneten Schuhkarton in die Höhe. Darin lagen ungeordnete Geldscheine, Zehn-, Zwanzig-, Fünfzig-Euro-Noten, zum Teil zerknickt und zerknüllt. »Das sind sicher ein paar Tausend.«

»Zählen, einpacken«, wies Brook ihn an.

Hellkamp kam auf ihn zu. »Sieht so aus, als ob wir hier keinerlei Spuren von Sozialkontakten finden. Kein Adressbuch, keine Telefonnummern. Nicht mal ein Fotoalbum.«

»Festnetztelefon?«

»Nein, leider. Auch kein Handy. Aber ein Ladekabel, das wohl zu einem Handy gehört.«

»Hm«, brummte Brook, »das Handy hat der Täter dem Opfer vielleicht abgenommen.«

»Die einzige Chance ist der Computer; mal sehen, was die Kollegen da später rausholen.«

Als sie wieder auf dem Weg nach unten waren, machte Brook ein nachdenkliches Gesicht.

»Vibratoren, Gleitcreme, Kondome, nackte Eingeborene. Was meinen Sie, Hellkamp, ob Kranert homosexuell war?«

»Würde ich auch tippen. Also ein Verbrechen aus Leidenschaft?«

Brook sah ihn mit großen Augen an und schüttelte den Kopf.

6

Brook saß am Schreibtisch und gähnte. Bald war Feierabend. Zumindest theoretisch. Gerade hatte er die Meldung bekommen, dass es ein wenig länger dauern würde als erwartet, bis die Kollegen von der IT das Notebook von Folke Kranert untersucht und die Ergebnisse ausgewertet hätten. Zwei Mitarbeiter waren krank, und die Arbeit stapelte sich.

Zudem wartete Brook immer noch auf das Fax von Dr. Mann aus der Rechtsmedizin. Brook war ein erklärter Feind von E-Mails und versandte Geschriebenes immer noch per Fax, so wie er es seit dreißig Jahren gewohnt war. Wenn er eine E-Mail bekam, druckte er sie aus, bevor er sie las, dann heftete er sie ab. Die Ermahnungen der Kollegen, er trage so zum allgemeinen Klimawandel bei, ignorierte er geflissentlich. Er brauchte seine Ordner, in denen alles abgeheftet war. Wenn das Büro ausbrennen sollte, wäre zwar alles vernichtet, da hatten sie schon recht. Aber wenn der Server ausfiel oder ein Virus das System lahmlegte, dann wäre er immer noch auf dem Laufenden. Und bei einem Großbrand wären die Rechner auch dahin.

Dr. Mann sah das ähnlich. Es war eine der vielen Gemeinsamkeiten zwischen den beiden Männern und einer der Gründe, warum Dr. Mann, neben Hellkamp, einer der wenigen bei der Polizei war, mit denen Brook wirklich gern zusammenarbeitete.

Bislang hatte das Faxgerät aber noch keinen Laut von sich gegeben. Stattdessen klingelte jetzt das Telefon.

»Brook, ich glaube, es ist besser, Sie kommen mal rüber«, vernahm er Dr. Manns Stimme.

Brook seufzte. »Wieso, was gibt es denn jetzt noch?«

»Ich glaube, das hier sollten Sie sich mal ansehen.«

Es klickte im Hörer. Dr. Mann hatte aufgelegt, ohne eine Antwort abzuwarten. Brook seufzte noch einmal, stand auf, nahm seinen Mantel und rief Hellkamp durch die offene Tür ins angrenzende Büro zu, er solle mitkommen.

Sie brauchten eine Dreiviertelstunde, bis sie sich durch den Berufsverkehr gekämpft hatten und endlich bei Dr. Mann eintrafen. Das Institut für Rechtsmedizin befand sich auf dem Gelände des Universitätsklinikums Eppendorf, auf der anderen Seite der Alster. Die Bauarbeiten am Bahnhof Dammtor behinderten den Verkehr so stark, dass die Fahrzeuge fast den ganzen Tag lang in beiden Richtungen auf mehreren Kilometern im Stau standen.

Dr. Mann war nicht in seinem Büro, als sie eintrafen. Brook nahm an, dass er sich im Labor im Untergeschoss befand, und dort saß der Rechtsmediziner auch wie erwartet am Schreibtisch. Er biss gerade in ein belegtes Brot, als die beiden zur Tür hereinkamen.

»Puh«, stieß Brook zur Begrüßung aus, »ich hoffe, das ist der Käse auf Ihrem Brot, der diesen Geruch verbreitet.«

»Harzer Roller«, murmelte Dr. Mann in seinen buschigen Schnauzbart, ohne eine Miene zu verziehen, »gut abgehangen, sozusagen. Moment.«

Er schob sich das letzte Stück Brot in den Mund und nahm einen Schluck Sprudel aus der Flasche, die geöffnet vor ihm auf dem Tisch stand, um den Bissen hinunterzuspülen.

»Kommen Sie mal mit.«

Der große, hagere Mann im weißen Kittel stand auf und ging voraus zu einem Metalltisch, auf dem ein hellgrünes Tuch lag, das offensichtlich einen toten Menschen bedeckte. Brook und Hellkamp folgten ihm.

Dr. Mann schlug das Tuch zur Seite, faltete es zweimal der Länge nach und legte es über die Lehne eines Stuhls.

Vor ihnen lag der junge Mann vom Wohltorfer Wald. Seine Genitalien waren verstümmelt, und auch wenn kein Blut mehr zu sehen war, ließ der Anblick Brook und Hellkamp kurz zusammenzucken. Die Todesursache hatte Dr. Mann ja bereits am Morgen festgestellt, sodass sie in etwa gewusst hatten, mit was zu rechnen war, und obgleich beide viel gewohnt waren, sahen sie doch so etwas wie das hier selten.

»Bitte schauen Sie einmal genau hin«, insistierte der Forensiker.

Brook und Hellkamp beugten sich fast synchron über den Toten.

»Was sehen Sie?«

»Ein ziemlich ausgefranster Schnitt, oder?«, bemerkte Brook.

Dr. Mann nickte. »Was noch?«

»Die Eichel ist weg«, brachte Hellkamp seinerseits zögerlich hervor.

»Sie haben recht – und auch wieder nicht.« Der Arzt ging um den Tisch herum und nahm eine metallene Nierenschale in die Hand. »Schauen Sie mal hier.«

Damit nahm er ein Gerät, das auf den ersten Blick aussah wie eine große Pinzette, und ergriff damit einen farblos wirkenden Klumpen.

»Dies hier ist das, was dem Jungen fehlt. Die *Glans penis*.«

Hellkamp schaute wie unbeteiligt zur Seite und warf nur einen kurzen Blick in die Schale. Brook hingegen schaute interessiert. Das Gewebe wirkte seltsam farblos, fast durchsichtig, ohne das Blut, das ihm sonst seine Farbe gab.

Brook grunzte zustimmend. »Da hätten die Kollegen vom Erkennungsdienst ja noch lange suchen können. Ich hatte schon befürchtet, der Hund von Herrn Scharnemann …«

»Von wem?«

»Ach, nicht so wichtig. Wo haben Sie die denn jetzt her?«

»Das genau ist der Punkt. Und es ist der Grund dafür, dass ich meine Diagnose, was die Todesursache betrifft, zumindest teilweise revidieren muss.«

Die beiden Kriminalbeamten merkten auf.

»Die *Glans*, also die Eichel, steckte in der Trachea, der Luftröhre des Opfers.«

»Der junge Mann ist erstickt?«

»Nun, das kann ich noch nicht ganz abschließend beurteilen. Aber zumindest hat es eine Obstruktion der Atemwege gegeben, die zum Tod durch Ersticken führen musste – vermutlich ging dies Hand in Hand mit dem starken Blutverlust. Aber da ist noch etwas.«

Der hagere Mann ging zu einem Schreibtisch und blätterte in einem Stapel Papier.

»Hier habe ich es … im Blut des Toten fand sich eine beträchtliche Dosis Xylazin.«

»Xylazin?« Hellkamp wusste mit dem Begriff nichts anzufangen.

»Das ist ein Narkosemittel, das vor allem im veterinären Bereich zur Anwendung kommt. Zum Beispiel bei Hunden.«

Brook nickte verstehend.

»Außerdem eine geringere Dosis Ketamin«, fuhr der Arzt fort.

»Ist das auffällig?«, wollte Brook wissen.

»Eigentlich nicht. Beides wird häufig zusammen verwendet. Gibt es als fertige Mischung von verschiedenen Pharmafirmen. Steht in jeder zweiten Tierarztpraxis.«

»Ein Tierarzt als Täter?«, warf Hellkamp ein.

»Na, kommen Sie. Keine voreiligen Schlüsse, Hellkamp. Aber einfach so in der Apotheke«, fuhr Brook an Dr. Mann gewandt fort, »wird man das Zeug wohl nicht bekommen, oder?«

»Nein, natürlich nicht.«

»Wie wurde ihm das Mittel denn verabreicht?«

»Mittels einer Spritze, in den Oberarm.«

»Also nicht intravenös?«

»Nein, intramuskulär.« Als er Hellkamps fragenden Gesichtsausdruck sah, fügte er hinzu: »Wie eine Tetanusspritze.«

»Spuren von Gegenwehr?«, schaltete sich Brook wieder ein.

»Nicht direkt, aber ich habe ein leichtes Hämatom am Hinterkopf gefunden. War kaum zu sehen. Ich schätze nach dem gegenwärtigen Stand meiner Untersuchung, der junge Mann wurde auf den Kopf geschlagen. Und zwar mit einem stumpfen, harten Gegenstand. Dann bekam er, in seinem benommenen Zustand, die Spritze mit dem Betäubungsmittel in den Arm.«

Brook nahm den Faden auf: »Dann wurde er an den Baum gefesselt, der Täter schnitt ihm die Eichel ab, stopfte sie ihm in den Mund, verklebte den Mund mit Klebeband und ging seiner Wege. Und dann hat er die Eichel verschluckt, und sie ist in die falsche Röhre gelangt.«

»Da hatte er wohl kaum eine Wahl. Das Xylazin entspannt die Muskulatur im gesamten Körper. Aber ich muss Sie noch in einem wichtigeren Punkt berichtigen, Herr Hauptkommissar.«

»Und das wäre?«

»Sie vergessen die Hose.«

»Ich kann Ihnen nicht folgen. Die Hose?«

»Natürlich«, meldete sich Hellkamp. »Er hatte ja eine Jeans an, als wir ihn fanden, und die war nicht einmal aufgeknöpft. Deshalb sind wir ja zuerst gar nicht auf die Todesursache, also ich meine die Verstümmelung, gekommen. Die Jeans war schwarz, und sie sah einfach nur nass aus, im Schritt.«

Brook dachte nach. »Der Täter muss ihm also die Hose heruntergezogen und ihm die Verletzung zugefügt haben, hat ihm dann die Hose wieder hochgezogen, sie zugeknöpft und das Opfer dann an den Baum gefesselt?«

»Ganz recht«, pflichtete der Arzt bei. »Die Jeanshose war ziemlich eng, und in der Stellung, in der der Tote aufgefunden wurde, hätte er ihm höchstens den Hosenstall öffnen können.«

»Aber hätte das nicht gereicht, um dem Mann die Eichel abzuschneiden?«

»Das vielleicht, aber es wäre unmöglich gewesen, das zu tun, was der Täter sonst noch getan hat.«

»Und das wäre?«

»Schauen Sie noch einmal genauer hin. Hier.«

Er wies mit dem stumpfen Ende eines Bleistifts auf die Haut am rechten und am linken Oberschenkel in Höhe der Genitalien. Die Haut war glatt rasiert, und man konnte ganz deutlich einige Einritzungen sehen.

»War die Haut schon rasiert, als Sie …?«

Der Mediziner nickte. »Das scheint ja heute Mode zu sein. Na, ich will mich nicht beschweren, meine Arbeit erleichtert es ungemein.«

Brook beugte sich näher hinunter.

Auf jedem Schenkel war das Gleiche zu erkennen: sechs senkrechte Schnitte verschiedener Länge, zwischen drei und fünf Zentimeter lang. Der zweite und fünfte Schnitt von links waren oben mit einem kurzen Querstrich abgeschlossen, sodass sie fast aussahen wie die Ziffer 7.

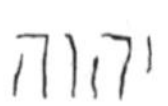

»Haben Sie eine Ahnung, was das bedeuten könnte, Brook?«, wollte der Forensiker wissen.

»Noch nicht, aber da es beide Male ziemlich ähnlich aussieht, wird es wohl kaum ein zufälliges Muster sein.« Irgendwie war Brook unwohl bei der Sache. Alles hier wirkte auf ihn, als sei es mit Bedacht und genauer Überlegung ausgeführt. »Die Schnitte wurden vor dem Tod angebracht?«

Dr. Mann nickte.

»Haben wir eigentlich jetzt einen genauen Todeszeitpunkt?«

»Ja, zwanzig Uhr, halb neun, plus/minus. Übrigens, bevor ich es vergesse: Da ist noch etwas anderes. Kommen Sie mal mit.«

Sie folgten dem Rechtsmediziner zu einem Tisch an der Längsseite des großen Raumes, auf dem ein Mikroskop stand.

»Schauen Sie mal hier durch!«

Brook blickte durch das Objektiv. Er kannte dieses Spiel – Dr. Mann zeigte ihm etwas, was sich als später durchaus wichtig erweisen konnte, und er staunte in ein Mikroskop hinein, ohne auch nur den blassesten Schimmer davon zu haben, was er da sah.

Dieses Mal war es anders. Er erkannte etwa ein Dutzend helle Teilchen, die an einem Ende spitz zuliefen.

»Sind das Splitter?«

»Ganz recht, Splitter. Sehr, sehr kleine Splitter. Vom Tatwerkzeug, würde ich sagen.«

»Also kein Messer? Oder ein Skalpell?«

»Nein, deshalb ja auch kein glatter Schnitt. Die Schnittkante an der Eichel ist ziemlich faserig, der Täter muss einiges an Kraft aufgebracht haben. Nun, wie auch immer: Das Werkzeug, mit dem geschnitten wurde, ist –« Weiter kam er nicht, weil er plötzlich niesen musste. »Diese verdammte Stauballergie. Sie entschuldigen mich.«

Damit holte er ein nicht mehr ganz sauberes Stofftaschentuch aus der Hosentasche und schnäuzte sich.

»Und?« Hellkamp wurde ungeduldig.

»Wie – und?« Der Rechtsmediziner schien einen Moment lang ein wenig verwirrt. Doch dann fing er sich. »Ach so. Das Werkzeug ist aus Stein.«

»Aus Stein?«, fragte Brook verblüfft.

»Ganz recht, aus Stein. Mit einer ziemlich scharf geschnittenen Kante, sodass es durchaus als Messer dienen kann. Allerdings werden bei einem solchen Werkzeug immer Splitter in der Schnittstelle verbleiben.«

»Aber geschliffen wurde das Werkzeug? Es ist nicht einfach eine scharfe Kante, die entsteht, wenn so ein Stein entzweibricht?«, insistierte Hellkamp.

»Nun, da bin ich kein Fachmann. Ich würde sagen, ich schicke den Stein an die Kollegen im Mineralogischen Institut der Uni.«

Brook nickte nachdenklich. »Haben Sie Fotos von allem hier gemacht?«

»Selbstverständlich. Was glauben Sie denn? Sind schon hier auf dem Stick, nehmen Sie ihn mit.«

Er drückte Brook einen kleinen USB-Stick in die Hand. Die beiden Polizisten bedankten sich und verließen das Labor.

Auf dem Flur seufzte Brook resigniert. Dass für einige seiner Kollegen seit eineinhalb Stunden Feierabend war und sein Arbeitstag zudem schon eine Stunde vor dem eigentlichen Dienstbeginn begonnen hatte, stimmte ihn ebenso missmutig wie die Aussicht auf die Menge an Arbeit, die noch vor ihnen lag. Er würde zusehen, dass Hellkamp ihm so viel wie möglich davon abnahm. Oder besser noch Lejeune.

Jede neue Einzelheit dieses Falls war außergewöhnlich. Das gefiel ihm gar nicht.

Wenn einer Frau der Schädel eingeschlagen wurde, dann war in der Regel ihr Ehemann oder ihr Freund der Täter. Überhaupt stammten die meisten Täter bei Gewaltverbrechen aus dem direkten Umkreis des Opfers. Das waren Fälle, wie er sie mochte – mit ein wenig Routine, ein wenig Ermittlung, ein paar Befragungen, bis endlich im Vernehmungszimmer ein Häufchen Elend vor ihm saß. Ein Mensch, der das Verbrechen gestand und hoffte, durch das Geständnis wenigstens ein bisschen Seelenfrieden zurückzuerlangen.

Was sich hier abzeichnete, war das genaue Gegenteil. Einen Mord, einen echten Mord, mit detaillierter Planung, seltsamen Umständen und außergewöhnlicher Tatwaffe, aufzuklären – das war etwas ganz anderes, als einen Totschlag im Affekt oder einen Einbruchdiebstahl zu untersuchen.

Sie waren am Parkplatz angekommen. Zum Regen war nun noch ein kräftiger, kalter Wind hinzugekommen.

Als Brook eine Stunde später die Haustür seines Wohnblocks in Hamburg-Rahlstedt aufschloss, empfingen ihn ohrenbetäubender Lärm und durchdringender Gestank. Auf dem Weg zu seiner Wohnung kam er im ersten Stock an einer geöffneten Tür vorbei, aus der der Krach kam. Maschinenlärm, der fast wie ein Presslufthammer klang. Brook schaute neugierig in den Flur der

Wohnung, und dort kniete ein Mann im blauen Overall, der in einer großen Werkzeugtasche nach irgendetwas suchte.

»'n Abend«, grüßte Brook höflich und blieb neugierig stehen.

»Moin«, kam es zurück.

»Was ist denn hier los?«

»Och, das Fallrohr ist verstopft. Hier in der Wohnung ist die Toilette übergelaufen, es war keiner zu Hause. Und unten im Erdgeschoss kam dann alles durch die Decke. Kommt schon mal vor.«

»Wird das noch lange dauern?«

»Wir haben ja gerade erst angefangen. Ein, zwei Stunden noch, wenn Sie Pech haben.«

»Und was machen Sie jetzt genau?«

»Wir stemmen die Wand auf, um an das Fallrohr ranzukommen. Schon Mist, so ein Altbau. Alle Rohre hinter dicken Backsteinwänden.«

»Na denn, gutes Gelingen.«

»Ach übrigens, das Wasser ist natürlich abgestellt. Und, wohnen Sie auf dieser Seite des Hauses?«

»Ja, direkt obendrüber.«

»Dann bitte die Toilette nicht benutzen. Auf jeden Fall nicht runterspülen.« Der Mann zwinkerte munter und grinste.

Brook stöhnte.

In seiner Wohnung hängte er den Mantel an die Garderobe und wollte sich gerade die Schuhe aufbinden, als er spürte, wie dringend er die Toilette benutzen musste.

Typisch.

Er band den Schuh wieder zu, zog den Mantel an und verließ das Haus. Dann würde er eben bei Massimo zu Abend essen, in der Osteria Veneta.

Seit dem Tod seiner Frau, nach dem er in diese kleine Wohnung gezogen war, ging er ohnehin zwei- bis dreimal die Woche in das kleine italienische Restaurant. Mit seinen eigenen Kochkünsten war es nicht weit her, und das Essen in der Polizeikantine war oft auch nicht nach seinem Geschmack. In der Osteria war es nicht allzu teuer, er lief nicht Gefahr, Kollegen über den Weg zu laufen, und er hatte seine Ruhe. Meistens nahm er sich ein Buch mit.

Außerdem waren die Toiletten dort sehr sauber.

7

Brook saß am Schreibtisch und blies auf seinen Kaffee. In der Hektik hatte er sich wieder die Zunge verbrannt, was ihm schon mal den Morgen vermiesen konnte. Er grübelte über den aktuellen Fall.

Was sie bisher hatten, gefiel ihm gar nicht. Es gab keinerlei Anhaltspunkt, wo man ansetzen konnte. Die Geldscheine, die sie in Kranerts Wohnung gefunden hatten, waren nirgends registriert. Kranert selbst auch nicht, außer beim Sozialamt. Keine Vorstrafen, überhaupt keine Einträge in irgendeiner Datenbank. Kein Verein, gar nichts. Auch hatte sich niemand bei der Polizei gemeldet, der nach Kranerts Verbleib geforscht hätte. Die Autonummer HH-GO-4684, die der Zeuge in Wohltorf sich gemerkt hatte, führte ebenfalls nicht weiter. Es gab schlicht und ergreifend kein Auto mit diesem Kennzeichen. Obendrein hatte sich die IT immer noch nicht um Folke Kranerts Notebook kümmern können. Das würde erst am Freitag geschehen, und wahrscheinlich würde es erst am Montag Ergebnisse geben. Und als ob das alles nicht schon schlimm genug wäre, sollte Brook um halb zehn zum Ersten Polizeihauptkommissar Hartmut Pöhlmann kommen, seinem Dienststellenleiter, um ihn von den Einzelheiten des Mordes in Kenntnis zu setzen.

Als Brook schließlich um halb elf zurück in seinem Büro war, war er um eine Handvoll Belehrungen und zwei Handvoll kluge Bemerkungen reicher. Zudem war er Chef einer gerade von Pöhlmann ins Leben gerufenen Sonderkommission – der Soko »Wald«, der neben ihm selbst Hellkamp, Lejeune und Kriminalmeisterin Matthiesen angehörten. Erst war Brook nicht allzu begeistert davon gewesen, dass ihm der Hauptkommissar auch Thea Matthiesen zugeteilt hatte, denn er empfand den Umgang mit weiblichen Kollegen oft als schwierig – vor allem, wenn diese jung und einigermaßen gut aussehend waren. Aber er war erfahren genug, um zu wissen, dass es immer wieder Punkte in einer Ermittlung gab, bei denen man auf einen Perspektivwechsel angewiesen war, wo Männer vielleicht zu sehr in eine Richtung dachten.

Schlimmer fand Brook den Namen der Sonderkommission.

Soko »Wald«, dämlicher ging es ja wohl nicht. Warum nicht gleich Soko »Mord im Wald«? Keine Phantasie, der Mann.

Um elf dann kam die nächste schlechte Nachricht, diesmal aus dem Labor: Es gab keine verwertbaren fremden DNA-Spuren an der Leiche. Brook ärgerte sich. Er wusste, dass das die letzte Chance gewesen war, den Fall ohne großen Aufwand abzuschließen – Spuren von jemandem zu finden, dessen Profil sich bereits in der Datenbank des BKA befand. Aber da die Leiche eine verregnete Nacht im Wald verbracht hatte, war das nicht sonderlich erstaunlich.

Dafür gab es an anderer Stelle einen kleinen Erfolg, zumindest so etwas wie eine Spur: Vor Brook auf dem Schreibtisch lag ein Bericht aus dem Diebstahldezernat. Einbruch in der Tierarztpraxis Dr. med. vet. Mehmet Özbakir in Hamburg-Hoheluft am 7. Juli. Auf Seite drei des Berichtes fand sich eine Liste der entwendeten Gegenstände, darunter ein Computermonitor vom Empfangstresen, ein Notebook aus einem Behandlungszimmer, ein Flachbildfernseher aus dem Wartezimmer, knapp vierhundertfünfzig Euro aus der Kasse hinterm Tresen der Arzthelferin sowie eine Reihe Medikamente aus einem abgeschlossenen Schrank im Operationsraum. Ein Posten der Liste der entwendeten Medikamente war im Ausdruck bereits mit gelbem Textmarker angestrichen worden: zehn Fertigspritzen der Firma NormaVet, Inhalt: fünfundvierzig Milliliter Xylazin, zwölf Milliliter Ketamin und geringere Mengen anderer Stoffe.

Ein gelber Post-it-Zettel war am Blatt befestigt, mit dem Vermerk, die genaue Zusammensetzung dieses Medikaments sei bereits zu Dr. Mann durchgefaxt worden, der bestätigen sollte, ob die Mischung mit derjenigen im Blut des Opfers übereinstimmte.

Brook blätterte zurück und überflog den Tathergang. Der Täter war durch ein Fenster des Wartezimmers eingestiegen, das er zuvor aufgehebelt hatte. Die Praxis befand sich im Erdgeschoss eines Mietshauses, in dem vier weitere Parteien wohnten. Aber drei der vier Parteien, eine Familie mit zwei Kindern, ein Junggeselle und ein älteres Ehepaar, waren in der ganzen Woche, in der der Einbruch geschah, nicht zu Hause gewesen. Und die über achtzig Jahre alte Dame, die im zweiten Stock wohnte, hatte nichts gesehen oder gehört, gab aber an, ohnehin unter

Schwerhörigkeit zu leiden und bereits vor zwanzig Uhr zu Bett gegangen zu sein. Die Rekonstruktion der Tatzeit war dementsprechend schwierig, »zwischen 20:00 und 7:00«, stand auf dem Blatt.

Fingerabdrücke waren nicht gefunden worden, DNA-Proben hatte man nicht genommen. Das wäre für einen Routinefall wie diesen mit einem Gesamtwert gestohlener Gegenstände von unter fünftausend Euro dann doch zu viel Aufwand gewesen.

Brook las sich den Tathergang und die spärlichen Zeugenaussagen der alten Frau, der Praxismitarbeiter und der direkten Nachbarn mehrmals durch. Irgendwie hatte er bei der ganzen Sache ein komisches Gefühl. Das Diebstahldezernat schien der Tatsache, dass es keinerlei Zeugen gegeben hatte, keine weitere Beachtung geschenkt zu haben. Aber Brook sah das anders.

Es waren noch nicht einmal Schulferien gewesen, und drei der vier Parteien waren mehrere Tage verreist? Nur eine schwerhörige Frau in der Villa, die zu solch früher Stunde zu Bett ging? Zumindest mussten der oder die Einbrecher mit irgendeiner Art Fahrzeug gekommen sein. Und das hatte doch bestimmt jemand gesehen. Hamburg-Hoheluft war eine alte Hamburger Villengegend. Da parkte niemand, ohne dass irgendjemand es mitbekam. Das Ganze war entweder eine sorgfältig organisierte Aktion, von Profis ausgeführt. Oder jemand hatte sehr, sehr viel Glück gehabt.

Und auch die Verlustliste gefiel Brook keineswegs. Dass elektronische Geräte und Bargeld gestohlen wurden, war nicht weiter verwunderlich. Aber die Medikamente? Wo war da der Zusammenhang? Das deutete ja schon eher auf einen Täter hin, der sehr genau wusste, was er wollte, der Verbindungen zu bestimmten Kreisen hatte, wo er so etwas absetzen konnte.

Brook wurde geräuschvoll in seinem Nachsinnen unterbrochen: Das Faxgerät meldete sich. Es war der an Dr. Mann gesendete Bericht. Der Forensiker hatte mit einem dicken schwarzen Stift »Übereinstimmung 100%« über die Anfrage geschrieben und seine unleserliche Unterschrift daruntergesetzt.

Brook nickte befriedigt. Immerhin. Tatsächlich eine Spur. Wenn auch eine, die zunächst nicht weiterzuführen schien. Aber das musste ja nicht so bleiben.

»Hellkamp?«, rief Brook durch die offene Tür ins angrenzende Büro.

Ein Grunzen erklang.

»Die Antwort von Dr. Mann ist gekommen. Es ist dasselbe Mittel. Wir fahren nach Hoheluft.«

Brook nahm seinen Mantel vom Kleiderhaken neben der Tür, und die beiden Kriminalbeamten betraten gleichzeitig den gemeinsamen Flur vor ihren Büros. Fünf Minuten später befanden sie sich in Hellkamps altem Ford auf der Wandsbeker Chaussee in Richtung Innenstadt.

»Sie haben den Bericht gelesen?«, wollte Brook wissen.

»Den vom Tierarzt? Sicher.«

»Und?«

»Irgendwie seltsam. Dass keiner etwas gesehen oder gehört hat.«

»Ganz Ihrer Meinung. Da wollen wir doch mal nachhaken.«

»Die Nachbarn abklappern?«

»Ja, aber vor allem will ich mir mal anschauen, wie das da überhaupt aussieht.«

»Auf dem Server lagen schon eine Reihe Fotos von den Kollegen. Haben Sie die gesehen?«

Brook machte ein säuerliches Gesicht. Er stand mit dem Computer ja ohnehin ein wenig auf Kriegsfuß, aber ihm war klar, dass er sich die Aufnahmen wenigstens einmal hätte ansehen müssen.

»Ich sehe mir das lieber in natura an«, erklärte er dann nach einer kurzen Pause ausweichend.

Die Tierarztpraxis befand sich in einer Seitenstraße der Bismarckstraße, im Erdgeschoss einer schönen alten Villa aus den zwanziger Jahren. Jugendstilverzierungen schmückten die Eingangstür, Efeu rankte an zwei Seiten des Gebäudes empor. Der Besitzer oder die Bewohner des Hauses schienen sich gut um ihr Anwesen zu kümmern. Die blassgrüne Fassade sah aus wie frisch gestrichen, der kleine Garten machte einen äußerst gepflegten Eindruck.

Hellkamp öffnete die Haustür. Sie war nicht verschlossen. Die beiden Männer gingen durch den kurzen Hausflur und betraten die Praxis.

Der Empfangstresen war verlassen. Durch eine offene Tür

konnte man ins Wartezimmer sehen, wo zwei Männer und eine Frau saßen, alle drei mit großen Hunden vor sich angeleint. Das eine war ein Bernhardiner, die beiden anderen Hunderassen hatte Brook noch nie gesehen. Die beiden Polizisten standen gut eine Minute vor dem Tresen, bis sich endlich eine Tür hinter der Rezeption öffnete und eine junge Frau erschien. Sie hatte kurze dunkle Haare, setzte sich mit mürrischem Gesichtsausdruck und fing an, etwas in den Computer zu tippen, ohne die beiden Männer zu beachten. Plötzlich stand sie auf und war fast schon wieder an der Tür, durch die sie gekommen war, als Brook sich geräuschvoll räusperte.

Wie in Zeitlupe drehte sie sich um und sah Brook und Hellkamp gelangweilt an, verdrehte dann die Augen und kam zum Tresen zurück.

»Ja, bitte?«

Brook holte langsam seinen Dienstausweis aus der Manteltasche, klappte ihn auf und hielt ihn der jungen Frau hin.

Er beobachtete genau ihre Reaktion: Einen kurzen Moment nur weiteten sich ihre Augen, aber sie fing sich sofort.

»Brook, Kriminalpolizei. Dies ist mein Kollege Hellkamp.«

»Guten Tag.«

»Es geht um den Einbruch Anfang Juli.«

»Und?«

»Wir wollten noch einmal nachfragen, ob sich in der Zwischenzeit irgendetwas ergeben hat, was den Ermittlungen dienlich sein könnte.«

»Ergeben? Wie meinen Sie das?«

»Manchmal fällt einem Zeugen hinterher noch etwas ein.«

»Ach so. Also, mir ist nichts … also nichts Neues …« Sie brach ab.

»Kein Problem«, gab Brook wie beschwichtigend zurück. »Könnten wir denn kurz den Herrn Doktor sprechen?«

»Äh, ja, natürlich.« Die junge Frau schien erleichtert. »Wenn Sie noch einen Moment im Wartezimmer Platz nehmen möchten? Es dauert nicht lange.«

Die Kommissare betraten den Warteraum, grüßten beide in die Runde und setzten sich nahe der Tür. Leises Gemurmel der drei Hundehalter kam zurück.

Brook sah misstrauisch auf die drei großen Hunde herab. Er hatte Hunde noch nie gemocht, vor allem, wenn sie so groß waren wie diese drei. Der Bernhardiner machte immerhin einen gemütlichen Eindruck, aber bei den beiden anderen, da wurde ihm irgendwie mulmig. Außerdem sabberten sie. Und sie stanken. Und das Vieh vor der Frau genau ihnen gegenüber hatte am Maul eine Art Geschwür, eine fleischig rote Wucherung. Widerlich.

Hellkamp hingegen betrachtete die Tiere ganz unbefangen und begann ein Gespräch mit der Halterin ebenjenes Hundes. Nach ein paar Sätzen stand er auf und setzte sich neben sie. Brook war sich nicht sicher, ob Hellkamp sich tatsächlich für den Hund interessierte oder doch eher für dessen Frauchen, das in der Tat ziemlich attraktiv war. Immerhin erfuhr er nebenbei, dass Hellkamp auch Hundebesitzer war und einen Labrador mit Stammbaum besaß, wie auch immer so ein Tier aussehen mochte. Das war ihm bislang nicht bekannt gewesen.

Brook sah sich um. Vom Wartezimmer ging noch eine Tür ab, an dieser stand: »Kein Zutritt«. An der gegenüberliegenden Wand befanden sich zwei große Fenster, und zwischen den Fenstern war an der Wand ein Flachbildfernseher angebracht, auf dem ein Werbefilm für ein Zeckenmittel lief. Offenbar hatte der Tierarzt schon für Ersatz für das entwendete TV-Gerät gesorgt.

Er stand auf, betrachtete das Ding näher und holte einer plötzlichen Eingebung folgend sein Notizbuch heraus, um sich Marken- und Produktnamen zu notieren. Dann betrachtete er die Fenster und Fensterrahmen. Am linken waren noch deutlich die Spuren des Einbruchs zu erkennen, wie Brook sie schon Hunderte Male gesehen hatte. Eine Metallstange oder ein Brecheisen, ein sogenannter Kuhfuß vielleicht, der mit Hebelwirkung das einfache Klappschloss des Fensters aufgebrochen und dabei den Kunststoffrahmen eingedrückt hatte.

Brook blickte hinaus. Es ging hier nach hinten in den Garten. So weit er sehen konnte, war der Blick zu den angrenzenden Häusern durch mehrere dicht stehende Bäume einigermaßen verdeckt.

An den anderen Wänden des Wartezimmers hingen gerahmte

Poster von beliebten Reisezielen der Türkei. Brook erkannte die weißen Kalkterrassen von Pamukkale und die Hagia Sophia in Istanbul, wo er selbst vor einigen Jahren im Urlaub gewesen war. Die anderen Motive sagten ihm nichts. Irgendwelche Ruinen, die römisch oder griechisch aussahen. Dann nahm er wieder Platz, hörte einen Augenblick Hellkamps Süßholzgeraspel zu, um dann wieder aufzustehen und zur Rezeption zu gehen.

Die junge Frau war verschwunden. Brook beugte sich hinunter und notierte sich auch die Produktbezeichnung des Monitors, die an der Rückseite, ihm zugewandt, auf einem grauen Aufkleber stand.

Er steckte den Notizblock ein, kehrte ins Wartezimmer zurück und setzte sich. Etwa fünf Minuten später öffnete sich die Tür, an der das »Kein Zutritt«-Schild befestigt war. Ein kleiner, dicker schwarzhaariger Mann in einem weißen Kittel und mit großer, schwarzrandiger Brille schaute ins Wartezimmer: »Herr Brook?«

Brook und Hellkamp betraten das Behandlungszimmer. Es gab hier keine Stühle, nur einen großen Metalltisch, an dessen Kopfende sie nun dem Tierarzt gegenüberstanden.

»Ich nehme an, es geht noch einmal um den Einbruch?« Dr. Özbakir machte einen vergnügten Eindruck.

Ein wenig zu vergnügt für Brooks Geschmack. Aber vielleicht machte der Beruf des Tierarztes ja Spaß. Vermutlich hatte der kleine Mann mehr Erfolgserlebnisse als er. Aber eine Grippe bei einem Pinscher zu kurieren, das war dann doch etwas anderes, als einen Mord aufzuklären. Wenn das nur auch so einfach wäre.

Brook zwang sich, an den Fall zu denken und sich zu konzentrieren.

»Ja, in der Tat, der Einbruch. Hat sich in diesem Zusammenhang noch etwas ergeben?«

»Ich weiß jetzt nicht, was Sie meinen.« Der Tierarzt lächelte weiterhin freundlich, nahm seine Brille ab und putzte sie mit einem Ärmel seines Kittels.

Hellkamp übernahm: »Manchmal erinnert man sich erst später an etwas, was wichtig sein kann. Oder man hat etwas übersehen, das kommt schon vor, und dann mag man nicht mehr die

Polizei anrufen, weil es einem nicht gleich eingefallen ist. Oder man vergisst es, bis man endlich die Visitenkarte des Polizisten gefunden hat, den man in so einem Fall anrufen sollte.«

Özbakir hatte seine Brille wieder aufgesetzt. »Also, mir ist nichts untergekommen in der Zwischenzeit.«

»Sie waren aber der Letzte, der sich in der Praxis befand an jenem Abend, am sechsten Juli?«, wollte Brook bestätigt haben.

»Das ist richtig.«

»Und Sie haben auch die Polizei verständigt am nächsten Morgen? Um kurz nach sieben in der Früh?«

»Ja, ich bin meistens auch der Erste hier. Ich habe gerne noch ein wenig Zeit, bevor die Sprechstunde beginnt. Um meine Unterlagen zu ordnen. Und wenn sonst was ist. An dem Morgen war ich sogar ein wenig später da als sonst, glaube ich.«

»Und dann haben Sie gleich bemerkt: Hier hat jemand eingebrochen?«

»Ja, als ich in den Operationsraum kam. Da sah ich, dass der Schrank offen stand. Der ist natürlich immer abgeschlossen.«

»Dürfen wir uns das noch einmal ansehen?«

»Sicher, wenn Ihnen das jetzt noch hilft. Nach über zwei Monaten?«

»Das tut es«, sagte Brook.

Dr. Özbakir führte die zwei Kriminalbeamten in einen Nebenraum, in dessen Mitte ebenfalls ein großer Metalltisch stand, mit einer Operationslampe darüber.

»Hier stand der Schrank.«

Er wies auf einen zwei Meter hohen, schmalen Metallschrank an der Wand.

»Wieso ›stand‹?« Hellkamp war sich nicht sicher, ob er richtig verstanden hatte.

»Das Schloss war ja kaputt, ich musste einen neuen Schrank besorgen. Aber der neue sieht aus wie der alte.«

»Ebenfalls aufgehebelt, wie das Fenster?«

Der Tierarzt zuckte die Schultern. »Das werden Ihre Kollegen doch wohl festgestellt haben?«

»Natürlich«, schaltete sich Brook ein. »Sagen Sie, die Türen hier in der Praxis sind nachts nicht abgeschlossen? Zwischen den einzelnen Räumen?«

»Nein, das sind ja noch die Altbautüren, da habe ich gar keine Schlüssel für.«

»Und eine Alarmanlage haben Sie auch nicht.«

»Nein, nein, das haben wir bisher nicht für nötig gehalten.«

Brook machte ein nachdenkliches Gesicht. »Sagen Sie, Herr Özbakir, was glauben Sie, weshalb der oder die Täter die Medikamente mitgenommen haben? Das fällt doch ein wenig aus dem Rahmen. Ich meine, Fernseher und Laptop, okay, auch das Bargeld. Aber die Spritzen?«

Dr. Özbakir lächelte immer noch, aber das Lächeln schien jetzt ein wenig aufgesetzt.

»Das weiß ich nicht, Herr Kommissar. Wahrscheinlich verkauft man so etwas?«

»Na ja, bei einem normalen Hehler bekommt man das schwer unter. Da muss man sich schon auskennen.«

»Tja ...« Der Tierarzt zuckte mit den Schultern und nahm erneut die Brille ab, um sie zu putzen. Eine Übersprungshandlung. Er kniff die Augen zusammen. »Dafür bin ich leider kein Spezialist.«

»Wofür sind Sie denn ...?« Brook brach ab. »Besser gesagt: Sind Sie denn hier als Tierarzt auf irgendetwas spezialisiert?«

Özbakir setzte die Brille wieder auf und strahlte. »Na ja, wenn man so will ... Natürlich behandle ich jedes Tier, aber spezialisiert bin ich auf große Hunde. Ab fünfzig Zentimeter Schulterhöhe.«

»Aha.« Brook machte sich eine Notiz. »Gut, dann würde ich sagen, wir gehen mal wieder. Übrigens, wer war denn die reizende junge Dame da am Empfang?«

»Meine Tochter. Sie macht hier ihre Ausbildung.«

»Natürlich. Immer schön, wenn die Kinder noch etwas länger bei einem bleiben, nicht wahr?«

»Da stimme ich Ihnen zu.« Dr. Özbakir nickte eifrig und begleitete die beiden Kriminalbeamten zur Eingangstür, wo er ihnen zum Abschied die Hand schüttelte. »Wenn Sie noch weitere Fragen haben – zögern Sie nicht, mich anzurufen.«

»Jetzt, wo Sie es sagen ...«, tat Brook geschäftig. »Der Fernseher, das ist das gleiche Modell wie der gestohlene, oder?«

Dr. Özbakir folgte dem Finger des Hauptkommissars, der ins Wartezimmer wies.

»Ja, ganz recht.« Die Bestätigung kam eher zögerlich, wie den Kommissaren nicht entging.

»Und der Monitor, der gestohlen wurde, der auch?«

»Stimmt genau.« Das Lächeln des Mannes wirkte jetzt wieder wie eingefroren. »Ich war mit den alten Geräten so zufrieden, und dann ist es auch mit der Versicherung einfacher … Sie verstehen.«

»Sicher, sicher. Ich war nur neugierig. Demnächst ist bei mir auch ein neuer Fernseher fällig.«

»Ach was.«

»Wie alt waren die Geräte denn?«

»Na ja, so etwa drei Jahre. Sie entschuldigen mich, die Patienten warten.«

Damit schloss der Tierarzt hinter den beiden die Tür.

»Glauben Sie auch, was ich glaube, Hellkamp?«, wollte Brook von seinem Kollegen wissen, als sie wieder auf der Straße vor dem alten Haus waren.

»Schwer zu sagen. Was glauben Sie denn?«

Brook biss sich nachdenklich auf die Unterlippe. »Kommen Sie mal, Hellkamp«, sagte er nach einer Weile. »Wir fragen noch ein paar Nachbarn. Ich habe da so eine Idee.«

Die direkt angrenzenden Häuser waren der Villa, in der sich die Tierarztpraxis befand, sehr ähnlich. Sie klingelten an mehreren Türen, aber sie hatten wenig Glück. Entweder war niemand zu Hause, oder die Bewohner waren zur fraglichen Zeit nicht daheim gewesen, oder sie erinnerten sich an nichts.

Erst beim siebten Versuch schien es zu klappen. Es war die letzte Wohnung mit Aussicht auf einen gewissen Erfolg, denn sie lag im zweiten Stock des Nachbarhauses rechts neben der Praxis. Zumindest zwei Fenster der Wohnung gingen in Richtung Tierarztpraxis, so viel hatten Brook und Hellkamp von außen ausmachen können.

Es öffnete ihnen eine ältere Dame, um die siebzig, mit einer Duttfrisur und einer schmalen Brille. Sie trug eine bunte Kittelschürze. »Kron« stand an der Klingel.

»Mein Name ist Brook, dies ist mein Kollege Hellkamp, Kriminalpolizei.«

Brook zeigte seinen Ausweis.

»Und Ihrer?«, sagte die Frau forsch, an Hellkamp gewandt.

Der sah sie verdutzt an. »Mein was?«

»Na, Ihr Dienstausweis, junger Mann.«

Hellkamp beeilte sich, seinen Ausweis ebenfalls herauszuholen und dazu seine Dienstmarke.

Die alte Dame betrachtete alles sehr genau und nickte dann langsam.

»Dürfen wir hereinkommen? Wir haben ein paar Fragen.«

»Ungern.«

Brook sah Frau Kron verdutzt an. »Nun gut.«

Er war ein wenig aus dem Konzept geraten und musste kurz seine Gedanken ordnen. Schließlich holte er sein Notizbuch hervor, schlug es auf und fragte: »Waren Sie vom sechsten auf den siebten Juli hier zu Hause?«

»Können Sie das bitte ein wenig konkreter fassen?«

»Sagen wir, zwischen zwanzig Uhr und acht Uhr.«

»Natürlich war ich da zu Hause. Wo soll ich denn wohl sonst sein?«

»Wann gehen Sie denn ins Bett?«

»Also, das ist ja wohl eine sehr persönliche Frage, Herr Hauptkommissar.«

»Ich muss Sie trotzdem bitten, sie zu beantworten.«

»Bitte, bitte«, sagte Frau Kron schnippisch. »So gegen elf.«

»Und wann stehen Sie auf?«

»So um sechs.«

»Schön. Können Sie sich denn noch an den fraglichen Tag erinnern?«

»An welchen? Den sechsten Juli oder den siebenten?«

»An beide Tage vielleicht. Abends bis morgens.«

»Siebter Juli? Vor zwei Monaten? Wie soll ich mich daran denn wohl erinnern?« Die Frau sah Brook streng an, und er hatte sofort das Gefühl, als hätte er etwas Unanständiges von ihr verlangt.

Hellkamp schaltete sich ein. »Da wurde nebenan beim Tierarzt eingebrochen.«

»Ah, beim Türken!«

»Äh – ja, genau.« Hellkamp warf seinem Kollegen einen vielsagenden Blick zu und zog die Augenbrauen hoch.

»Ja, das weiß ich noch«, sagte Frau Kron und fügte in vertraulichem Tonfall hinzu: »Da kam die Polizei.«

»Genau. Haben Sie da irgendetwas beobachtet?« Brook wurde langsam ungeduldig.

»Das wird aber mal Zeit, dass da jemand nachfragt!« Frau Kron blickte die zwei Männer geringschätzig an.

»Sie meinen, bislang ist niemand gekommen, der Sie befragt hat? Also, kein Polizist?«

Die alte Dame schüttelte den Kopf. »Nein, niemand.«

Na toll. Verdammte Schlamperei. Routinefall, schnell abgehakt. Bloß nicht zu viele Umstände machen. Jetzt riss Brook langsam der Geduldsfaden.

»Aber Sie sagten doch gerade: ›Da kam die Polizei.‹« Hellkamp war verunsichert. »Die kam aber nicht zu Ihnen? Sehe ich das richtig?«

»Nein, das sage ich doch die ganze Zeit. Sie müssen schon ein wenig zuhören.«

»Sie haben also gesehen«, versuchte es Brook jetzt, »dass nebenan die Polizei kam, nach dem Einbruch.«

»Ich habe eine gute Sicht auf den Eingang des Hauses drüben. Vom Küchenfenster aus.«

»Ist Ihnen denn sonst noch etwas aufgefallen, Frau Kron? Bevor die Polizei kam?«

Die Angesprochene schien zu überlegen und blickte an den beiden vorbei ins Treppenhaus ins Leere. Brook sah auf die Uhr.

»Ich glaube, etwa zehn vor sieben war's.«

»Zehn vor sieben war – was?« Brook konnte nur schwer verbergen, dass ihn diese Befragung gehörig nervte.

»Da habe ich den Tierarzt gesehen.«

»Den Tierarzt?«

»Ja, den Tierarzt von nebenan. Ich dachte noch: Der ist aber früh dran. Und dann ist er weggefahren. Da dachte ich: Hat wohl was vergessen. Und eine Viertelstunde später ist er wiedergekommen. Hatte wohl wirklich was vergessen. Ausgerechnet an dem Tag, als bei ihm eingebrochen worden ist.«

»Ist der Tierarzt immer so früh dran?«

»Nein, normalerweise kommt der nicht vor halb acht.«

Brook stutzte. Das konnte wichtig sein.

»Und dann kam irgendwann die Polizei?«

»Ja, so zwanzig vor acht vielleicht. So um den Dreh.«

»Sonst haben Sie niemanden beobachtet?«

Frau Kron schüttelte energisch den Kopf.

»Beobachten Sie denn alles, was da draußen so vor sich geht?«, fragte Hellkamp.

Brook schaute ihn einen Moment lang durchdringend an, aber es war zu spät.

Die alte Dame brauste auf: »Was erlauben Sie sich eigentlich? Als würde ich die Leute ausspionieren. Ich bin doch keine … keine …«

Sie kam offenbar nicht darauf, was sie nicht war, und Brook beeilte sich, beschwichtigend einzugreifen: »Entschuldigen Sie bitte meinen jungen Kollegen, liebe Frau Kron, das war nicht so gemeint.«

Das schien die Frau einigermaßen zu beruhigen.

Brook fuhr fort: »Frau Kron, Sie sagten, der Herr Doktor sei noch einmal weggefahren vor sieben. Erinnern Sie sich daran, ob er etwas bei sich hatte?«

»Also wenn ich's mir recht überlege«, kam nach einigem Nachdenken, »beschwören könnte ich es nicht, aber …« Sie schien sich wirklich Mühe zu geben, sich zu erinnern. »Mir ist so, als hätte er etwas zum Auto getragen. Etwas Großes. Und zwar mindestens zwei Mal. Ich weiß noch, dass ich dachte: Was schleppt der Mann um diese Uhrzeit schon für Sachen durch die Gegend? Aber was genau das jetzt war …« Sie schüttelte den Kopf.

»Haben Sie vielen Dank, das hilft uns schon außerordentlich«, schloss Brook das Gespräch ab. »Und bitte entschuldigen Sie die Störung.«

»Macht ja nichts. Wenn ich helfen konnte.«

»Das konnten Sie.«

Die Beamten verabschiedeten sich und verließen das Haus.

Auf dem Weg zum Auto konnte es sich Brook nicht verkneifen. »Hier bescheißt jemand die Versicherung«, platzte es aus ihm heraus.

»Meinen Sie?«

»Erst war es nur so ein Gefühl, aber jetzt bin ich ganz sicher.«

»Hm.« Hellkamp wartete darauf, dass Brook seine Gedanken weiter ausführte.

»Finden Sie es nicht seltsam«, sagte dieser endlich, »dass jemand die gleichen Geräte noch einmal kauft? Nach drei Jahren findet man doch kaum noch den gleichen Fernseher im Handel, geschweige denn den exakt gleichen Bildschirm für den Computer.«

»Hatten Sie denn die Modellbezeichnungen aus der Verlustliste im Kopf?«

»I wo, das war ein Schuss ins Blaue. Aber er saß. Wenn Sie mich fragen – der gute Herr Doktor hat jetzt zu Hause einen schönen, großen, neuen Fernseher im Wohnzimmer stehen. Gekauft vom Geld der Hausrat- oder Diebstahlversicherung. Seine Tochter einen neuen Computermonitor und seine Frau ein neues Notebook.«

»Na, ob wir ihm das beweisen können?«

»Das sollen mal schön die Kollegen machen, die den Fall hier vermurkst haben.«

»Glauben Sie denn wirklich, dass der Tierarzt in seine eigene Praxis eingebrochen ist?«

»Das wohl weniger«, sagte Brook. »Ich schätze, er kam morgens hier an, sah, dass eingebrochen worden war, dass aber nur die Medikamente fehlten. Was lag da näher, als schnell ein paar Geräte zu nehmen, ins Auto zu laden, wegzubringen und später anzugeben, dass die ebenfalls gestohlen worden sind?«

Hellkamp pfiff durch die Zähne. »Die Kollegen sind also auf einer völlig falschen Spur gewesen?«

»Ich schätze schon.«

Sie waren bei Hellkamps Auto angelangt und stiegen ein.

»Der Einbrecher hat genau gewusst, was er wollte«, sagte Brook. »Und zwar die Medikamente. Das Ganze war die Tat eines spezialisierten Einbrechers, mit genauer Vorbereitung und professioneller Ausführung. Er wird gewusst haben, was Dr. Özbakirs Spezialgebiet ist: große Hunde. Und dass man in einer solchen Praxis bestimmte Medikamente findet.«

»Aber war der Einbrecher auch unser Mörder?«

»Schwer zu sagen. Das wird sich zeigen. Ich glaube, eher nicht.«

»Aber irgendwie müssen Mörder und Einbrecher zusammengekommen sein«, sagte Hellkamp nachdenklich.

»Ganz recht.«

Als sie kurz darauf wieder auf dem Weg zur Dienststelle waren, sagte Brook: »Übrigens, ich wusste gar nicht, dass Sie einen Hund haben.«

»Habe ich auch nicht.« Hellkamp grinste und schwenkte sein Handy. »Aber dafür die Telefonnummer einer schicken Hundebesitzerin.«

8

Der Küchentisch. Vor mir ein Glas Wasser. Eben noch habe ich geschlafen, in meiner, der wirklichen Welt. Aber dann bin ich wieder in der anderen aufgewacht. Ich kann die trockene Wüstenluft noch schmecken. Was ist vorher gewesen? Ich weiß es nicht. Genau wie neulich. Nachts habe ich wie heute in diesem weißen Raum gesessen, und vor mir lag das Messer. Blut war daran. Aber das war richtig so, es musste Blut daran kleben. Ich habe genau das getan, was mir aufgetragen war. Doch wie genau es passiert ist, weiß ich nicht. Eine kurze Erinnerung. Nur eine Sekunde, ein Wimpernschlag. Da war ein Wald, und der Junge kniete vor mir. Aber nein, das kann nicht sein. Mein Leben, mein wahres Leben findet in der Wüste statt. Nicht im Wald. Wald gibt es in der Wüste nicht. Immerhin war Blut an meinem Werkzeug. Es ist also alles gut, ich habe getan wie mir geheißen. Und jetzt? Ein seltsamer Raum, eine Umgebung, in die ich nicht gehöre. Eine Küche eines Hauses, das nicht meines ist. Das ich mir erträume. Das mir geträumt wird. Ein fremdes Leben, das mich vergessen lässt, was passiert und was passiert ist, als ich meinen Auftrag ausführte. Aber das macht nichts.

Wenn ich die Augen schließe, sind die Bilder da. Die Wüste, die sengende Sonne. Hinter mir Sarah, meine Frau, die mir noch immer kein Kind geschenkt hat. Sarahs Sklavin, die mir Ismael geboren hat. Mein undankbarer Neffe. Meine Diener. Alle hinter mir und davor ich, Abraham, als Anführer, dem sie alle folgen müssen. Auf dem Weg in das Land der Verheißung. Mein langer Bart ist grau vom trockenen Staub. Vor mir nichts als Leere und Kargheit. Ein blauer Himmel und dunkle, hohe Berge am Horizont. Dahinter liegt das Land, das ich erreichen muss. Nur noch wenige Schritte, wenige Aufgaben nur sind zu erledigen, bis ich dort bin. Dort, wo ich endlich frei bin, endlich ich selbst. Und nicht nur ich, sondern alle. Alle, die mich begleiteten, alle, die folgen werden. Bis am Schluss alle Menschen frei sind. Da endlich ist sie wieder, die Stimme. Die laute, tiefe, dröhnende Stimme. Die Stimme, die durch und durch geht, die so kraftvoll ist, dass sich mir manchmal der Magen umdreht, wenn ich sie höre. Die zu mir spricht, nur zu mir. An mir allein war es, sie zu hören. Gleich wird sie mir sagen, wie ich vorzugehen habe.

9

Mit knapp hundertfünfzig Hektar ist der Hamburger Stadtpark weder so groß wie der Englische Garten in München noch wie der Berliner Tiergarten oder der New Yorker Central Park. Doch die Hamburger lieben ihren Park, wie eigentlich fast alles an ihrer Stadt, heiß und innig. Im Stadtpark, östlich der Alster im Stadtteil Winterhude, gibt es ein Freibad, eine Open-Air-Bühne und natürlich viele große Wiesen, auf denen im Sommer Tausende Menschen sitzen, schlafen, grillen, Fußball spielen.

Ein Unterschied zu anderen Großstädten ist sicherlich, dass die Stadt auf eine solche »grüne Lunge« in Form eines großen Parks gar nicht angewiesen wäre: Hamburg ist die baumreichste Millionenstadt der Welt. Überall ist es grün und blüht es, in der Innenstadt, in Altona, St. Pauli, Winterhude, Barmbek und Wandsbek. Zwischen Wohnanlagen und Bürogebäuden, entlang der Bundesstraßen und in den Villen- wie in den Problemvierteln. Am Hafen, an der Alster, an der Bille. Überall grün, grün, grün, zumindest im Frühling und Sommer.

Jetzt, Anfang September, beginnen die Blätter sich langsam gelblich und bräunlich zu färben. Jenny Beckmann hat keinen Blick für das Grün. Es ist kurz nach neun Uhr morgens, als sie hier, im Stadtpark, einen Kinderwagen vor sich herschiebt. Am Ufer des großen Sees, links von ihr, am Ende der großen Wiese, das Planetarium. Sie ist dort noch nie drin gewesen, sie weiß auch nicht genau, was da passiert. Irgendwas mit Wissenschaft. Jenny Beckmann hat andere Sorgen.

Zum Beispiel das Kind, das im Kinderwagen liegt, den sie vor sich herschiebt. Es heißt Ben, und es ist vor drei Monaten und fünf Tagen zur Welt gekommen. Sie kann sich noch genau an die Schmerzen erinnern. Es war die Hölle. Und genauso schlimm war, dass Lasse, ihr Freund, der Vater des Kindes, nicht dabei war. Sie wünscht ihn manchmal zum Teufel. Und sie ist schon mehrmals drauf und dran gewesen, sich von ihm zu trennen. Immer ist ihm der Scheiß-Fußball wichtiger als sie. Oder seine Kumpels.

Sie hat sich bei ihrer Mutter beklagt, und ihre Mutter hat sie angesehen und fest am Arm gepackt, ein wenig zu fest, und dann hat sie gesagt: »Pass bloß auf, Jenny, dass Lasse bei dir bleibt. Er hat dir das Kind schließlich angedreht. Immerhin steht er dazu. Ihr seid beide erst sechzehn, da muss man sich mal 'n büschn durchbeißen. Du bleibst schön bei ihm und er bei dir. Das wäre ja noch schöner. Nach Regen kommt Sonnenschein, wirst schon sehen.«

Jenny setzt sich auf eine Bank. Im Kinderwagen ist es ruhig. Ben ist kein Schreikind, Gott sei Dank. Da hat sie ganz anderes erlebt, als ihr kleiner Bruder zur Welt gekommen ist. Da war sie zehn. Sie musste schon bald auf ihn aufpassen, jeden Tag, nachmittags, wenn ihre Mutter zur Arbeit ins Café ging. Und ihr kleiner Bruder schrie. Ständig, fast ununterbrochen. Vor dem Fläschchen, nach dem Fläschchen. Sie wusste gar nicht, warum. Es gab keinen Grund.

Und jetzt hat sie selbst ein Kind, aber das schreit nicht so oft. Ben. So ein schöner Name. Ben, Ben, Ben. Sie hat den Namen ausgesucht. Da hat sie sich mal durchgesetzt. Doch manchmal hat sie das Gefühl, als sei Lasse das sowieso scheißegal. Er ist so selten bei ihr. Er ist immer dann fort, wenn sie sich am einsamsten fühlt.

Wie jetzt.

Sie sitzt auf der Bank und sieht auf das ruhige, dunkle Wasser. Eine Trauerweide lässt ihre Zweige in den See hängen. Ein trauriger Anblick. Ihre Mutter hat sie aus der Wohnung gejagt, sie will noch schlafen, ab mit dem Kind in den Park, hat sie gesagt. Ben ist doch ganz ruhig, hat Jenny zurückgegeben. Doch ein durchdringender Blick der Mutter hat gereicht, und Jenny hat die Flucht ergriffen.

Sie bewegt den Kinderwagen leicht am Griff und streckt die Beine auf dem Sandboden aus. Das Gras riecht frisch. Es ist noch früh, noch nicht einmal acht. Die Sonne wärmt ihr Gesicht. Endlich mal kein Regen, endlich ein schöner Tag. Aber ihrer Mutter wäre das egal gewesen. Sie hätte sie auch bei Regen und Wind aus der Wohnung gescheucht. Babys brauchen frische Luft, sagt sie immer. Da sie beide einen Großteil des Geldes, das ihnen zur Verfügung steht, für Zigaretten ausgeben, stimmt das natürlich auch. Frische Luft ist in der Wohnung Mangelware. Also raus, der Stadtpark ist nur ein paar Minuten zu Fuß entfernt.

Es ist so still. Ein paar Vögel hört Jenny zwitschern. Sie schüttelt den Kopf. Ob die wirklich miteinander reden? Wie können die sich bloß verstehen? Es klingt alles gleich. Dann sind die Vögel wieder still. Es sind erst wenige Menschen unterwegs. Sie schließt die Augen. Endlich ist mal alles ruhig. Zu Hause ist es oft so laut. Ihr kleiner Bruder ist jetzt sechs. Ein doofes Alter. Wenigstens ist er vormittags in der Schule. Jenny wird bald siebzehn, sie wird nie wieder in die Schule gehen. Aber es hat ihr ohnehin nicht besonders gefallen dort. Und da war es auch immer laut, so laut.

Jetzt ist alles still. Die Blätter der Weide rascheln ein wenig. Ein Luftzug. Sie hat die Augen noch immer geschlossen. Ein paar Schritte, sind das wirklich Schritte hinter ihr? Nur kurz ausruhen. Wenn sie so tut, als schlafe sie, dann wird hoffentlich keine Oma kommen, die sich über den Kinderwagen beugt und den kleinen Ben sooo süß findet. Die Schritte sind wieder weg. Nur noch ein paar Minuten so sitzen.

Doch irgendetwas stimmt nicht. Irgendetwas beunruhigt Jenny. Sie schlägt die Augen auf und sieht sich um. Niemand zu sehen. Sie hat erneut eine Hand am Kinderwagen und bewegt ihn leicht. Es ist alles so ruhig. Sie steht auf. Genug frische Luft, ihr ist irgendwie nicht gut. Und die Zigaretten hat sie auch vergessen.

Sie sieht in den Kinderwagen.

Der Wagen ist leer.

Jenny Beckmann wird kurz schwarz vor Augen, und sie hört ein Sausen in den Ohren. Zwei, drei Sekunden lang. Dann wird ihr übel. Panik erfasst sie, und sie beginnt zu schreien.

10

Am Donnerstagmorgen war Hellkamp spät dran. Er betrat sein Büro um Viertel nach acht. Natürlich war Brook schon da, aber er sagte nichts, sondern brummelte nur vor sich hin, als Hellkamp »Morgen!« durch die Verbindungstür der Büros rief.

Er schaltete seinen Computer ein und ging in die Teeküche, um sich einen Kaffee zu holen. Mit dem Becher in der Hand kam er den Flur wieder hinunter und blieb an der offenen Tür zu Brooks Büro stehen.

»Was Neues?«

»Na ja. Eine Liste der Fahrzeuge mit ähnlichen Kennzeichen wie das, das der Zeuge gesehen zu haben meint.«

»Ach ja? Lassen Sie mal sehen.«

HH-GO-4684 war die Nummer des Autos gewesen, die Scharnemann angegeben hatte. Hellkamp überflog den Computerausdruck, auf dem sechs Fahrzeuge mit Namen und Adressen der Halter aufgelistet waren. Dabei hatte der Computer Zahlendreher berücksichtigt sowie einmal »GQ« beziehungsweise »GÖ« statt »GO« und »HA« statt »HH« für Hamburg.

»Das sind die fünf besten Übereinstimmungen für rote und dunkelrote Pkw«, sagte Brook. »Was danach kommt, ist nicht so doll.«

»Es kann natürlich ebenso gut sein, dass Scharnemann sich die Nummer komplett falsch gemerkt hat. Oder die Farbe.«

»Sicher, möglich ist alles. Wobei, dass er sich an die Farbe erinnert hat, kaufe ich ihm noch am ehesten ab. Könnten Sie die Halter mit Lejeune mal abklappern? Am besten fangen Sie bei den zwei dunkelroten Fahrzeugen an. Ich muss nachher noch zur Staatsanwaltschaft wegen der Körperverletzungsgeschichte an der Horner Rennbahn vom April.«

Brook seufzte. Leider hörten die alten Fälle nicht automatisch auf zu existieren, wenn ein mysteriöser Mordfall auf den Plan trat.

Hellkamp kehrte zurück in sein Büro. Der Computer war endlich hochgefahren, ein Dutzend E-Mails warteten auf ihn. Danach ging er zu Lejeune, der sich sein Büro mit zwei anderen Kriminalmeistern teilte, und sagte ihm, dass er mit ihm mitkommen solle. Lejeune stand sofort auf und griff seine Jacke, die über seinem Bürostuhl hing, ohne zu fragen, wohin die Reise ging.

»Na, na.« Hellkamp schüttelte den Kopf. »Doch nicht sofort. In zehn Minuten geht's los.«

»Okay, Chef.«

Zurück in seinem Büro setzte sich Hellkamp wieder vor den Rechner. Ihm war noch etwas eingefallen, was er prüfen wollte. Hellkamp rief Google Maps auf und gab die Adresse von Herrn Scharnemann in Wohltorf ein. An der Ecke seiner Straße zur Gutenbergstraße war er, seinen Angaben zufolge, von dem fraglichen Wagen beinahe überfahren worden. Hellkamp betrachtete die Karte.

Seltsam.

»Brook, kommen Sie doch mal bitte kurz.«

Der Hauptkommissar erhob sich mit leichtem Stöhnen und betrat Hellkamps Büro.

»Schauen Sie mal hier.« Hellkamp zeigte auf den Bildschirm. »An dieser Ecke ist der Fahrer laut Scharnemann abgebogen. Aber wo wollte er denn dann hin?«

Die Straße, in der Scharnemann wohnte, beschrieb einen Knick, einen Neunzig-Grad-Winkel, sodass sie die zwei Hauptstraßen, die Gutenbergstraße und die Straße Am Tonteich, miteinander verband.

»Der Fahrer ist laut Scharnemann hier die Gutenbergstraße heruntergekommen, mit hoher Geschwindigkeit, und dann in Scharnemanns Straße eingebogen«, sagte Hellkamp. »Warum ist er nicht auf der großen Straße weitergefahren? Und dann rechts abgebogen in Richtung Bahnhof?«

Brook sah auf die Karte und machte ein nachdenkliches Gesicht. Er fuhr die Strecke, die Hellkamp beschrieben hatte, mit dem Finger nach.

»Wo kommt man denn da hin?«

»Zum Bahnhof und dann weiter da oben in Richtung Autobahn.«

»Und wir sind von da gekommen?« Brook zeigte auf die Gutenbergstraße in der entgegengesetzten Richtung.

»Genau, über die B 5, über Bergedorf.«

»Was geht denn schneller?«

»Ich glaube, das gibt sich nicht viel.«

»Nehmen wir mal an, der Fahrer war in Eile und wollte Wohltorf so schnell wie möglich verlassen. Einfach nur weg. Und zwar möglichst ungesehen. Welcher Weg wäre der schlauere?«

»Na, sicherlich der über die B 5. Nicht über die Autobahn, da muss man ja noch durch den ganzen Ort fahren.«

Brook runzelte die Stirn. »Es sei denn, er ist über die Autobahn gekommen, und er ist ortsfremd und will auf demselben Weg zurückfahren, auf dem er gekommen ist.«

»Das könnte auch erklären, dass er in die kleinere Straße abgebogen ist. Er ist von hier gekommen, vom Bahnhof«, Hellkamp fuhr mit dem Mauszeiger über die Straße vom Bahnhof bis zum Waldrand, »und als er auf demselben Weg zurückfahren wollte, dachte er, die kleinere Straße sei schon die, die zum Bahnhof führt.«

»Na ja.« Brook war skeptisch. »Vielleicht, wenn er sehr aufgeregt oder nervös war.«

»Was ja durchaus nachvollziehbar wäre. Wenn unser Autofahrer wirklich der Täter ist.«

Neben sich hörten sie auf einmal ein Räuspern. Lejeune stand in der Tür.

Hellkamp nickte und griff sich seine Jacke. »Also dann, Lejeune, los geht's.«

In Hellkamps Auto fragte Lejeune mit einem Blick auf die Liste in seiner Hand: »Wäre es nicht klüger gewesen, da überall vorher anzurufen? Was, wenn keiner zu Hause ist?«

»Daran habe ich auch gedacht«, sagte Hellkamp, »aber es ist ja nicht völlig ausgeschlossen, dass der Fahrer des Wagens der Täter ist. Und wenn wir ihn überraschen, ist es auf jeden Fall besser, als wenn wir ihn vorher warnen. Aber keine Sorge, den Halter, der in Hagen wohnt, den rufen wir erst an, bevor wir hinfahren.«

Der erste Fahrzeughalter, den sie aufsuchten, war eine Frau. Sie fuhr einen bordeauxroten Opel Vectra mit dem Kennzeichen HH-GQ-4684. Das war die beste Übereinstimmung der Liste, ein »Q« konnte man durchaus mal für ein »O« halten. Sie wohnte in einem Altenpflegeheim im Stadtteil Farmsen, und es stellte sich heraus, dass sie an die neunzig war und ihr Auto ohnehin kaum benutzte und obendrein schon seit einem halben Jahr nach einem Oberschenkelhalsbruch in einer Rehaklinik war. Das Auto war in der Garage des Heims untergebracht, und die Anstaltsleitung bestätigte, dass sonst niemand Zugang zu dem Fahrzeug hatte.

Die Nummer des zweiten Fahrzeugs lautete HH-GÖ-4684. Es war ein dunkelroter BMW 318i. Aber auch dort hatten sie kein Glück: Die Frau des Wagenbesitzers gab an, dass ihr Mann seit einer Woche mit dem Auto auf Geschäftsreise war.

Als sie das Haus des Fahrzeughalters wieder verlassen hatten, sagte Lejeune: »Was, wenn der Mann gar nicht auf Geschäftsreise ist? Was, wenn er hier irgendwo herumfährt und Leute umbringt?«

»Na, na, na. Erstens: Niemand ›bringt Leute um‹. Wir haben *einen* Mord, fertig. Vielleicht auch nur Totschlag. Und zweitens: Ob das Alibi des Mannes stichhaltig ist, muss uns jetzt noch nicht kümmern, wir machen erst einmal mit dem Nächsten auf der Liste weiter.«

Lejeune sagte nichts.

Hellkamp fuhr fort: »Sehen Sie mal, das kann bei dem Altenheim vorhin doch genauso sein. Klar ist die Besitzerin nicht mit dem Auto gefahren, aber wer sagt denn, dass sich niemand vom Personal die Karre ausgeliehen hat, um nach Wohltorf zu fahren? Die Schlüssel liegen garantiert bei denen im Büro rum. Und auf Nachfragen will es natürlich keiner gewesen sein, weil er oder sie das natürlich nicht durfte.«

Lejeune guckte immer noch eingeschnappt.

Sie stiegen in Hellkamps Wagen ein, und Lejeune sagte: »Na gut, dann also das nächste Auto. Kennzeichen: HH-GO-468H, VW Passat, Farbe: Rot. Besitzer: Volker Röhl. Der wohnt allerdings ganz draußen in Schnelsen.«

»Immerhin, kein schlechtes Match: GO-468H. Ist der Passat schon so alt, dass er ein H-Kennzeichen bekommt?«

»Ja, Baujahr 1977.«

Hellkamp pfiff anerkennend. »Baureihe B1, nicht schlecht. Dass die Dinger noch fahren …«

Es dauerte eine Weile, bis sie die Adresse in Schnelsen im Nordwesten Hamburgs erreichten. Ein Einfamilienhaus in einer ruhigen Wohnsiedlung, im Vorgarten lagen bunte Plastikspielsachen herum, aus bunter Pappe ausgeschnittene Figuren und Blumen zierten die Fenster zur Straße hin. Über die Bäume konnte man das Schild von IKEA sehen, an der Spitze eines hohen Mastes.

Hellkamp klingelte, und eine junge Frau öffnete ihnen, die Ende zwanzig sein mochte. Sie schien ein wenig außer Atem und machte den Eindruck, als hätten sie sie gerade bei etwas gestört.

Hellkamp stellte sich vor, zeigte seinen Dienstausweis, und die Frau sagte: »Tut mir leid, mein Mann ist nicht da.«

»Wer sind Sie, bitte?«, fragte Hellkamp.

»Ich bin Judith Röhl.«

»Wie kommen Sie gleich darauf, dass ich zu Ihrem Mann möchte?«

»Na ja, was sollen Sie von mir schon wollen können?« Sie lachte. Ein offenes, herzliches Lachen.

»Und Ihr Mann, wo befindet sich der?«

»Er ist bei der Arbeit. In seiner Kirchengemeinde, in Krambek.«

»Kirchengemeinde? Ihr Mann ist Pastor?«

»Ja, genau. Er hat eine eigene Kirchengemeinde, und heute hat er Seelsorgedienst.«

»Welche Gemeinde ist denn das?«

»Die der evangelisch-lutherischen Kirche in Krambek.«

»Krambek? Wo liegt das?«

»Hier oben Richtung Pinneberg und etwas rechts ab.« Sie zeigte vage nach Nordwesten. »Eine nette kleine Gemeinde.«

»Sie wohnen nicht dort im Pfarrhaus?«

»Das ist leider abgebrannt vor ein paar Jahren. Wir sind dann hierhergezogen, eigentlich eher vorübergehend. Aber hier gefällt es uns auch ganz gut.«

Hellkamp betrachtete die Frau. Sie trug einen weiten grünen Pullover und hatte sich ihre blonden Haare hochgesteckt. Hübsch, genau sein Typ.

»Was möchten Sie denn von meinem Mann?«

»Nur eine Routinesache. Geben Sie mir doch bitte die genaue Adresse.«

Frau Röhl drehte sich um und schrieb die Adresse auf einen

Notizblock, der auf einer Kommode im Flur lag. Sie riss den Zettel ab, kam zurück und gab ihn Hellkamp.

»Danke sehr.« Er blickte auf den Zettel. »Was ist denn dort, wenn es kein Pfarrhaus mehr gibt?«

»Die Gemeinde hat ein provisorisches Büro eingerichtet.«

»Sagen Sie«, fragte Lejeune, »Ihr Mann fährt einen roten Passat? Einen alten?«

»Ja, genau. Ist was damit? Hat er einen Unfall gebaut?« Ihr Ton klang eindringlich, aber sie sah nicht erschrocken aus.

»Nein, wie gesagt, nur eine Routinesache.«

Aus dem Nebenzimmer kam auf einmal lautes Geschrei. Die Frau ließ die Beamten stehen, verschwand kurz und kehrte mit einem Baby auf dem Arm zurück. Es sah winzig aus, mit einem ganz kleinen roten Gesicht. Auf ihrem Arm wurde es gleich wieder ruhig.

Frau Röhl blickte die Beamten fragend an.

»Haben Sie noch mehr Kinder?«, fragte Hellkamp.

»Ja, noch zwei. Aber die sind in der Schule. Sechs und acht Jahre alt.« Sie beugte sich hinunter zu dem Kind auf ihrem Arm und lächelte es an.

»Wir werden dann mal nach Krambek fahren«, sagte Hellkamp. »Vielleicht kommen wir später noch einmal vorbei.«

Sie verabschiedeten sich und gingen zum Auto zurück.

»Auf nach Krambek«, rief Lejeune mit gespieltem Eifer, als sie einstiegen. »Endlich wieder in die Provinz!«

Krambek war ein kleiner Ort mit etwa zweitausend Einwohnern und einer schönen, alten Backsteinkirche. Die letzten Wolken hatten sich verzogen, und die Sonne strahlte, als sie durch das Dorf fuhren. Einfamilienhäuser, alte Höfe, Metzger, Gemüseladen, Gaststätte mit Bundeskegelbahn, Grundschule, »Autokraft«-Bushaltestelle. Die Straße gesäumt von Birken und Buchen mit dichten hellgrünen Blättern. Hier, keine fünfzehn Kilometer hinter Hamburg, war die Welt noch in Ordnung.

Hellkamp stammte aus einem Dorf in Niedersachsen, in der Nähe von Hannover, wo es ganz ähnlich ausgesehen hatte, und manchmal überkam ihn eine große Sehnsucht nach den einfachen Strukturen auf dem Land und dem Leben in einer überschaubaren

Gemeinde. Mit einer hübschen Frau und ein paar Kindern. Dabei wusste er genau, dass er sich nach einiger Zeit zu Tode langweilen würde.

Sie fanden die Adresse, Dorfstraße 12, sofort. Die Dorfstraße war die große Straße, die mitten durch den kleinen Ort führte, und das provisorische Büro des Pastors befand sich in einem kleinen frei stehenden zweistöckigen Haus. Hellkamp parkte direkt hinter einem roten Passat mit Schrägheck, der einen sehr gepflegten Eindruck machte, auch wenn man dem Design die Jahrzehnte ansah.

Sie stiegen aus. Hellkamp ging mit bewunderndem Blick um das Auto herum.

»Lejeune, sagen Sie selbst – hat man nicht früher einfach viel *schönere* Autos gebaut? Selbst so ein Passat. Wunderbar.«

Lejeune stand auf dem Bürgersteig und sah aus, als versuche er möglichst unauffällig, ins Wageninnere zu schauen.

»Eine Plastiktüte auf dem Rücksitz«, sagte er. »Ist irgendwas drin. Was mag das wohl sein?«

»Ist doch egal.« Hellkamp blickte ihn unwirsch an. »Kommen Sie schon, wir sehen nach, ob der Pastor da ist.«

Die Männer betraten das kleine Grundstück durch eine niedrige Gartenpforte. »Pfarramt Krambek-Belkstedt« stand auf der Klingel neben der Tür.

Hellkamp drückte auf den Knopf. Nichts war zu hören, keine Klingel, kein Gong. Dann klopfte er.

Ein paar Sekunden später hörten sie Schritte hinter der Tür. Es öffnete ihnen ein großer Mann, Mitte vierzig, mit kurzem dunklem Haar, Kinnbart und Nickelbrille. Er trug ein dunkles Cordsakko und eine passende Hose.

Der Mann sah sie aufmerksam an und sagte dann mit gedämpfter Stimme: »Guten Tag, was kann ich für Sie tun?«

Hellkamp zeigte seinen Ausweis, stellte sich und Lejeune kurz vor und fragte: »Herr Röhl?«

Röhl nickte und sagte, immer noch leise: »Entschuldigen Sie, aber bei mir sitzt gerade jemand. Ein Seelsorge-Termin. Ich hatte extra die Klingel abgestellt. Könnten Sie später noch einmal wiederkommen? In einer Dreiviertelstunde vielleicht?«

Hellkamp blickte zu Lejeune. Er war nicht gerade angetan von der Vorstellung, eine Dreiviertelstunde zu warten. Andererseits war das Wetter so schön, wie der Spätsommer im Norden nur werden konnte.

Er sah auf die Uhr. Es war kurz vor eins.

»Gut.« Hellkamp schaute auf die Uhr. »Um Viertel vor zwei dann.«

Röhl nickte und schloss die Tür.

»Und jetzt?«, fragte Lejeune. »Fragen wir die Nachbarn, oder …?«

»Die Nachbarn? Wonach denn?« Hellkamp schüttelte den Kopf. »Kommen Sie, wir drehen noch eine Runde durchs Dorf.«

Lejeune ging zum Auto.

»Wo wollen Sie denn hin?«

»Na, ich dachte, wir drehen –«

»Zu Fuß, Mensch!« Hellkamp schüttelte den Kopf. »Sie können aber auch gerne so lange im Auto warten.«

»Nein, nein, kein Gedanke«, sagte Lejeune eilig, »gehen wir! ›Hinaus in Feld und Flur! Hinauf auf Gipfel und Grat! Durch Hag und Heide, durch Moor, Modder und Morast!‹«

»Goethe?«, riet Hellkamp.

»Nein – Donald Duck«, antwortete Lejeune und grinste.

Auch Hellkamp musste grinsen. Hin und wieder tat Lejeune ihm leid, wenn der alte Brook auf ihm herumhackte, und manchmal fand er ihn sogar ganz sympathisch. Aber das währte oft nur so lange, bis Lejeune seinen nächsten verqueren Geistesblitz von sich gab oder den nächsten bemühten Scherz, der den Eindruck machte, als wolle der junge Mann sich unbedingt in den Mittelpunkt des Geschehens katapultieren. Aber eventuell hatte Brook ja ganz recht, und Lejeune musste sich gegenüber seinen Vorgesetzten schon selbst durchbeißen. Genau wie er, Hellkamp, vor einigen Jahren.

Sie gingen die Dorfstraße hinunter. Einfamilienhäuser rechts und links. Hier und da gab es noch kleine Pfützen auf dem unebenen Bürgersteig, die vom schlechten Wetter der letzten Tage zeugten.

Nach weiteren zweihundert Metern gelangten sie zum Ortsausgang. Links blickten sie über ausgedehnte grüne Weiden, umgeben von Zäunen mit unregelmäßig aus Holz gearbeiteten

Zaunpfählen. Schräg hinter sich hörten sie leise die Autobahn in der Ferne.

Hinter dem Ortsschild hörte der Bürgersteig auf und wurde zu einem Sandweg. Die Straße ging weiter und bog halb rechts in ein Stück Wald ab, wo sie zwischen hohen Bäumen verschwand. Ein paar Meter vor ihnen stand auf der rechten Straßenseite am Rand des Bürgersteigs eine Bank. Hellkamp überquerte die Straße und setzte sich, Lejeune tat es ihm nach.

Hellkamp sah auf die Uhr. Noch eine halbe Stunde.

Nach einer Weile fragte Lejeune: »Meinen Sie, dass der Pastor unser Mann ist?«

Hellkamp zuckte die Schultern. »Kann sein. Abwarten.«

»Immerhin ist es ein Pastor.« Lejeune klang fast entrüstet.

»Das muss doch nichts heißen«, sagte Hellkamp. »Alle Menschen verüben Verbrechen. Lehrer, Anwälte, Richter, Polizisten, Geistliche. Denken Sie nur an die Missbrauchsfälle in der katholischen Kirche.«

»Na ja, stimmt natürlich. Aber wenn man bedenkt, wie der Tote … ich meine, auf welche Art und Weise …«

»Das muss ebenfalls nichts heißen. Wer einen Mord verübt, bei dem treten bestimmte Schranken außer Kraft, die normalerweise durch ethische Prinzipien hochgehalten werden. Zumindest durch gesunden Menschenverstand. Nicht jeder Mörder ist psychisch krank, aber eine geistige Störung liegt sicherlich bei allen vor.«

Der junge Kollege schwieg.

»Der wievielte Mordfall ist das jetzt, an dem Sie mitarbeiten?«, fragte Hellkamp nach einer Weile.

»Der zweite.«

»Bei mir ist es der achtundzwanzigste.«

Lejeune pfiff anerkennend.

Hellkamp schüttelte den Kopf. »Ein Verdienst ist das nun nicht gerade. Aber rein statistisch wird alle drei Tage in Hamburg jemand umgebracht.«

»Ja, das habe ich schon mitbekommen«, sagte Lejeune säuerlich.

»Wissen Sie auch, welches die Stadt mit der höchsten Mordrate in Deutschland ist?«

»Frankfurt war das, nicht? Oder Berlin?«

»Nein, Hannover. Sollte man auch nicht meinen.« Hellkamp zwinkerte munter. »Na ja, Sie werden noch vieles mitbekommen, was dann zur Routine wird. Und vieles zu sehen bekommen, was Sie gerne sofort wieder vergessen würden – aber nicht können. Trotzdem, eines ist ganz wichtig, das sollten Sie sich auf jeden Fall merken. Vielleicht der wichtigste Grundsatz, den Sie für Ihre Arbeit brauchen: Alles ist möglich. Jeder ist verdächtig.«

Lejeune nickte und sah nachdenklich in die Ferne.

Um dreizehn Uhr vierzig befanden sie sich wieder vor dem Haus Dorfstraße Nummer 12 auf dem Gehweg. Der rote Passat stand immer noch da. Hellkamp hatte insgeheim beinahe gehofft, dass er fort wäre, dass der Pastor sich aus dem Staub gemacht hätte, weil er der Mann war, den sie suchten, der Mörder des jungen Mannes im Wald.

Die beiden Kriminalbeamten blickten zur Eingangstür. Sie erwarteten, dass jemand herauskäme, jemand, der bei Pastor Röhl seelischen Beistand gesucht hatte. Aber es passierte nichts.

Um Viertel vor zwei gingen sie zur Eingangstür und klingelten.

Pastor Röhl öffnete sofort.

»Kommen Sie bitte herein.« Er lächelte freundlich. »Möchten Sie eine Tasse Tee?«

Hellkamp sah, dass Lejeune bejahen wollte, und hielt ihn durch einen scharfen Blick davon ab. »Nein danke.«

»Kommen Sie bitte und setzen Sie sich«, sagte Röhl.

Sie gingen durch einen kurzen Flur, in dem sich rechts eine kleine Kochnische befand, und betraten das Zimmer. Das winzige Haus schien überhaupt nur zwei Zimmer zu haben, eines unten und eines oben, wohin an der rechten Wand eine Treppe führte. Am Fuß der Treppe befand sich zur Vorderseite des Hauses hin noch eine Tür, vermutlich führte sie ins Badezimmer, das somit nur wenig größer als der kleine Flur sein konnte.

Das Inventar des Zimmers bestand aus einem billig aussehenden Schreibtisch aus Kiefernholz, einem Bürostuhl und zwei Klappstühlen aus Holz. An der linken Wand lehnten noch weitere Klappstühle, zusammengeklappt, und an der hinteren Wand standen eine Kommode und ein Bücherregal mit ein paar Dutzend Büchern darin.

Röhl bedeutete den zwei Männern, auf den Stühlen vorm Tisch Platz zu nehmen.

»Ich will gleich zur Sache kommen«, sagte Hellkamp. »Es ist lediglich eine Routineangelegenheit, eigentlich nur eine Frage: Wo waren Sie am Montagabend, so zwischen sieben und neun?«

Röhl schien zu überlegen. »Jetzt am Montag? … Da war ich erst hier im Büro, und dann habe ich die alte Frau Jansen besucht.«

»Hier im Ort?«

»Nein, im Nachbarort, in Belkstedt. Das gehört auch hier zur Kirchengemeinde.«

»Und Frau Jansen haben Sie besucht? Wann denn genau?«

»So gegen acht. Kurz vor acht.«

»Wie lange waren Sie dort?«

»Bis so um neun, schätze ich. Dann bin ich nach Hause gefahren.«

Hellkamp schwieg.

Nach ein paar Momenten fuhr der Pastor fort: »Der alten Dame geht es nicht gut, seit ihr Mann gestorben ist. Sie ist über neunzig. Ich bin so zwei- bis dreimal die Woche bei ihr und sehe nach dem Rechten, unterhalte mich mit ihr. Aber sagen Sie mal, worum geht es denn eigentlich?«

»Ach, wirklich nur Routine, wie gesagt.«

»Na ja, wenn Sie meinen … Liegt denn etwas gegen mich vor, oder wie?«

»Nein, wirklich, machen Sie sich bitte keine Gedanken. Könnten Sie mir denn noch kurz die Adresse von der Frau Jansen geben?«

»Sicher, kleinen Moment.« Röhl öffnete eine Schublade am Schreibtisch, holte einen kleinen Block und einen Kugelschreiber hervor, notierte eine Adresse und reichte Hellkamp den Zettel hinüber. Der Pastor kratzte sich am Kinnbart. Er wirkte ein wenig nervös.

»Das war's dann auch schon, haben Sie vielen Dank.« Hellkamp erhob sich, Lejeune tat es ihm nach.

Röhl begleitete sie zur Tür. Als er sie öffnete, stand ein Mann davor, der eine gewisse Ähnlichkeit mit Röhl hatte, auch wenn er deutlich älter als der Pastor wirkte. Er hatte ebenso dunkles, wenn auch etwas längeres Haar, das an den Schläfen bereits ergraut war, und dazu einen buschigen Schnauzbart. Über seinem Arm hing ein Mantel, und er trug einen hellgrauen Anzug. Er blickte die drei Männer im Flur mit großen Augen an.

»So was, ich wollte gerade klingeln.«

»Bernhard, das ist aber eine Überraschung!«, sagte Röhl. Er klang ehrlich erstaunt. »Darf ich vorstellen, das sind die Herren Hellkamp und … äh …«

»Lejeune«, beeilte Lejeune sich zu sagen.

»… und das hier ist mein Bruder, Bernhard.«

»Röhl, angenehm«, sagte der Bruder und schüttelte den zwei Kriminalbeamten die Hand. Dann sah er wieder zum Pastor: »Ich war gerade in der Gegend, und da dachte ich –«

»Ja, Herr Hellkamp und Herr Lejeune wollten gerade gehen. Komm rein, ich mach uns einen Tee.«

Als sie wieder im Auto saßen, sagte Lejeune: »Finden Sie das nicht merkwürdig? Dass Röhl uns seinem Bruder gar nicht als Polizisten vorgestellt hat? Er hat nur gesagt: ›Das sind die Herren sowieso.‹«

»Na und?«

»Also, mir kommt das, mit Verlaub, sehr verdächtig vor. Als wollte er nicht, dass sein Bruder weiß, dass er mit der Polizei zu tun hat. Vielleicht hat er wirklich etwas zu verbergen.«

Hellkamp lächelte. »Ich glaube eher, Sie sehen Gespenster. Oder sind Sie sauer, weil er Ihren Namen vergessen hatte?« Er ließ den Motor an.

Lejeune schmollte. »Und jetzt?«

»Jetzt fahren wir nach Belkstedt und lassen uns von Frau Jansen bestätigen, dass Volker Röhl tatsächlich bei ihr war. Und dann können wir noch einen von der Liste streichen.«

»Und wenn er erst den Mord verübt hat und dann zur Frau Jansen … oder umgekehrt?«

»Nein, nein. Der Todeszeitpunkt ist etwa Viertel nach acht, und von hier nach Wohltorf braucht man mindestens eine Dreiviertelstunde, würde ich sagen. Wahrscheinlich sogar eine Stunde, das prüfen wir später noch einmal nach. Man muss schließlich durch die ganze Stadt. Und wenn der Zeuge in Wohltorf um halb neun das Auto gesehen hat, dann kann es nicht um acht hier in der Gegend gewesen sein.«

Sie verließen den Ort. Ein Schild zeigte an: »Belkstedt 3 km«.

»Wir hätten ihn auch fragen können, ob er schon mal in Wohltorf war, oder?«, fragte Lejeune.

»Das war doch gar nicht nötig. Wenn er nichts mit der ganzen Sache zu tun hat, muss man ihn nicht unnötig mit Details belasten.«

»Immerhin wäre seine Reaktion interessant gewesen. Außerdem fand ich ihn ein wenig nervös.«

»Das ist mir auch aufgefallen. Aber das ist oft so, wenn Leute mit der Polizei sprechen. Dann überlegen sie die ganze Zeit im Hinterkopf, was sie angestellt haben könnten, und wirken dann nervös oder unkonzentriert. Es hat schließlich jeder irgendwelche Leichen im Keller. Also, bildlich gesprochen.«

Ein paar Minuten später passierten sie das Ortsschild von Belkstedt.

Sie brauchten ein wenig, um die Adresse zu finden, und mussten einen Passanten fragen. Das Haus von Emilie Jansen lag abseits der Straße, am Waldrand. Es war nicht viel größer als das provisorische Pfarramt, sah aber weniger gepflegt aus. Der Garten machte einen verwilderten Eindruck. Man konnte nicht wirklich erkennen, wo das Grundstück aufhörte und der Wald anfing.

Die Männer klingelten mehrmals, bis die alte Dame ihnen endlich öffnete. Sie ging gebückt und stützte den rechten Arm auf eine Krücke. Um die Schultern hatte sie eine rosafarbene Strickjacke, darunter trug sie offenbar ein Nachthemd. Ihre weißen Haare waren zerzaust, als hätte sie gerade eben im Bett gelegen. Sie sah ihren Besuch verwundert an.

»Bitte schön?«, fragte sie mit zittriger Stimme.

Nach kurzer Vorstellung fragte Hellkamp: »Frau Jansen, am Montagabend, jetzt, am 3. September, da hatten Sie doch Besuch?«

»Ja, ja«, sagte die Frau sofort. »Montagabend war der Pastor hier. Von acht bis neun.«

Hellkamp stutzte. Das ging ja sehr glatt. Vielleicht ein wenig zu glatt. »Das ist ja …« Er brach ab und begann von Neuem: »Der Pastor kommt öfter bei Ihnen vorbei, oder?«

»Wie bitte?«

»Der Pastor«, sagte Hellkamp, diesmal lauter.

»Ja, ja, genau«, antwortete Frau Jansen. »Montagabend war der Pastor hier. Von acht bis neun.«

»Genau, das sagten Sie. Und der kommt öfter bei Ihnen vorbei, abends?«

»Was?«

Die alte Frau schien immer verwirrter. Unsicher schaute sie sich um, als wäre ihr gar nicht klar, wo sie sich befand.

»Der Pastor besucht Sie öfter?«, fragte Hellkamp nun mit noch lauterer Stimme. »Der Pastor? Besucht Sie?«

»Montagabend war der Pastor hier, von acht bis neun«, gab die Frau leise zurück. Sie machte einen hilflosen Eindruck und schien den Tränen nahe.

»Kommen Sie.« Lejeune ergriff sanft den Arm der Frau. »Wir wollen uns mal setzen, oder?«

»Ja, bitte«, sagte Frau Jansen.

Lejeune führte sie langsam durch ihre Wohnung. Hellkamp folgte ihnen. Sie gingen ins Wohnzimmer, und Lejeune ließ Frau Jansen in einem großen Sessel Platz nehmen. Sie seufzte und schloss die Augen.

»Frau Jansen?«, begann Hellkamp noch einmal. Hier stimmte doch etwas nicht. »Frau Jansen?«, wiederholte er, ein wenig lauter.

Frau Jansen schlug die Augen auf: »Ja, Montagabend war der Pastor hier. Von acht bis neun.«

»Was für einen Tag haben wir heute, Frau Jansen?«, fragte Hellkamp freundlich.

»Heute … ich weiß nicht … Montag?«

»Heute ist Montag? Und wann war der Pastor bei Ihnen?«

»Montagabend war der Pastor hier. Von …«

»… von acht bis neun«, vollendete Hellkamp den Satz. »Ist recht. Haben Sie vielen Dank. Wir lassen Sie jetzt wieder allein.«

Sie verließen das Haus und gingen zum Auto.

»Was war denn das?«, fragte Lejeune.

»Gute Frage. Ich würde sagen, da hat jemand die alte Dame

gut darauf trainiert, auf eine bestimmte Frage zu antworten. Und ich fresse einen Besen, wenn es nicht der Pastor war.«

Lejeune überlegte einen Moment. Dann sagte er: »Also streichen wir den Pastor *nicht* von der Liste?«

»Nein, das sicher nicht. Aber erst einmal fahren wir zurück zur Dienststelle.«

11

Am Nachmittag traf sich die Soko »Wald«. Hellkamp hatte inzwischen beschlossen, sich erst einmal nicht um die restlichen Fahrzeuge auf der Liste zu kümmern. Stattdessen hatte er Lejeune eine Anfrage starten lassen, was in puncto Pastor Volker Röhl und seines Passats in den Datenbanken zu finden war.

Jetzt waren sie alle in Brooks Büro versammelt. Brook saß am Schreibtisch, Hellkamp hatte ebenfalls noch einen Bürostuhl ergattert, Lejeune lehnte mit der Schulter am Türrahmen, und Matthiesen saß auf der Fensterbank. Hellkamp und Lejeune berichteten von ihrem Ausflug nach Krambek und von den zwei weiteren Versuchen, Fahrzeughalter ausfindig zu machen.

Am Ende seines detaillierten Berichts sagte Hellkamp: »Jetzt stellt sich natürlich die Frage, wie wir weiter vorgehen.« Er blickte in die Runde: »Wie schätzen Sie denn die Lage ein?«

Thea Matthiesen machte ein nachdenkliches Gesicht. Sie rollte eine Locke ihrer langen dunklen Haare um zwei Finger.

»Das muss natürlich alles gar nichts heißen. Wir können ja nicht einmal sagen, ob das Auto, das der Mann gesehen hat, irgendetwas mit dem Fall zu tun hat. Und Ihr Zweifel an der Aussage der alten Frau, dieser Frau Jansen, überzeugt mich auch nicht wirklich.«

Brook nickte. »Ich würde sagen, morgen nehmen Sie sich mit Lejeune die restlichen Fahrzeughalter vor, Hellkamp. Zwar muss der Fahrer nicht der Täter sein, aber immerhin besteht die Möglichkeit, dass er etwas gesehen hat, was uns weiterhilft.«

»Jawohl.« Lejeune nickte eifrig. »Machen wir.«

Brook schaute den jungen Mann irritiert an. Er wollte gerade etwas erwidern, als das Telefon klingelte. Brook nahm ab, meldete sich und hörte lange zu. Am Ende verneinte er mehrere Fragen und bat um Entschuldigung.

Er legte wieder auf. »Das war das PK 33, ob wir Personal entbehren können.«

Das Polizeikommissariat 33 lag am Wiesendamm in Barmbek, am Südrand des Stadtparks.

»Wohl kaum«, sagte Hellkamp.

»Was gibt es denn bei denen?«, fragte Lejeune.

»Da ist ein Säugling entführt worden. Drei Monate alt. Aus einem Kinderwagen, am Stadtparksee.«

»Am Stadtparksee? Am helllichten Tag?«

»Sieht so aus«, brummte Brook. »Jedenfalls ist das Kind im Strampler aus dem Wagen gestohlen worden.«

»Na, wenn das mal stimmt«, sagte Hellkamp.

»Sie meinen, es ist vielleicht eine vorgetäuschte Entführung?«, fragte Matthiesen.

»Warum nicht? Wäre ja nicht das erste Mal.«

Thea Matthiesen nickte. Sie wusste, was Hellkamp meinte. In den letzten Jahren hatte es im Bundesgebiet mehrere Fälle gegeben, bei denen eine oft noch sehr junge Mutter aus Überforderung ihr Kind umgebracht hatte, es erstickt, erschlagen oder verhungern lassen hatte und dann versucht hatte, das Verbrechen zu vertuschen. Manche der Mütter hatten es geschafft, ihre Schwangerschaft komplett geheim zu halten und das Kind in der eigenen Wohnung zur Welt zu bringen. Zwei Fälle hatte es gegeben, bei denen eine Entführung vorgetäuscht worden war, wie es vielleicht jetzt wieder der Fall war. Letztlich waren all diese Fälle zwar aufgeklärt worden, aber das Grundproblem blieb bestehen: Alleingelassene Eltern in sozial prekärer Situation, Nachbarn und Freunde, die nicht halfen oder sich nicht einmischen wollten und wegsahen, wenn sie etwas Auffälliges bemerkten.

»Wie dem auch sei«, sagte Brook, »da ist leider nichts zu machen. Ich glaube, wir können momentan nicht einmal auf Lejeune verzichten.«

Lejeune verzog den Mund zu einem schiefen Grinsen.

Brook wechselte das Thema und schlug vor, dass sie sich zunächst genauer mit dem Tathergang beschäftigten. Vor allem wollte er die Meinung der anderen zu den mysteriösen Zeichen einholen, die der Täter dem Opfer in die Haut geritzt hatte. Er nahm eine große Pappmappe vom Tisch und drückte sie Lejeune in die Hand.

»Da, aufhängen.«

In der Mappe waren großformatige Abzüge der Fotos, die Dr. Mann im Labor von der Leiche gemacht hatte, vierzig mal dreißig Zentimeter groß.

»Alle?«, fragte Lejeune ungläubig.

Brook schnaufte. »Nein, nur die mit den Zeichen, die der Mörder eingeritzt hat.«

Lejeune ging zur Wand, an der eine große weiße Tafel hing, und blätterte in der Mappe, bis er die entsprechenden Bilder fand. Er befestigte sie mit runden schwarzen Magneten an der Tafel. Es waren sechs Stück, jeweils drei von jedem Oberschenkel und davon jeweils eines, bei dem das seltsame Muster den ganzen Bildausschnitt füllte.

»Sieht aus wie in Wachs geritzt«, sagte Matthiesen.

»Ja, das stimmt«, pflichtete Hellkamp ihr bei, »menschliche Haut ohne Blutzirkulation sieht immer etwas seltsam aus.«

Auf den Abzügen waren die eingeritzten Striche gut zu erkennen.

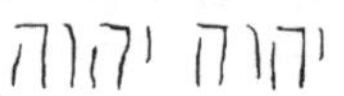

»Ein zufälliges Muster können wir wohl ausschließen«, sagte Matthiesen, »dazu sieht es beide Male zu ähnlich aus.«

»Sie haben recht.« Brook nickte. »Ein Zufall ist ausgeschlossen. Es sind irgendwelche Zeichen. Aber was sollen die bedeuten?«

Brook stand auf, ging zu einem Flipchart, das neben der Tafel stand, und malte das Muster ab, wobei er alle Striche als gerade Linien zeichnete.

»Vielleicht Zahlen«, sagte Matthiesen. »Eins – sieben – eins – eins – sieben – eins?«

Brook malte die Ziffern unter das Muster.

»Versuchen können wir es ja mal. Darf ich?« Hellkamp rollte mit seinem Bürostuhl vor den Rechner am Schreibtisch, rief den Internetbrowser auf und gab »171171« in die Suchmaske ein.

Es erschienen Verweise auf verschiedenste Internetseiten. Modellnummern verschiedener elektronischer Geräte, eine Seminarnummer, internationale Telefonnummern.

»Vierhundertfünfundfünfzigtausend Treffer«, sagte Hellkamp, »so wird das wohl nichts.«

»Und nur die 171?«, fragte Brook.

Hellkamp tippte »171« ein.

Er las den ersten Treffer vor: »Paragraf 171 Strafgesetzbuch: Verletzung der Fürsorge- oder Erziehungspflicht«.

Einen Moment lang war es still, dann sagte Matthiesen: »Hoppla! Worüber haben wir gerade gesprochen? Ein entführter Säugling? Ein Baby im Kinderwagen im Stadtpark?«

»Ich wusste doch, dass mich die 171 an irgendetwas erinnert«, murmelte Lejeune.

Brook legte die Stirn in Falten. Alle vier starrten wieder abwechselnd auf die Fotos und auf Brooks Zeichnungen auf dem Flipchart.

»Also, ich weiß nicht.« Matthiesen schüttelte den Kopf. »Wenn es zweimal ›171‹ heißen soll, dann wären die Einsen gleich hoch. Und nicht so oben und unten. Und das auch beide Male gleich. Genau wie die Sieben, alle vier Mal mit senkrechtem Strich.«

»Oder es sind doch Schriftzeichen«, sagte Lejeune. »Runen oder so was? In der Neonaziszene waren die mal ganz verbreitet.«

Hellkamp guckte skeptisch. »Das ist aber schon lange her.«

Thea Matthiesen meldete sich. »Eine Frage dazu. Nur mal so hypothetisch gesprochen, kann der Tote sich diese Verletzung nicht selbst zugefügt haben? Kann doch sein, dass das Ganze zu einem Ritual gehört.«

Brook legte die Stirn in Falten. »Keine schlechte Idee …«

»Würden wir uns dann aber nicht das Muster die ganze Zeit falsch herum ansehen?«, fragte Hellkamp. »Wenn der junge Mann sich das selbst eingeritzt hat, dann hat er von oben heruntergeschaut.« Er ging zur Tafel und drehte eines der Fotos um.

»Doch Buchstaben? I-L-I-I-L-I«, las Hellkamp vor. »Iliili … klingt seltsam.«

Matthiesen trat an das Papier heran. »Darf ich mal den Stift?«

Hellkamp gab ihn ihr, und sie schrieb wieder Zahlen darunter: 1 50 1 1 50 1.

»Lateinische Ziffern«, sagte Brook, »verstehe. Aber das sieht auch nicht so aus, als ob es uns weiterführt. Das Ganze könnte ebenso gut ein Tapetenmuster sein.«

»Rein gefühlsmäßig würde ich sagen, dass es Schriftzeichen sind. Etwas Asiatisches? Chinesisch? Japanisch?«, sagte Hellkamp. »Haben die eigentlich auch eine Schreibschrift, oder müssen die immer ihre komplizierten Zeichen malen?«

Darauf wusste keiner eine Antwort.

»Das mit den Runen war vielleicht gar nicht so abwegig«, sagte Brook. »Haben wir nicht jemanden, der sich mit so etwas auskennt?«

»Vielleicht irgendwelche Sprachwissenschaftler an der Uni«, schlug Matthiesen vor.

»Lejeune, wollen Sie sich darum kümmern?«, fragte Hellkamp.

Der junge Kriminalmeister strahlte.

»Wird erledigt«, sagte er schnell, als ob er sich beeilen müsse, damit ihm niemand die Ehre streitig machte, diesen Auftrag auszuführen. »Soll ich die Bilder dafür mitnehmen?«

»Nein, nein. Die lassen Sie mal schön hängen.«

»Die Bilder liegen auf dem Server«, warf Hellkamp ein, als er Lejeunes unsicheren Gesichtsausdruck bemerkte, »ich habe einen neuen Ordner für unsere Sonderkommission erstellt. Finden Sie dann schon.«

»Gut, Herr Hellkamp. Wird stante pede erledigt. Wie heißt es so schön – wer –«

Bevor er weiterreden konnte, unterbrach ihn Brook: »Schon gut, machen Sie man.«

Lejeune verschwand und schloss die Tür.

»So, Sitzung beendet?«, fragte Brook und blickte von Hellkamp zu Matthiesen.

In dem Moment klopfte es an die Tür.

»Herein«, sagte Brook.

Teeckmann, ein ebenfalls noch junger Kriminalmeister, der sonst mit Lejeune zusammen im Büro saß, steckte den Kopf zur Tür herein. »Entschuldigung, ist Lejeune gar nicht da?«

»Nein«, brummte Brook mürrisch. »Was ist denn?«

»Dann lass ich das mal bei Ihnen, oder? Sie leiten doch die Soko?«

»Ja, na klar. Was ist es denn?«

»Die Anfrage nach dem Fahrzeug, Passat sowieso. Hier.« Der Mann legte ein DIN-A4-Blatt vor Brook auf den Tisch.

Hellkamp und Matthiesen traten näher, um auch einen Blick darauf zu werfen.

Auf dem Ausdruck waren drei verpixelte Schwarz-Weiß-Fotos zu sehen. Das obere Bild zeigte einen VW Passat, älteres Baujahr. Das mittlere war eine Vergrößerung, es zeigte den Kopf eines Mannes hinterm Steuerrad, der nach links aus dem Fenster sah. Dennoch erkannte man eine Nickelbrille und einen dunklen Kinnbart. Auf dem unteren Bild war deutlich das Kennzeichen des Fahrzeugs zu sehen: HH-GO-468H.

»Röhl!«, stieß Hellkamp hervor.

»Der Pastor?«, fragte Brook. »Wann und wo wurde der geblitzt? In Krambek?«

Hellkamp nahm das Blatt und versuchte, die winzig kleine Schrift am oberen Rand des ersten Fotos zu entziffern.

»Jetzt, am Montagabend«, sagte er schließlich. »Um zwanzig Uhr fünfunddreißig. Messstelle 20504. Moment.«

Hellkamp klickte ein paarmal auf der Benutzeroberfläche des Computers herum. Brook sah ihm bewundernd zu – sich in diesem System zurechtzufinden würde ihm nicht mehr gelingen.

»Da haben wir's«, rief Hellkamp nach ein paar Sekunden. »Mobiles Erfassungsgerät …« Er klickte wieder auf etwas, und eine digitale Landkarte erschien, auf der ein roter Punkt zu sehen war. »Halten Sie sich fest: kurz hinter Wohltorf auf der Landstraße.«

12

Sie luden den Pastor für den nächsten Vormittag in die Dienststelle zur Vernehmung vor, und danach beschloss Brook, dass die Soko »Wald« heute keine Überstunden machen würde. Als letzte Amtshandlung des Tages gab er Anweisung, dass Volker Röhl der Bußgeldbescheid wegen zu schnellen Fahrens noch nicht zugestellt würde. Er wollte verhindern, dass Röhl vorgewarnt war. Zumindest bis zur Vernehmung sollte der Brief an ihn zurückgehalten werden.

Auf dem Heimweg dachte Brook immer noch über die seltsamen Zeichen nach. Die Zahl 171, der Paragraf im Strafgesetzbuch über die Verletzung der Fürsorgepflicht und dann das entführte Kind. War das wirklich ein Zufall? Was, wenn die Fälle irgendwie zusammenhingen?

Brook schloss seine Wohnungstür auf, betrat den Flur und atmete tief ein.

»Feierabend!«, sagte er laut zu sich selbst. Er wollte jetzt an nichts mehr denken, was mit der Arbeit zu tun hatte.

Er zog Schuhe und Mantel aus, ging ins Schlafzimmer, entledigte sich des Hemds und der Hose, legte den Schultergurt ab und verstaute seine Waffe in einer abschließbaren Schublade der Schlafzimmerkommode. Er zog sich eine bequeme Stoffhose an und einen Pullover. Dann ging er ins Wohnzimmer.

Brook war müde. Er nahm sich trotzdem ein Buch aus dem Bücherregal, das er schon lange las und bei dem er nicht richtig weiterkam. Es war ein dicker Band über die Geschichte der Eisenbahn.

Nachdem er eine halbe Stunde gelesen hatte, merkte er, dass er Hunger bekam. Er ging in die Küche, aber wie immer herrschte im Kühlschrank gähnende Leere, bis auf zwei einsame Erdbeerjoghurts. Im Eisfach befanden sich nur ein paar Eiswürfelbeutel. Er würde also entweder in die Osteria Veneta gehen müssen oder etwas bestellen.

Brook entschied sich für Letzteres. Auf dem Kühlschrank lag ein Stapel mit Prospekten von verschiedenen Lieferservices, die im Laufe der letzten Monate in seinem Briefkasten gelegen hatten, trotz des Aufklebers »Keine Werbung«.

Es dauerte eine Weile, bis er sich entschieden hatte, er bestellte selten etwas zu essen und hatte keinen Favoriten. Pizza und Pasta kamen für ihn nicht in Frage, die bekam er bei Massimo in der Osteria besser.

Seine Wahl fiel auf das indische Essen von Tandoori Palace, das wollte er schon lange probieren. Brook nahm den Prospekt und das Telefon mit zum Sofa. Die Auswahl im Prospekt fiel ihm doch schwerer, als er gedacht hatte. Viele Namen von Gerichten sagten ihm nichts. Schließlich entschied er sich für ein unverfänglich klingendes Lammcurry.

Gerade als er zum Hörer greifen wollte, klingelte das Telefon.

Brooks erster Impuls war, es klingeln zu lassen. Aber es war sicher die Dienststelle, und wenn er nicht abnahm, würde sein Handy klingeln, und das konnte er dann nicht mehr ignorieren.

Von einer Sekunde auf die andere überfiel ihn eine große Traurigkeit. Alle paar Tage kam es vor, dass er aus heiterem Himmel das Gefühl bekam, dass er gar nicht wusste, wofür er das alles tat. Seit Anna gestorben war, war er allein, und er konnte sich nicht vorstellen, dass er jemals wieder einen Menschen finden würde, der ihren Platz einnehmen könnte.

Bauchspeicheldrüsenkrebs war es gewesen, und sie hatte sehr gelitten. Aber sie hatte alles tapfer über sich ergehen lassen – die Chemotherapie, die langen Wochen in der Klinik, immer wieder. Ihn hatte diese Zeit auch viel Kraft gekostet. Ein halbes Jahr zog es sich hin.

Als hätte sich alles gegen ihn verschworen, hatte er damals mehrere komplizierte Fälle gleichzeitig lösen müssen. Viele Überstunden waren angefallen, und nach Feierabend war er noch in die Klinik gefahren. Oft hatte Anna dann schon geschlafen, und er hatte an ihrem Bett gesessen und ihre Hand gehalten, die immer knochiger wurde, als würde jemand oder etwas das Leben aus ihr heraussaugen.

Damals hatte er sich manchmal sehnlich gewünscht, dass er an Gott glauben könnte. Die Gewissheit zu haben, dass der Tod, der bald unabwendbar schien, nicht das Ende sei. Und jemanden bitten zu können, dafür zu sorgen, dass alles gut würde. Aber da gab es nichts, und wenn er gebetet hätte, hätte ihn niemand gehört.

Anfangs hatte Brook noch mehrere Fotos von Anna in der Wohnung gehabt, nach dem Umzug in die Wohnung in Rahlstedt, auf dem Nachttisch, im Wohnzimmer, im Flur. Aber nach ein paar Tagen hatte er die Bilder fortgenommen und in einer Kommode verstaut.

Er hatte sich schon beim Aufstellen geärgert, dass er kein Foto fand, auf dem sie wirklich *wie sie selbst* aussah. Immer, so hatte er das Gefühl, verzog sie irgendwie das Gesicht oder lächelte in einer Art und Weise, die ihm fremd schien.

Sie war fort, und erst dann wurde ihm klar, wie sehr er für sie gelebt hatte, wie er seine Arbeit und seine Karriere definiert hatte: als materielle Grundlage seines Lebens mit ihr. Die Arbeit selbst hatte ihn auch immer auf irgendeine schwer definierbare Art und Weise befriedigt, das war ihm klar, sonst hätte er diesen Beruf nicht dreißig Jahre durchgehalten. Aber dennoch kamen seit Annas Tod immer wieder diese Momente, wie jetzt – Momente, in denen er nicht wusste, wofür er das alles eigentlich tat. In sieben Jahren würde er in Pension gehen. Und was dann?

Er hatte damals auch festgestellt, dass fast alle seine Freunde eigentlich *ihre* Freunde waren. Es war nur einer übrig geblieben, den er schon seit der Schulzeit kannte. Leider sahen sie sich viel zu selten, denn er war Vertreter, »Außendienstmitarbeiter« hieß das wohl heute, und deshalb kaum zu Hause.

Brook spürte, wie er den Impuls, zu weinen, unterdrückte. Ganz automatisch. Das Telefon klingelte immer noch.

Er nahm den Hörer ab. Es war Hellkamp.

Natürlich wieder Arbeit nach Feierabend. Was sonst.

»Ich habe nur gerade an Sie gedacht«, hörte er Hellkamp sagen, »ich sitze hier in Eimsbüttel im Restaurant, und mein Date hat mich versetzt.«

»Ein Date?«

»Ja, die Hundebesitzerin vom Tierarzt.«

Brook schüttelte es unwillkürlich beim Gedanken an das Geschwür, das der große Hund der attraktiven Frau an der Schnauze gehabt hatte.

»Na, Sie gehen aber schnell ran.«

»Klar, von nichts kommt nichts«, lachte Hellkamp. »Aber ich

dachte mir, falls Sie noch nichts gegessen haben …? Ich sitze nicht so gerne allein im Restaurant.«

»Was für ein Restaurant ist denn das?«

»Ein Grieche.«

Brook überlegte kurz. Spontane Entschlüsse nach Feierabend waren nicht so seine Sache. Nach Feierabend auf die andere Seite der Alster zu fahren auch nicht. Aber dann fiel sein Blick auf den Prospekt vom Lieferservice, der immer noch vor ihm auf dem Couchtisch lag, und auf die Farbfotos einzelner Gerichte, die garantiert nicht von einem »Food-Stylisten« aufgenommen worden waren und insgesamt nicht wirklich verlockend aussahen, und er sagte: »Okay. Wo genau?«

Hellkamp nannte ihm die Adresse, und Brook sagte, er werde in einer halben Stunde da sein. Hellkamp versprach, er werde sich so lange mit Wein »über Wasser halten«.

Die griechische Küche, da konnte man nicht viel falsch machen. Reis, Zatziki, Gyros, fertig. Brook legte auf, zog sich wieder um und verließ die Wohnung.

Auf dem Weg zum Auto schaute er in sein Portemonnaie. Fünfzehn Euro waren noch drin. Er grummelte verärgert vor sich hin. Zum Bestellen hätte das vielleicht noch gereicht, aber fürs Restaurant? Er würde auf dem Weg noch Geld holen müssen.

Brook kam schneller durch als erwartet. Und er fand sogar einen Parkplatz in der Osterstraße, direkt vor der Sparkasse. Von hier aus würde er zum Restaurant zu Fuß gehen können, aber zunächst musste er an den Geldautomaten.

Er holte seine EC-Karte aus dem Portemonnaie und steckte sie in den Schlitz des Lesegeräts. Mit einem lauten Summen entriegelte sich die Tür, und er trat ein. Aus dem Augenwinkel sah er noch, dass sich ein schlaksiger junger Mann, um die zwanzig, dem Eingang der Sparkasse näherte. Als die Tür sich langsam schloss, beschleunigte der Junge seinen Schritt, und bevor sie wieder ins Schloss fiel, hielt Brook sie ihm auf.

Der junge Mann, der einen dunklen Kapuzenpulli trug, grinste und murmelte: »Danke.«

Er betrat hinter Brook den Vorraum der Sparkasse, in dem sich zwei Geldautomaten befanden.

Brook ging zum linken Automaten und steckte seine Karte hinein. Es dauerte ein paar Sekunden, bis er aufgefordert wurde, seine Geheimzahl einzutippen. Er tippte und drückte danach auf die grüne Bestätigungstaste.

Auf einmal war der junge Mann hinter ihm. Er hielt ihm die rechte Hand unter die Kehle, und als Brook nach unten blickte, sah er darin ein aufgeklapptes Springmesser.

»Du hebst jetzt tausend Euro ab, verstanden? Und keine falsche Bewegung, sonst stech ich dich ab!«

Brook lief es kalt den Rücken hinunter, aber beinahe sofort wurde die Angst von Wut abgelöst.

Was glaubte dieser Bengel eigentlich, wer er war?

Er spürte, wie die Hand, die leicht seinen Hals berührte, anfing zu zittern.

Ruhig sagte Brook: »Nein.«

»Ich mach Ernst!«, zischte es hinter ihm.

Mit einer einzigen Bewegung ergriff Brook mit seiner Linken die Hand mit dem Messer am Handgelenk, rammte dem Angreifer seinen rechten Ellenbogen in den Magen, fuhr herum und drehte dem jungen Mann den Arm auf den Rücken.

Der schrie vor Schmerzen auf und ließ das Messer zu Boden fallen. Brook stieß es mit dem Fuß von sich, sodass es über den Fußboden glitt und zwischen zwei Kontoauszugsdruckern liegen blieb. Dann packte er den Angreifer mit der anderen Hand im Nacken und rammte dessen Kopf gegen den Geldautomaten. Er ging wimmernd auf die Knie.

Brook ließ los, und der Junge sank auf den Fußboden. An der Stirn hatte er eine Platzwunde, auf die er seine linke Hand presste. Durch die Finger lief Blut. Der rechte Arm war immer noch in einem unnatürlichen Winkel auf den Rücken gedreht. Brook hatte ihm die Schulter aus dem Gelenk gekugelt.

Der Hauptkommissar sah das Häufchen Elend vor sich und schüttelte den Kopf.

»Weißt du, wie lange ich für tausend Euro arbeiten muss?«, fragte er.

Der junge Mann reagierte nicht. Tränen liefen über sein Gesicht.

Seufzend holte Brook sein Handy aus der Tasche und

wählte 110. Er bat die Kollegen, auch einen Krankenwagen mitzubringen.

Dann holte er ein Stofftaschentuch aus der Hosentasche, kniete sich zu dem jungen Mann und hielt es ihm hin.

»Hier, halt das drauf.«

Erstaunt sah der junge Mann ihn an, dann auf das Taschentuch. Er richtete sich ein wenig auf, nahm es und presste es an seine Stirn. Als er versuchte, seinen rechten Arm zu bewegen, schrie er laut vor Schmerzen auf.

»Ausgekugelt«, sagte Brook.

»Das hab ich gemerkt«, stöhnte der junge Mann.

Nach einer Weile fragte er Brook: »Was bist du denn für einer? Karatemeister oder so? So siehst du doch gar nicht aus.«

»Kripo«, sagte Brook.

Der junge Mann stöhnte auf. »Auch das noch.«

»Wieso machst du so was? Du bist doch jung und –«

»Bla, bla, bla. Das kenn ich schon. ›Du bist doch jung, du kannst doch arbeiten.‹ Was für 'ne Scheiße. Du hast echt keine Ahnung.«

»Ach? Aber du, oder wie?«

»Mann ey, meine Freundin ist auf Heroin. Ich brauch das Geld für 'nen Schuss.«

Brook guckte verwundert. »So siehst du gar nicht aus.«

»Nach Junkie-Szene, meinst du?« Der junge Mann lachte verbittert. »Mann, wo lebst du denn. Nix mit Szene, meine Eltern sind Lehrer. Und Maries Vater ist Rechtsanwalt.«

»Marie ist deine Freundin?«

»Ja. Scheiße, tut das weh.«

»Besser, du bewegst den Arm nicht. Im Krankenhaus flicken sie dich schon wieder zusammen.«

Jetzt war der Junge still und blickte ins Leere. Brook stand auf und trat an die Fensterfront. Gleich würde das Überfallkommando kommen.

Eine Viertelstunde später betrat Brook das griechische Restaurant Thera. Er sah Hellkamp sofort und setzte sich auf den freien Stuhl an dessen Tisch.

»Das hat aber ein wenig gedauert, was?«, fragte Hellkamp, der allerdings nicht ungeduldig wirkte, sondern eher so, als hätte er schon ein oder zwei Aperitifs zu viel getrunken. »War was?«

»Fragen Sie nicht«, brummte Brook.

Er hatte jetzt nur noch Hunger.

13

Hamburg-Steilshoop gehört zu den Hamburger »Problemstadtteilen«, wie es so schön heißt. Dazu gehören auch Wilhelmsburg und Billstedt mit seiner Siedlung Mümmelmannsberg. Steilshoop ist mit fast achttausend Einwohnern pro Quadratkilometer nach Eilbek der am dichtesten besiedelte Stadtteil im Bezirk Wandsbek. Kein Wunder, denn ein großer Teil der Steilshooper wohnt in grauen und braunen Betonhochhäusern, die hier in den 1970er Jahren zwischen dem Ohlsdorfer Friedhof und den Backsteinbauten des Arbeiterviertels Barmbek aus dem Boden gewachsen sind.

Über die Hälfte der Wohnungen in Steilshoop sind Sozialwohnungen. Der Ausländeranteil liegt hier bei neunzehn Prozent, der Anteil der Bewohner mit Migrationshintergrund bei knapp dreiundvierzig. Über zweiundzwanzig Prozent Hartz-IV-Empfänger wohnen hier. Es ist fast ein wenig tragisch, dass sich das Generalkonsulat des Landes Polen hier in Steilshoop am Rande einer Hochhaussiedlung befindet und nicht, wie die Botschaften der meisten anderen Länder, in der City oder an der schicken Außenalster.

Im Laufe seiner zweiten Amtsperiode verkündete Bürgermeister Ole von Beust vollmundig, mit einem großen Förderprogramm und beinahe hundert Millionen Euro seine Problemstadtteile fördern zu wollen – das war die Zeit, als die Pariser Banlieues brannten.

Heute sind die Vorstädte von Paris nicht mehr in den Schlagzeilen, und ebenso wenig merken die Einwohner der Hamburger Problemviertel vom Ende 2006 gestarteten und irgendwann sicherlich auch wieder beendeten Senatsprojekt »Lebenswerte Stadt«.

Sarah Heinemann, Rentnerin, alleinstehend, wohnt im vierten Stock eines elfstöckigen Wohnhauses am Borchertring. Als sie vor fast vierzig Jahren hierhergezogen ist, war Steilshoop noch ein lebhafter Stadtteil mit einer guten Infrastruktur. Im Hochhaus zu wohnen hat ihr damals nichts ausgemacht, im Gegenteil. Alles war so praktisch, und einen Fahrstuhl gab es auch.

Erst in den achtziger Jahren änderte sich das. Sie hatte den Eindruck, je mehr die Wände mit Graffiti besprüht waren, desto weniger tauchte die Hausverwaltung auf, nicht nur um die Schmierereien zu entfernen, sondern auch, um kaputte Glühlampen zu wechseln, eingeschlagene Kellerfenster reparieren zu lassen oder das Chaos bei den Mülltonnen zu beseitigen. Vom Fahrstuhl, der immer öfter außer Betrieb war, ganz zu schweigen.

Als sie den Entschluss fasste, hier wegzuziehen und sich vielleicht eine kleine Wohnung am Hafen oder in Altona zu suchen, da verlor sie ihren langjährigen Job als Sekretärin, weil die Reederei, für die sie arbeitete, ihre Außenstelle schließen musste.

Außerdem waren die Mieten in Hamburg inzwischen so stark gestiegen, dass sie einsehen musste, dass es für sie kaum eine Möglichkeit gab, woanders zu wohnen als hier.

Heute sind die meisten Wohnungen hier ohnehin nur noch mit Paragraf-5-Schein mietbar, aber den hat Sarah Heinemann inzwischen auch. Nachdem sie ihren Job bei der Reederei verloren hatte, war sie krank geworden. Es war ihre schwerste Zeit. Sie hatte niemanden, keine Angehörigen, keinen Mann, ihr war einfach nie der Richtige begegnet. Sie wurde depressiv, fand keine neue Arbeit.

Jetzt ist Sarah Heinemann achtundsechzig. Seit sie Rentnerin ist, ist sie ein Sozialfall.

Inzwischen hat sie sich aber mit allem ganz gut arrangiert. Sie ist schon immer eine Einzelgängerin gewesen. Ihre einzige echte Freundin, Annemie, ist vor fünf Jahren gestorben, einfach so, ein Hirnschlag. Das war schwer für Sarah Heinemann, und zwar vor allem deshalb, weil sie sich eingestehen musste, dass sie nicht so traurig war, wie sie es von sich selbst erwartet hätte. Oder wie es sich gehört hätte, vielleicht.

Annemie war fort, nun gut. Sarah Heinemanns liebster Zeitvertreib war es ohnehin schon immer gewesen, allein spazieren zu gehen.

Immerhin, das hat sich inzwischen ein wenig geändert. Sie hat Rheuma, das manchmal das Gehen erschwert. Aber dafür besitzt sie jetzt einen Computer, und dank des Internets hat sie mehr soziale Kontakte als in ihrem ganzen bisherigen Leben. Und sie genießt es, sich mit Menschen zu unterhalten, denen sie sich nicht erklären muss, denen es nichts ausmacht, wenn sie sich einige Zeit lang nicht meldet.

Sie hat sogar ganz neue Seiten an sich selbst entdeckt, zum Beispiel, wie viel Spaß ihr Sex macht, Sex mit beinahe Fremden, die sie über Dating-Websites kennenlernt. Sie hat begriffen, dass es nicht nur für jeden Topf einen Deckel, sondern auch für jede sexuelle Spielart einen Liebhaber gibt – und auch für jedes Alter. Manchmal hat sie sogar das Gefühl, dass ihr Leben erst beginnt.

So auch jetzt wieder.

Sie ahnt nicht, wie falsch sie liegt.

Am Samstagabend bekommt sie wieder Besuch, von einem stattlich aussehenden und vor allem viel, viel jüngeren Mann. Schon jetzt ist sie ein wenig aufgeregt.

Sie wird bei Lidl einkaufen, zwei Flaschen Wein besorgen. Sie sieht sich in ihrer Wohnung um und überlegt, was sie noch verschönern könnte. Frische Blumen vielleicht in einer Vase. Und auf jeden Fall noch einmal durchsaugen.

14

Am Freitag, dem 7. September 2011, hatte Brook einen Kater und schlechte Laune. Er hatte sich abends im Restaurant dazu überreden lassen, mit Hellkamp eine Flasche Rotwein zu trinken. Und dann noch eine. Der Hauswein des griechischen Restaurants war aber auch wirklich gut gewesen. Dann hatte er ein Taxi nach Hause nehmen müssen und war am Morgen wieder mit dem Taxi zur Osterstraße gefahren, um sein Auto zu holen. Und dann hatte er bemerkt, dass jemand in der Nacht einen langen Kratzer im Lack der Fahrerseite hinterlassen hatte.

Jetzt saß er mit einem Becher Kaffee in der Hand und pustete auf das heiße Getränk, er hatte sich schon wieder beim ersten Schluck die Zunge verbrannt.

Zu allem Überfluss begann der Tag für Brook und sein Team gleich mit mehreren Überraschungen. Gleich als Brook in der Dienststelle eingetroffen war, hatte auf ihn die Nachricht gewartet, dass der vorgeladene Pastor Röhl am Vormittag nicht kommen könne. Er habe eine dringende Angelegenheit zu regeln, eine alte Dame in seiner Gemeinde sei in der Nacht überraschend gestorben, und er müsse sich um die Angehörigen kümmern. Er würde erst am Nachmittag in Wandsbek eintreffen können.

Hellkamp erschien kurz nach Brook im Büro. Als der ihm von Röhl und dessen Notfall berichtete, sagte Hellkamp: »Wissen wir auch den Namen der Frau, die gestorben ist?«

»Moment.« Brook sah sich den Ausdruck vor ihm auf dem Tisch noch einmal an. »Hier steht es: Emilie Jansen, Achter de Wisch 2, Belkstedt.«

»Was? Das gibt es doch nicht.« Hellkamp riss Brook den Zettel aus der Hand. »Frau Jansen … Jahrgang 1920 … die Adresse stimmt auch.« Er trat in den Flur und rief laut: »Lejeune!«

Der kam nach ein paar Sekunden mit fragendem Gesicht angerannt.

»Schauen Sie mal, Lejeune, letzte Nacht ist Frau Jansen gestorben.«

Brook schaltete sich ein. »Sie wollen doch nicht etwa sagen, dass das die alte Frau ist, die Röhl sein Alibi gegeben hat?«

»Doch, das ist sie.«

Nach einem kurzen Moment der Irritation sagte Brook zu Hellkamp: »Sie fahren sofort hin und sprechen mit dem Arzt. Irgendwer wird ja wohl den Totenschein ausgestellt haben. Dann entscheiden wir, ob wir eine Obduktion beantragen.«

Hellkamp nickte. »Machen wir. Lejeune, holen Sie Ihre Jacke, wir nehmen meinen Wagen.« Er ging in sein Büro, kam aber gleich zurück. »Apropos Obduktion: Sie haben eine Mail von Dr. Mann bekommen, Brook. Haben Sie die schon gelesen?«

»Woher wissen Sie denn das?«, fragte er.

»Na, ich stand im CC. Irgendwas mit den Gesteinssplittern an der Leiche.«

Brook sah in seinen Maileingang. Da war die Nachricht: Er solle, wenn möglich, um neun Uhr ins Mineralogische Institut der Uni kommen.

»Gut«, sagte Brook, »ich fahre gleich hin. Wir treffen uns spätestens um fünfzehn Uhr hier in meinem Büro. Und sagen Sie auch Matthiesen Bescheid. Ich will mit ihr noch einmal zu Uwe Kranert fahren, wenn ich wieder da bin.«

Hellkamp und Lejeune verschwanden.

Um kurz vor halb zehn traf Brook am Mineralogischen Institut ein. Es lag am Rande des Universitätscampus. Beinahe eine halbe Stunde hatte er gebraucht, um einen Parkplatz zu finden, musste von dort aus noch die halbe Grindelallee hinunterlaufen und fluchte innerlich immer noch, als er endlich eintraf, mehr als zwanzig Minuten nach der vereinbarten Zeit.

Dr. Mann wartete zusammen mit einer unscheinbar wirkenden, zierlichen Frau im Foyer des Instituts. Sie hatte graues Haar, eine Hornbrille auf der Nase und trug einen weißen Kittel.

»Das ist Frau Professor Dr. Alt von der petrologischen Abteilung. Ich habe mich gestern schon mit Frau Alt getroffen und ihr unsere Gesteinssplitter mitgebracht«, sagte Dr. Mann. »Und Frau Alt hat etwas Erstaunliches herausgefunden.«

»Das wäre schön, wir brauchen einen Durchbruch.«

»Sind Sie noch nicht weitergekommen, Brook?«

»Wie man's nimmt. Wir haben inzwischen einen – na, vielleicht *fast* Verdächtigen. Aber alles noch sehr vage.«

»Dann kommen Sie bitte mal mit«, sagte Professor Alt und

ging voraus. Brook und Dr. Mann folgten ihr. Es ging eine Treppe hoch und einen Flur entlang, bis sie zu einem Labor mit vielen kompliziert und kostspielig aussehenden Gerätschaften kamen.

»Kommen wir bitte gleich zur Sache«, bat Brook.

»Gerne.« Die Wissenschaftlerin rückte ihre Brille zurecht. »Auf Dr. Manns Bitte hin habe ich die Gesteinsprobe einer chemisch-petrologischen Analyse unterzogen. Die genauen Einzelheiten der …«

Sie sah Brooks Gesichtsausdruck und deutete ihn richtig. Die Wissenschaftlerin unterbrach sich und setzte noch einmal an: »Die Einzelheiten würden vermutlich zu weit führen. Doch das Ergebnis ist interessant: Bei dem vorliegenden Gestein handelt es sich um ein Biosparit aus der oberen Kreidezeit, und zwar um das sogenannte Meleke-Gestein.«

»Meleke … was ist denn das?«, erkundigte sich Brook.

»Das ist ein bestimmter Kalkstein.«

»Kalkstein? Aus der Kreidezeit? Sie meinen, wie Kreide?«

»Nun ja, es gibt durchaus festere und weniger feste Kalksteine. Die Kreide gehört auch dazu. Mit höherer Dichte verfestigter Kalkstein wird durchaus als Baumaterial verwendet. Auch für Fliesen.«

»Aber die Mordwaffe war doch wohl keine Fliese?«

Professor Alt zog die Augenbrauen hoch. »Das herauszufinden kann wohl kaum meine Aufgabe sein, Herr Brook.«

»Dr. Mann war der Ansicht, das Werkzeug müsse geschliffen worden sein. Hat sich das bestätigt?«

»Das kann man sagen. Manuell oder maschinell.«

»Was ist denn nun an diesem Meleke so besonders?«, fragte Brook. »Was ist das eigentlich für ein Name?«

»Meleke-Gestein wird ausschließlich in der Gegend von Jerusalem abgebaut. Im Handel nennt man diesen Stein heute meistens ›Jerusalem Stone‹.«

»Jerusalem?«

»Ja, die Klagemauer zum Beispiel besteht daraus.«

»Soll das heißen, das Mordwerkzeug stammt aus Israel?«

»Zumindest der Stein, aus dem das Werkzeug gefertigt wurde, oder?«, fragte Dr. Mann.

Professor Alt nickte. »Ganz recht. Der Stein wird weltweit gehandelt, wenn auch nicht in nennenswertem Umfang. Aber es gibt auch in Deutschland Gebäude aus Meleke, zum Beispiel das Jüdische Zentrum in München.«

Brook machte sich Notizen. »Was kann das bedeuten?«, murmelte er.

»Wie bitte?«, fragte Dr. Mann.

»Ach nichts. Ich frage mich nur gerade … Frau Professor Alt, was meinen Sie, eignet sich so ein Stein wie dieser Meleke besonders dafür, dass man Werkzeuge daraus anfertigt?«

»Das kann man nun nicht gerade sagen. Kalkstein ist doch insgesamt poröser als andere Materialien. In der Jungsteinzeit zum Beispiel, als man Waffen und Geräte aus Stein hergestellt hat, da hat man zwar auch Kalkstein verwendet, aber in der Regel doch eher deutlich festere Steine. Feuerstein zum Beispiel oder bestimmte Felsgesteine, Marmor. Das kam natürlich auch darauf an, was für Gesteinsarten zur Hand waren.«

Brook hatte eine Idee.

»Könnte das denn heißen, dass das Tatwerkzeug prähistorisch ist? Aus einem Museum oder so?«

»Na ja«, sagte Professor Alt und schaute skeptisch, »den Splittern nach zu urteilen … also, wenn es prähistorisch ist, dann ist zumindest die Schneide nachgeschliffen worden. Denn es muss ganz schön scharf gewesen sein. Wir haben das vermessen, warten Sie, ich hole den Ausdruck.«

Brook überflog den Zettel, den Professor Alt ihm gab. Es waren viele Begriffe und noch mehr Zahlen darauf, die ihm nichts sagten. Er würde es pflichtschuldig in der Dienststelle im Labor abgeben.

Dr. Mann schaltete sich ein: »Ein Punkt noch, Brook: Wenn Sie die Tatwaffe finden, dann denken Sie daran, dass wir sie mit großer Wahrscheinlichkeit anhand der Splitter identifizieren können.«

Als Brook wieder hinter dem Steuer seines Wagens saß, rief er Kriminalmeisterin Matthiesen in der Dienststelle an. Sie sollte sich bereit machen, er wollte schließlich gleich noch einmal mit ihr zum Vater des Ermordeten fahren, um mit ihm zu sprechen.

Auf der Fahrt dachte Brook: Meleke. Jerusalem, Klagemauer. Und dann der Pastor.

Seltsam, alles sehr seltsam.

Zur selben Zeit saßen Hellkamp und Lejeune im Behandlungszimmer eines Arztes in Belkstedt. Die Praxis befand sich nur ein paar Minuten vom Haus der Toten entfernt. Vor ihnen auf dem Tisch lag eine Kopie des Totenscheins von Emilie Jansen, und hinter dem Tisch saß Dr. med. Harro Hartwigsen, ein über zwei Meter großer und genauso breit wirkender Mann mit grauem Haar und einer groben Kartoffelnase im freundlichen Gesicht.

»Asystolie« war auf dem Totenschein als Ursache des Todes eingetragen, und Dr. Hartwigsen hatte gerade bestätigt, dass das »Herzstillstand« hieß.

»Die Frau Jansen war einfach alt, nicht wahr.« Der Arzt machte eine entschuldigende Geste.

»Aber mein Kollege und ich haben sie doch gestern noch besucht. Und sie sah eigentlich ganz fit aus, als wir sie –«, wandte Lejeune ein.

»Na ja«, fiel Hellkamp ihm ins Wort, »sie war schon reichlich tüddelig. Und ganz gesund schien sie auch nicht. Eher ein wenig schwächlich.«

Er blickte kurz zu Lejeune und schüttelte fast unmerklich den Kopf.

»Tja«, sagte der Arzt, lehnte sich zurück und kratzte sich unter seinem weißen Kittel am Bauch, »früher oder später holt der Tod uns alle, nicht wahr. Und Frau Jansen hat ja doch ein gesegnetes Alter erreicht, möchte ich sagen, nicht wahr.«

»Wie gehen Sie denn eigentlich vor, bei so einer Diagnose?«, fragte Hellkamp.

Dr. Hartwigsen sah ihn verwundert an. »Wie meinen Sie das?«

»Ich meine«, fuhr Hellkamp fort, »nur so aus Interesse: Sie müssen doch irgendwie auf diese Diagnose kommen: Herzstillstand. Wie untersuchen Sie den Toten oder die Tote denn?«

»Tja, das Herz hatte aufgehört zu schlagen, nicht wahr«, gab der Arzt, nun ein wenig unwirsch, zurück. »Da spricht der Mediziner dann von einem Herzstillstand. Da sind eigentlich wenige Symptome, auf die man achten kann. In diesem Fall hat die Prodromalbeschwerden, die sie gehabt haben wird, ja niemand mitbekommen, nicht wahr. Akute Atemnot, Kammerflimmern, da gibt es schon einiges. Aber es war ja niemand bei ihr.«

Der Arzt stand auf, ging zum Fenster und sah hinaus auf den kleinen Garten hinter seiner Praxis. Man hörte die Vögel zwitschern.

»Dann hört das Herz auf zu schlagen, und dann bricht der Kreislauf zusammen. Atemstillstand. Wenigstens hat die alte Dame im Bett gelegen, als sie gestorben ist, nicht wahr. Aber sie sah nicht aus, als hatte sie lange gelitten.«

»Woran hätten Sie das denn festgestellt?«, fragte Hellkamp.

»Dafür kriegt man in meinem Beruf ein Auge, nicht wahr.« Dr. Hartwigsen setzte sich wieder.

»Aber im Prinzip hat einfach ihr Herz aufgehört zu schlagen?«

»Wenn man so will: ja.«

»Es hätte, nur mal so ganz hypothetisch, nicht auch eine andere Todesursache sein können?«

»Worauf wollen Sie hinaus?« Der Arzt blickte Hellkamp misstrauisch an. Jetzt sah er nicht mehr ganz so freundlich aus, auch wenn er immer noch leicht lächelte.

»Ich will nur alle Möglichkeiten in Betracht ziehen.«

»Hm.« Dr. Hartwigsen schien zu überlegen. »Na ja, natürlich könnte es noch andere Gründe geben … oder Ursachen vielmehr.«

»Was denn zum Beispiel?«

»Tja. Ersticken, bestimmte Gifte – aber da müsste man schon invasiv vorgehen, um danach zu suchen. Also, äußerlich ist nichts festzustellen gewesen, das kann ich Ihnen versichern.«

Einen Moment lang war es still. Hellkamp überlegte.

Lejeune ergriff das Wort. »Gestatten Sie eine Frage, Herr Doktor, wer hat die selige Tote denn eigentlich entdeckt?«

Dr. Hartwigsen zog einen Moment lang die Augenbrauen hoch.

»Das war die Frau Jorting, die schaut hin und wieder bei Frau Jansen nach dem Rechten. Schaute, meine ich, nicht wahr.«

»Und die kennen Sie auch?«, fragte Lejeune.

»Ja, die ist auch meine Patientin. Seit Dr. Breitenbach seine Praxis in Krambek dichtgemacht hat, bin ich der einzige Arzt hier in der Gegend.«

»Wie ist es denn mit den Angehörigen?«

»Ach Gott ... Der Mann ist schon in den achtziger Jahren gestorben. Sie hatte eine Tochter, die sehr an der Mutter gehangen hat, nicht wahr. Die ist Mitte sechzig. Alma Jansen.«

»Aber die hat sich nicht um die alte Frau Jansen gekümmert? Das hat Frau Jording getan?«, fragte nun Hellkamp.

»Jorting«, verbesserte ihn Dr. Hartwigsen. »Nein, die Tochter ist selbst sehr krank. Zucker. Schweres Übergewicht. Ein Fuß amputiert, nicht wahr. Kommt kaum noch aus dem Haus. Und depressiv. Ja, da kommt einiges zusammen, nicht wahr.«

Er schmunzelte, verzog aber sofort das Gesicht zu einer Grimasse, die wohl Ernsthaftigkeit bedeuten sollte.

»Und Enkelkinder? Oder sonstige Angehörige?«

»Leider nein. Die Tochter war nicht verheiratet. Kinder gibt es auch keine.«

»Dann ist es ja gut, dass sich der Pfarrer um sie kümmern kann.«

»Jaja«, sagte Dr. Hartwigsen und nickte, »das ist schon ein Segen. Ein wirklich aufopferungsvoller Mensch, der Pastor, nicht wahr.«

»Kennen Sie ihn gut?«

»Völker Röhl? Na klar, wir spielen zusammen Skat, nicht wahr.«

»Oft?«

»Och, so alle zwei, drei Wochen, nicht wahr.«

Hellkamp sah zu Lejeune hin, aber dem schienen keine Fragen mehr einzufallen.

»Gut. Dann wollen wir Sie mal nicht weiter aufhalten«, sagte Hellkamp schließlich.

Die drei Männer erhoben sich.

Auf dem Weg zur Tür fragte Dr. Hartwigsen: »Sagen Sie mal, was interessiert sich die Polizei eigentlich für die ganze Sache?«

»Nichts weiter. Frau Jansen war Zeugin in einer etwas komplizierten Angelegenheit«, sagte Hellkamp in beiläufigem Tonfall.

Dr. Hartwigsen blickte ihn überrascht an. »Zeugin? Die alte Frau Jansen? Na so was. Na, man steckt nicht drin, nicht wahr.«

Es schien ihn nicht weiter zu interessieren.

Als Hellkamp und Lejeune zum Auto zurückgingen, sagte der junge Kriminalmeister: »Ganz schlau geworden bin ich daraus ja nun nicht. Was war denn nun wirklich die Todesursache?«

»Gute Frage. Herzstillstand. Aber was ihn verursacht hat …?« Hellkamp sah nachdenklich aus.

»Warum ordnen wir keine Obduktion an?«, fragte Lejeune, als sie wieder im Auto saßen.

Hellkamp überlegte kurz. »Dafür reicht die Indizienlage nicht. Das muss Brook beantragen, aber ich bin sicher, dass er das genauso sieht. Und der Staatsanwalt auch. Immerhin wird sie nicht eingeäschert, also wird immer noch Zeit sein. Notfalls.«

Lejeune schüttelte sich unwillkürlich bei dem Gedanken, dass die alte Frau wieder ausgegraben werden müsste. Er wechselte das Thema.

»Sehen wir noch nach, was der Pastor treibt?«

»Nein«, entschied Hellkamp, »wir fahren zurück ins Büro. Den Pastor wollen wir nicht unnötig aufschrecken. So oder so.«

Auf der Rückfahrt sprachen beide nicht viel.

15

Am späten Vormittag trafen Brook und Thea Matthiesen im Nordosten Hamburgs ein, am Haus, in dem Uwe Kranert, der Vater des ermordeten jungen Mannes, wohnte. Es war keine vornehme Wohngegend, sondern ein Bau aus den fünfziger oder sechziger Jahren, dreistöckig, mit Laubengang. In den oberen Stockwerken lehnten ein paar Fahrräder am Geländer des Laubengangs. Teuer sahen sie nicht aus. Hier schützte man, was seins war, ob teuer oder nicht.

Kriminalmeisterin Matthiesen hatte zuvor versucht, Uwe Kranert anzurufen – vor allem um festzustellen, ob er zu Hause war. Es war die ganze Zeit besetzt gewesen, das reichte ihnen.

Sie stiegen aus und gingen auf die Eingangstür des Mietshauses zu. Die Tür stand offen.

»Die war neulich auch schon auf«, sagte Matthiesen. »Wieso, weiß ich nicht.«

Brook warf einen Blick auf die Klingelschilder. Papierstücke, mit Kugelschreiber beschriftet oder bedruckt, ein paar deutsche, viele ausländische Nachnamen. Eine ganze Reihe Schilder trugen nur weibliche Vornamen: Sonja, Barbie, Betty, Tiffany.

Modelwohnungen. Prostituierte. Deshalb stand die Haustür offen.

Sie stiegen zwei Treppen hoch. Brook merkte, wie er schon wieder außer Atem geriet. So ging das nicht weiter. Diät und Sport. Ab morgen. Ganz bestimmt. Spätestens ab nächster Woche.

An der grün lackierten Wohnungstür war mit Klebestreifen ein Zettel befestigt, auf dem »Kranert« stand.

Brook klingelte.

Nichts geschah.

Er wollte gerade anfangen, sich zu ärgern, als Matthiesen rief: »Brook!«

Sie stand am Küchenfenster, das zum Laubengang ging, und starrte hinein. Brook machte zwei Schritte und war neben ihr.

Durch die halb zugezogene Gardine sah man einen Mann regungslos auf dem Fußboden liegen.

»Treten Sie zur Seite«, sagte Brook ruhig. »Ich öffne die Tür.«

Im Laubengang war nicht viel Platz, um Anlauf zu nehmen.

Brook versuchte es trotzdem. Er warf sich vom Geländer aus gegen die grüne Tür. Es knackte ein wenig, aber die Tür blieb zu. Seine Schulter schmerzte.

Dann hob er den rechten Fuß, winkelte ihn an und trat kurz und gezielt unterhalb des Türschlosses gegen die Tür.

Dieses Mal klappte es. Der Schließbolzen des Türschlosses hatte den hölzernen Türrahmen eingedrückt und auf halber Länge herausgebrochen.

Brook warf die Tür zur Seite und eilte in die Küche.

Ein bestialischer säuerlicher Gestank drang ihm entgegen. Erbrochenes. Er hielt sich den Ärmel vor den Mund und ging zum Fenster, um es zu öffnen.

Uwe Kranert lag in einer unnatürlichen Stellung zwischen dem Küchentisch und dem Kühlschrank auf dem Boden. Brook beugte sich zu ihm hinunter und fühlte den Puls an der Halsschlagader, dann am Handgelenk.

Der Mann war tot.

»Mein Gott«, sagte Matthiesen auf einmal hinter ihm.

Brook war sich nicht sicher, ob dieser Ausruf dem Toten galt oder dem Gestank, der nur langsam nachließ.

»Ist er tot?«, fragte sie.

Brook nickte und richtete sich wieder auf.

»An Erbrochenem erstickt?«

Brook folgte ihrem Blick. Auf dem Tisch standen zwei leere Flaschen, Jägermeister und ein billiger Korn. Es war kein Glas zu sehen, wahrscheinlich hatte Kranert gleich aus der Flasche getrunken. Außerdem lagen auf dem Küchentisch Fotos. Dutzende Abzüge, dazu ein weißer, zerbeulter offener Schuhkarton, in dem sich noch mehr Fotos befanden.

»Sieht so aus«, sagte Brook. »Rufen Sie bitte die Kollegen an?«

Matthiesen trat in den Flur hinaus und holte beim Gehen ihr Handy aus der Jackentasche.

Brook ging zum Küchentisch und besah sich die Fotos, die dort lagen.

Die meisten zeigten eine offenbar glückliche Familie. Vater, Mutter, Kind. Der Tote, der auf dem Fußboden in einer Lache seines Mageninhalts lag, hatte mit dem Mann auf den Fotos nicht mehr viel gemein; er sah ungepflegt aus, unrasiert, sein Hemd war fleckig, die Hose ebenso. Aber es war ganz offensichtlich derselbe Mann.

Familienfotos. Weihnachten vor dem geschmückten Baum. Sommerurlaub, vor einem grünen Zelt am Meer oder an einem See. Am Hamburger Hafen. Im Wald. Auf einer Wiese beim Picknick. Bei einem Familienfest.

Die meisten Fotos zeigten eine Frau mit blonden Haaren, mal kürzer, mal länger, und einen Jungen, der auf manchen Bildern acht, auf manchen elf oder zwölf Jahre alt war. Der Vater war seltener auf den Fotos zu sehen. Er war sicherlich meistens der Fotograf gewesen.

Brook nahm ein Foto in die Hand.

Er betrachtete das Bild.

Vielleicht mit Selbstauslöser aufgenommen, oder die Familie hatte jemanden gebeten, sie zu fotografieren. Auf jeden Fall waren es der Vater und die Mutter und vor ihnen das Kind.

Der Mann legte den Arm um die Schulter der Frau. Beide lächelten, und das Kind grinste. Im Hintergrund war das Panorama einer mittelalterlichen Altstadt zu sehen.

Der Sohn war mit Sicherheit Folke Kranert. Noch im Grundschulalter. Und der Mann sein Vater. Jahrgang 56. Genau wie Brook selbst, und jetzt war er tot. Wie lange er wohl noch hatte?

Brook legte das Foto zurück und ging in den Flur. Dort beendete Thea Matthiesen gerade ihr Telefonat.

»Stellen Sie sich bitte vor die Tür und warten Sie auf dic Kollegen«, sagte er und versuchte, hinter ihr notdürftig die kaputte Tür zu schließen. Er konnte sie nur anlehnen.

Es dauerte eine ganze Weile, bis der Erkennungsdienst und der Gerichtsmediziner kamen. Wie vermutet, war Uwe Kranert im Suff an seinem Erbrochenen erstickt. Der Todeszeitpunkt lag, laut Rechtsmediziner Dr. Krycznik, in den späten Abendstunden des Vortages. Es gab keine Spuren eines gewaltsamen Eindringens in die Wohnung, die Wohnungstür war von innen verschlossen gewesen, der Schlüssel hatte noch gesteckt. Fenster und Balkontür waren geschlossen. Es gab auch keinerlei Anzeichen dafür, dass in den Tagen vor dem Tod des Mannes jemand anders als er selbst in der Wohnung gewesen war.

Hellkamp und Lejeune, die etwas später nachgekommen waren, hatten die Nachbarwohnungen abgeklappert, aber niemand hatte etwas gesehen oder gehört, was von Belang gewesen wäre. Nur die Nachbarin zu Kranerts Rechten gab an, am späten Abend eine laute Stimme gehört zu haben. Aber sie meinte, es sei nur Herrn Kranerts Stimme gewesen.

Eventuell hatte er telefoniert. Der Hörer lag neben dem altmodischen Telefon. Deshalb war besetzt gewesen, als Matthiesen angerufen hatte.

Von der Nachbarin erfuhren sie auch, dass Frau Kranert vor ein paar Jahren gestorben war, an Leukämie. Er war dann aus einem Einfamilienhaus in Duvenstedt hierhergezogen. Dass Kranert einen Sohn gehabt hatte, davon wusste die Frau, die nebenan wohnte, nichts.

Brook war unheimlich zumute, als sie von Kranerts Frau erzählte. Hoffentlich würde er nicht genauso enden wie der. Tot, mit schmutzigem Hemd auf dem Küchenfußboden. Weil niemand da war, der ihm helfen konnte.

Er biss die Zähne zusammen. Das konnte ihm schon deshalb nicht passieren, weil er sich nicht volllaufen lassen und an seinem Erbrochenen ersticken würde. Aber schon kamen Brook wieder Zweifel. Er war auch betrunken gewesen, nach dem Restaurantbesuch mit Hellkamp. Was, wenn er in der Nacht sich hätte erbrechen müssen, das Klo nicht schnell genug erreicht hätte, im Flur ausgerutscht, mit dem Kopf gegen die Kommode geschlagen und bewusstlos –

»Brook, schauen Sie doch mal.«

Das war Hellkamp, und Brook war dankbar, dass er ihn aus dem Grübeln riss. Er folgte ihm ins Wohnzimmer, und Hellkamp wies auf ein niedriges Bücherregal an der Wand. Darin standen nicht viele Bücher, lediglich ein paar abgegriffene dicke Taschenbücher. Historische Romane.

Hellkamp nahm eines der Bücher vom obersten Regalbrett. Es war von jemandem namens John Colonesi geschrieben und hieß: »Conversion Therapy. Healing Homosexuality in Ten Easy Steps«.

Brook blickte ihm über die Schulter. »Was ist denn das?«

»Da sind noch mehr solche Bücher«, sagte Hellkamp. »Hier: ›Ex-Gay. Reparative Therapy in Progress‹. Etwa ein Dutzend

Bücher, alle auf Englisch. Offenbar hat der Vater nach einem Weg gesucht, seinen schwulen Sohn zu heilen.«

»Zu heilen?«, fragte Brook ungläubig. »Geht denn das?«

»Es gibt offenbar genügend Autoren, die das glauben. Zumindest in Amerika.«

Brook schüttelte den Kopf und brummte in sich hinein.

Matthiesen betrat den Raum. Sie sah das Buch, das Brook noch in der Hand hielt. »Na ja, das haben wir uns schon gedacht, oder? Dass Uwe Kranert nicht gerade begeistert war von der sexuellen Orientierung seines Sohnes?«

»Was hatte er noch gleich zu Ihnen gesagt, am Dienstag?«

»›Ich habe keinen Sohn‹, so etwas in der Richtung.«

Lejeune hatte sich genähert und krähte nun dazwischen: »›Mein Sohn ist für mich gestorben. Ein für alle Mal.‹ Das hat er gesagt.«

»Hm. Ja, danke«, sagte Brook. Er verschränkte die Arme und ging auf und ab.

»Herr Hauptkommissar?«, fragte Lejeune.

Brook seufzte. »Ja, was ist denn?«

»Meinen Sie, der Vater hat seinen Sohn umgebracht?«

Brook sah ihn einen Moment lang entgeistert an. Dann legte er wieder die Stirn in Falten.

Matthiesen trat hinzu. »Das ist eigentlich gar nicht so abwegig. Vielleicht hat er erkannt, dass all seine Bemühungen, den Jungen ›umzudrehen‹, ich meine, heterosexuell zu machen, nichts nützen würden – und da hat er dann in blindem Hass –«

»Da könnte auch die Genitalverstümmelung ins Bild passen«, fiel Lejeune ihr aufgeregt ins Wort. »Außerdem wissen wir doch, dass neunzig Prozent der Mordfälle von Personen aus der Verwandtschaft oder dem näheren Bekanntenkreis verübt werden.« Ihm war anzumerken, wie stolz er war, dass er eine Idee gehabt hatte, die von seinen Kollegen unterstützt wurde. Zumindest von einer Kollegin. Eine Idee, die vielleicht für die ganze Ermittlung entscheidend war.

»Also ich weiß nicht«, sagte Hellkamp auf einmal, »wenn er ihn erschlagen oder erwürgt hätte, okay. Aber an den Baum gefesselt und dann so zugerichtet? Mit Narkosemittel und kryptischen Zeichen, die er dem Jungen in die Schenkel ritzt?«

Brook sagte immer noch nichts. Er dachte nach und fing wieder an, durch den Raum zu gehen, die Arme hinter dem Rücken.

Sie fanden jedoch nichts in der Wohnung von Uwe Kranert, was ihn mit dem Mord in Verbindung gebracht hätte. Keine Rolle mit Seil, keine gestohlenen Spritzen, kein Werkzeug aus Meleke-Kalkstein. Auch keine Schuhe oder Stiefel mit Dreck aus dem Wald unter der Sohle.

Zurück in der Dienststelle gab es eine Nachricht aus dem Hause Röhl. Der Pastor ließ sich erneut entschuldigen. Ob er stattdessen am Montagvormittag zur Vernehmung erscheinen könne, die Tochter von Frau Jansen brauche weiterhin seelischen Beistand.

»Sollen wir Röhl vorladen lassen?«, fragte Lejeune.

Brook winkte ab. »Nein, nein. Ich schätze die Lage nicht als so dringend ein. Auch wenn er momentan unser einziger Verdächtiger ist. Zumindest unser einziger lebendiger. Wir lassen ihn mal Montag früh kommen.«

Lejeune sah enttäuscht aus.

Brook fuhr fort: »Außerdem ist so die Chance größer, dass der Röhl hier ohne Rechtsanwalt anrückt. Es ist ja zunächst nur eine Zeugenvernehmung.«

Dass er vor allem keine Lust hatte, sich mit dem Staatsanwalt auseinandersetzen zu müssen oder mit dem Haftrichter, behielt er für sich. Als ob das am Freitagnachmittag überhaupt noch Zweck hätte.

Dann setzte er sich an den Computer und begann, einen ausführlichen Zwischenbericht zu verfassen. Pöhlmann wollte ihn unbedingt noch vor dem Wochenende haben.

16

In der Nacht zum Samstag schlief Brook schlecht. Er wachte mehrmals auf und hatte das Gefühl, schlecht geträumt zu haben, auch wenn er sich an nichts Genaues erinnerte. Einmal, morgens gegen vier, hatte er richtiggehend Angst, aber er wusste nicht, wovor. Es war ein diffuses Gefühl, und die Bilder, die es ausgelöst hatten, waren mit dem Anschalten der Nachttischlampe verschwunden.

Die Sonne schien durch die Vorhänge und weckte ihn. Es war kurz vor neun. Er fühlte sich wie gerädert. Nach dem Duschen und Rasieren ging es ihm schon etwas besser. Gegen die leichten Kopfschmerzen nahm er zwei Aspirin. Heute würde die Soko »Wald« dienstfrei haben. Konkrete Ansatzpunkte fehlten nach wie vor.

Er merkte, dass er Lust hatte, zu frühstücken. Das überraschte ihn, er frühstückte eigentlich nie. Als Anna noch lebte, hatten sie dies jedes Wochenende getan, ganz ausgiebig. Mit gekochten Eiern, frischen Brötchen, Erdbeermarmelade und Leberwurst. Er hatte damit aufgehört, als er in die neue Wohnung gezogen war.

Brook ging in die Küche und öffnete den Kühlschrank, wie um sich selbst zu überzeugen, dass er nichts zum Frühstücken im Haus hatte. Dann nahm er einen Einkaufsbeutel und ging hinunter zum Supermarkt.

Es dauerte eine Weile, bis er alles zubereitet hatte. Den Topf, in dem er das Ei kochte, hatte er noch nie benutzt, ebenso wenig den Wasserkocher, in dem er das Wasser für den Nescafé erhitzte.

Endlich saß er vor dem gedeckten Küchentisch, die Brötchen und der Kaffee dufteten. So hatte er Anna gegenübergesessen, jeden Samstag, jeden Sonntag. Aber sie war fort und würde nie mehr zurückkommen.

Ein unbändiges Gefühl der Wut überkam ihn. Auf das Leben, auf den Tod. Mit einer einzigen Bewegung fegte er den Tisch leer. Der Teller zersprang auf dem Küchenboden, der Kaffee spritzte, das Marmeladenglas barst. Dann saß er da, und die Tränen liefen über sein Gesicht. Er weinte, das erste Mal seit langer Zeit.

Nachdem er sich wieder beruhigt hatte, sah er sich das Chaos an, das er angerichtet hatte. Brook beschloss, alles liegen zu lassen, aus der Wohnung zu flüchten und in die Stadt zu fahren.

Erst beim dritten Parkhaus hatte er Glück und bekam einen Parkplatz, an der Staatsoper. Er staunte darüber, wie teuer es war, zu parken, und merkte dabei, dass er schon sehr lange nicht mehr privat mit dem Auto in die Innenstadt gefahren war.

Brook lief über den Gänsemarkt und am Ufer der Binnenalster entlang in Richtung Mönckebergstraße. Er hatte kein wirkliches Ziel.

Das Wetter war immer noch schön, wie schon seit Tagen. Heute war es sogar richtig warm, über zwanzig Grad sollten es werden. Aus einer Laune heraus kaufte er sich ein Eis, zwei Kugeln Stracciatella, setzte sich auf die breiten Treppenstufen, die zum Wasser hinunterführten, und blickte auf die Alster, wo gerade eine Barkasse anlegte.

Sofort dachte er an den toten Uwe Kranert, an seinen ermordeten Sohn, an Kalkstein aus Jerusalem, an den Wald von Wohltorf, an Lejeunes unbedarftes Gesicht und an Thea Matthiesen, die sich ihre langen dunklen Haare um den Finger rollte.

Manchmal hatte er das Gefühl, als könne er gar nicht mehr aufhören, an die Arbeit zu denken. Er versuchte, das letzte Bild, das der attraktiven Kriminalmeisterin, festzuhalten, aber es gelang ihm nicht. Angst und Schrecken, das war es, womit er sein Leben verbrachte, und das war es, was seine Gedanken bestimmte. Seit mit Annas Erkrankung der Tod auch noch in sein Privatleben Einzug gehalten hatte, kam er immer weniger zur Ruhe.

Um sich irgendwie abzulenken, versuchte er, im Stimmengewirr und Straßenlärm um ihn herum einzelne Geräusche wahrzunehmen.

Irgendjemand rief etwas. Immer weiter und ziemlich laut, er hörte gar nicht mehr auf. Brook stand auf und sah sich um. Hinter ihm in Richtung der Bude, wo das Eis verkauft wurde, auf der anderen Seite des Alsterpavillons, stand jemand und rief den Leuten, die vorübergingen, etwas zu. Als Brook näher kam, sah er, dass ein paar belustigt aussehende Menschen herumstanden, während ein kräftig aussehender Mann mit Glatze und im T-Shirt vor sich hin redete.

Er hielt ein dickes schwarzes Buch in der Hand und zeigte immer wieder darauf, während er sprach: »Herr, sei uns gnädig, denn auf dich harren wir! Lass fliehen die Völker vor dem großen Getümmel und zerstreue die Heiden, wenn du dich erhebst. Da wird man euch aufraffen wie einen Raub, wie man die Heuschrecken aufrafft und wie die Käfer zerscheucht werden, wenn man sie überfällt.«

Brook staunte. Der Mann, der diese Worte sprach, hatte eine tiefe, durchdringende Stimme und einen bulligen, kahlen Schädel. Stiernacken, massige Gestalt. Er wirkte eher wie ein Türsteher auf dem Kiez. Oder ein Personenschützer. Stattdessen zitierte er aus der Bibel, um die Leute zu bekehren – oder warum auch immer.

Brook beobachtete die anderen Menschen, die in einem lockeren Halbkreis standen und dem Predigenden zumeist amüsiert zuschauten, taxierte sie, als wären sie Verdächtige in einem Kriminalfall. Einige unterhielten sich leise. Eine junge Frau sah er, die einen großen Kopfhörer trug.

Er fragte sich, ob sie die Musik aus ihrem Walkman abgestellt hatte oder ob sie die laute Stimme gar nicht hörte und dem Mann nur zusah. Nur ein einziger Mensch schien dem bulligen Missionar interessiert zuzuhören.

Sein Gesicht wirkte unscheinbar, auch wenn Brook irgendwie das Gefühl hatte, er hätte es schon irgendwo einmal gesehen. Der Mann war mittelgroß, hatte einen Schnauzbart und trug unter dem offenen Trenchcoat einen hellgrauen Anzug mit schwarzem Schlips. Kaum merklich bewegten sich die Lippen des Mannes, so als spräche er die Worte des Predigers mit.

Erstaunlich. Ob den das wirklich interessierte? Und ob der das auch alles auswendig konnte? Aber trotzdem stand Brook schon wieder da und beobachtete die Leute.

»Spannend, oder?«, hörte Brook auf einmal eine weibliche Stimme neben sich, die ihn aus seinen Gedanken riss. Er dachte gar nicht, dass er gemeint sei, drehte sich aber trotzdem um.

Neben ihm stand Thea Matthiesen und grinste ihn an. Er zuckte zusammen. Eben noch hatte er an sie gedacht, und jetzt war sie hier.

»Na, so was«, sagte Brook. Mehr fiel ihm nicht ein. Wirklich, was für ein merkwürdiger Zufall.

»Sind Sie am Shoppen, Brook?«

Er schaute sie an. Sie trug ein kurzes Kleid mit einem orangebraunen Muster, das etwas altmodisch aussah, große silberne Ohrringe und knallroten Lippenstift. Den trug sie im Dienst nie. Wie gut sie aussehen konnte, wenn sie es darauf anlegte.

»Nein, äh, ja, na ja«, stammelte Brook.

Matthiesen musterte jetzt wiederum ihn. »Stimmt, Sie haben keine Einkaufstaschen dabei oder Tüten oder so. Wenn Sie shoppen wären, hätten Sie zumindest gerade erst angefangen.« Sie lächelte.

Er nickte und lächelte, so gut es ging, zurück.

»Und, was halten Sie davon?«, fragte Matthiesen und deutete auf den Prediger, der immer noch seinen Sermon von sich gab.

Brook zuckte die Schultern.

»Ich finde das ganz erstaunlich«, sagte sie. »Dass er das alles auswendig kann, meine ich. Das ist doch seitenweise Text aus der Bibel.«

Brook grunzte zustimmend und nickte langsam. »Ja, da gehört schon einiges zu.«

»Schade, dass er seine Fähigkeiten nicht anders nutzt. Der könnte doch Jura studieren, wenn er so gut auswendig lernen kann.« Sie lachte hell und fröhlich.

Es gefiel Brook, auch wenn er keine Ahnung hatte, worüber sie lachte.

»Sagen Sie mal, Brook, wir sind ja nicht im Dienst. Ich will auch nicht indiskret wirken, aber …«

Sie sprach nicht weiter, doch sie hatte seine Neugier geweckt, und er fragte: »Aber was?«

»Sie haben bei der Arbeit immer diesen uralten Anzug an. Und sogar jetzt. Wollen Sie sich nicht mal einen neuen zulegen? Einen richtig schicken?«

Einen Augenblick lang war Brook wütend, vor allem, weil er wusste, dass sie recht hatte. Er tat sich schwer mit seiner Kleidung; das Einzige, was er in den letzten zwei Jahren neu gekauft hatte, waren Unterwäsche und Socken gewesen. Und ein paar Schuhe. Bei C&A. Aber all das nur, weil es nicht mehr anders ging. Auch dieser Umstand hatte natürlich damit zu tun, dass Anna ihm früher geholfen hatte, Kleidung einzukaufen.

Es kostete ihn einige Überwindung, aber dann fragte er: »Was schlagen Sie vor?«

»Ich kennen einen ganz schicken Herrenausstatter, gar nicht weit, da vorne, Richtung Rathaus, und auch gar nicht so teuer. Wenn Sie mögen, gehen wir zusammen hin.«

Er blickte sie überrascht an.

Dann sah er an sich hinunter und antwortete: »Gerne. Gehen wir.«

Sie gingen los, und nach ein paar Metern fing Brook wieder an zu grübeln. Ihm ging der Gedanke nicht aus dem Sinn, den er vorhin gehabt hatte, als er Thea Matthiesen angeschaut hatte: Wie gut sie aussehen konnte, wenn sie es darauf anlegte.

Dieser Satz löste irgendetwas in ihm aus. Etwas, was mit dem Mord zu tun hatte. Schein, Aussehen, Anschein, mehr Schein als Sein?

Es fing in ihm an zu denken, zu kombinieren, aber die Gedankenkette fand zu keinem Ende.

17

Schon wieder schlägt mein Herz so schnell, als ob es aus meiner Brust brechen will. Dort ist das Haus. Aber das ist nur Illusion, ein Traum. Ich bin nicht dort, wo meine Augen zu sein glauben. Autos, Straßen, Wohnblöcke, das gibt es alles gar nicht. In der Umhängetasche ist alles ruhig. Das Mittel wirkt. Wie spät ist es? Halb elf. Es ist jetzt Zeit. Wie echt sich alles anfühlt. In der Jackentasche ist mein Werkzeug, schwer und scharf. Über die Straße und zur Eingangstür. Da ist die Klingel mit dem Namen, den sie mir geschrieben hat. Beinahe sofort summt der Türöffner. Keine Frage durch die Gegensprechanlage. Wie verabredet. Vier Treppen sind es bis zu ihrer Wohnung. Kein Mensch weit und breit. Hier nehmen die Menschen den Fahrstuhl, nicht die Treppe. Eine Treppe. Zwei Treppen. Drei, vier. Endlich, die Tür zum Flur. Es ist dunkel, nur das Notausgangsschild leuchtet über der Tür zur Treppe. Aber ich mache lieber kein Licht. Die Namensschilder an den Wohnungstüren kann ich auch so erkennen. Wieso wird es auf einmal heller? Da, eine Tür am Ende des Flurs ist geöffnet worden. Nur einen Spaltbreit. Das muss es sein. Das ist sie. Das Kind wird zur Welt kommen, nein, ich werde es auf die Welt holen. So lange habe ich, Abraham, auf diesen Moment gewartet. Hundert Jahre alt bin ich jetzt, das hat der Herr mir gesagt, und endlich wird es wahr werden. Wie der Herr es versprochen hat.

Wer bin ich denn, dass ich daran gezweifelt habe? Auch Sarah hat gezweifelt, noch mehr als ich. Sie wird nicht mehr lange Grund dazu haben. Alles wird wahr. Das, was da in meiner Umhängetasche liegt, gibt es in diesem Moment noch gar nicht, aber bald wird es da sein. Ich muss nur noch diesen einen, den entscheidenden Schritt gehen. Nur kurz die Augen schließen. Da ist sie, die Wüste. Ich kann die trockene, warme Luft riechen. Nur noch ein paar Schritte bis zum Lichtschein, der durch den Türspalt in den Flur fällt. Gib mir die Kraft, Herr, dein Werk zu tun.

18

Am Montagmorgen erntete Brooks neuer Anzug ein paar bewundernde Kommentare, was ihm ein wenig unangenehm war. Ansonsten begann die Woche mit guten Nachrichten: Die IT-Abteilung hatte die Untersuchung des Notebooks, das sie in der Wohnung von Folke Kranert sichergestellt hatten, endlich abgeschlossen.

Außerdem war der vorgeladene Pastor Röhl erschienen, gleich um neun Uhr. Brook hatte ihn in ein Vernehmungszimmer setzen lassen, konnte sich aber nicht sofort mit ihm beschäftigen, denn um neun Uhr dreißig präsentierte zunächst die IT-Abteilung der Soko »Wald« ihre Ergebnisse. Brook hatte es abgelehnt, die Präsentation zu verschieben. Röhl sollte ruhig ein wenig warten. Außerdem gab es vielleicht bereits neue Erkenntnisse, mit denen sie Röhl später konfrontieren konnten.

Um kurz nach halb zehn saßen Brook, Hellkamp, Matthiesen und Lejeune in einem der kleineren Konferenzräume im zweiten Stock ihrer Dienststelle, und ein Mitarbeiter der technischen Abteilung, in kariertem Hemd und mit rechteckigen Brillengläsern ohne Rand, informierte sie darüber, was sie in den Datenspeichern und auf der Festplatte gefunden hatten.

Was an Dateien vorhanden war, war nicht viel und leider auch nicht besonders aufschlussreich. Es gab keine persönlichen Fotos, keine Anschriften oder Telefonnummern von Freunden, auch kein E-Mail-Programm mit Adressen. Zumindest hatte sich aber die Annahme, Kranert sei homosexuell gewesen, ziemlich schnell bestätigt. Rund dreitausend entsprechende pornografische Bilder und etwa einhundert Videos, offenbar alles aus dem Internet heruntergeladen, zeugten davon.

»Am interessantesten ist aber, was wir im Protokollspeicher des Chatprogramms und in den Cookies des Internetbrowsers entdeckt haben«, sagte der Techniker.

Er klickte ein wenig in seinem Laptop herum. Sie verfolgten die raschen Bewegungen des Mauszeigers auf dem großen Bild, das über einen Beamer an die Wand geworfen wurde.

»Wenigstens hat er sich das Beste für zuletzt aufgehoben«, flüsterte Hellkamp Thea Matthiesen zu, die neben ihm saß. Sie grinste.

Brook beobachtete derweil Lejeune, der sich aufmerksam vorbeugte und aussah, als wolle er am liebsten auf den Konferenztisch krabbeln.

»Kranert hat, wie es scheint, sehr viel gechattet, mit verschiedenen Personen. Und er war bei einer Reihe von Dating-Seiten angemeldet.«

»Schwulen Dating-Seiten?«, fragte Hellkamp.

»Ganz recht.«

Brook schaltete sich ein. »So etwas wird gespeichert? Wenn Leute im Internet chatten?«

»Nein, nicht im Internet. Aber über Skype. Ganze Gespräche kann man nachverfolgen, mit Frage und Antwort. Dazu muss man im Programm einstellen, dass Chats archiviert werden.«

»Und das hat Kranert getan?«, fragte Hellkamp.

»Ja, zum Glück.«

»Könnten Sie uns das mal ausdrucken?«, fragte Brook.

»Gerne, aber es sind sicher hundert Seiten oder mehr.«

Brook verzog den Mund und nickte.

»Lejeune?«, sagte er.

»Jawohl?«

»Das schauen Sie sich bitte nachher mal mit Frau Matthiesen durch.«

»Wird gemacht, Herr Hauptkommissar.«

Brook nickte und bedeutete dem Techniker fortzufahren.

»Kann man denn bei den Anbietern der Internetseiten mit diesen Chatrooms ermitteln, mit wem Kranert da Kontakt hatte?«, fragte Hellkamp.

In diesem Moment wurde die Tür geöffnet, und Lejeunes Bürokollege erschien.

»Herr Brook?«

»Jetzt nicht«, sagte Brook unwirsch.

»Es ist wichtig. Sie möchten bitte umgehend Hauptkommissar Carstens vom PK 36 kontaktieren. Es geht um einen Mord in Steilshoop.«

Brook stöhnte und stand auf.

Und was ging ihn das an?

»Sie machen hier weiter, und Hellkamp, Sie erstatten nachher Bericht.«

»Wird gemacht.«

Brook ging in sein Büro, nahm das Telefon und wählte die Zentrale des Polizeikommissariats 36 an. Man verband ihn sofort mit Kriminalhauptkommissar Carstens.

»Moin, Brook.«

»Tag.«

Brook kannte Carstens nur flüchtig, von ein paar Veranstaltungen. Er erinnerte sich eigentlich nur daran, dass er ihm nicht weiter unangenehm aufgefallen war. Aber das war doch immerhin schon etwas.

»Wir haben einen Mordfall hier, in Steilshoop. Ganz furchtbare Geschichte. Aber da ist uns etwas aufgefallen, das … na ja, schauen Sie mal bitte in Ihre E-Mails. Und rufen Sie mich dann wieder an, Durchwahl zwo dreizehn.«

Es klickte in der Leitung. Brook konnte sich immer noch nicht zusammenreimen, was das Ganze mit ihm zu tun hatte. Er öffnete den Anhang von Carstens' E-Mail.

Es waren mehrere Fotos im JPEG-Format, offenbar vom Tatort.

Brook musste sich unwillkürlich schütteln, als er die Bilder nacheinander anklickte, um sie zu vergrößern. Es war grauenerregend. Die Tote war eine ältere Frau, und jemand hatte ihr, wie es aussah, den Bauch aufgeschlitzt.

Brook klickte weiter und erstarrte.

Das Foto, das den Bildschirm füllte, zeigte eine Vergrößerung. Man konnte nicht erkennen, welcher Körperteil fotografiert worden war. Dafür sah man umso deutlicher, dass in die Haut etwas eingeritzt worden war.

Sechs senkrechte Schnitte von verschiedener Länge, der zweite und fünfte oben mit einem kurzen Querstrich abgeschlossen, sodass sie fast aussahen wie die Ziffer 7.

Er nahm das Telefon und wählte die interne Nummer des Konferenzraums.

»Lejeune?«, bellte er ins Telefon. »Alles in mein Büro. So schnell es geht.«

Eine Dreiviertelstunde später trafen Brook und Hellkamp am Tatort in Steilshoop ein. Im Hausflur vor der Wohnung begrüßte sie Hauptkommissar Carstens mit Handschlag. Carstens war ein kleiner, gehetzt wirkender Mann mit wenigen grauen Haaren auf dem Kopf.

»Ich schnappe nur mal kurz Luft.« Carstens hob entschuldigend eine Hand. Seine latexbehandschuhten Finger hielten eine brennende Zigarette. »Furchtbar, wirklich. Ich bin nur froh, dass Sie jetzt da sind.«

»Wer ist denn die Tote?«, fragte Brook.

»Sarah Heinemann, achtundsechzig Jahre. Alleinstehend, keine Kinder. Nie verheiratet gewesen. Na, sehen Sie sich das erst mal an.«

Brook und Hellkamp zogen die obligatorische weiße Schutzkleidung über und betraten die Wohnung. Im Flur kam ihnen der Forensiker Dr. Mann entgegen.

Als er die beiden sah, grinste er und sagte: »Guten Morgen, die Herren. Ein Glück, dass ich hier war und nicht irgendein Kollege. Ich wusste ja, was diese eingeritzten Zeichen bedeuten.«

»Sie wissen, was die Zeichen bedeuten?« Brook sah ihn ungläubig an.

»Na sicher. Sie bedeuten: Das ist ein Fall für Brook.« Dr. Mann lachte heiser.

»Sehr witzig. Und was ist mit der Leiche?«

»Heute früh entdeckt«, nuschelte Carstens, der hinter ihnen wieder die Wohnung betrat und umständlich an seinem Mundschutz nestelte. »Die Tür stand offen, und jemandes Hund ist hinein. Das Frauchen wollte wohl gerade Gassi mit dem gehen, hatte ihm noch nicht die Leine angelegt.«

»Déjà-vu«, murmelte Brook. »Ein Hund findet die Leiche.«

»Wie bitte?«, fragte Carstens.

»Bei dem Toten letzte Woche in Wohltorf hat auch ein Hund die Leiche aufgestöbert«, sagte Hellkamp.

»Na ja, das ist ja nichts Außergewöhnliches.«

»Kann man mit der Frau sprechen?«, wollte Hellkamp wissen.

Carstens sah ihn entgeistert an. »Mit ihr sprechen? Aber die ist doch tot!«

»Wie bitte?« Brook verstand jetzt gar nichts mehr. »Die ist auch tot?«

»Wieso *auch*?« Carstens blickte von einem zum anderen.

Dr. Mann löste die Situation auf. »Ich glaube, Kollege Hellkamp meinte die Frau, die die Leiche entdeckt hat.«

»Natürlich«, sagte Hellkamp. »Was dachten Sie denn?«

»Ach so.« Carstens seufzte erleichtert.

»Und? Kann man mit ihr sprechen?«

»Schlecht. Sie hat einen Nervenzusammenbruch erlitten und ist in der Klinik. Außerdem hat sie sich im Flur erbrochen, aber das haben die Kollegen gottlob schon entfernt.«

»Na, sei's drum«, brummelte Brook. »Vielleicht später. Darum kann sich Lejeune kümmern.«

Hellkamp nickte.

Carstens führte sie ins Wohnzimmer. Es war schlicht, aber zweckmäßig eingerichtet. Die Möbel sahen nach Eichenfurnier aus. Ein Esstisch mit vier Stühlen, ein Schrank und ein Bücherregal. Ein alter Fernseher auf einer Anrichte. Davor ein Sofa mit dunkelgrünem Bezug. Zwischen dem Sofa und dem Fernseher lag ein großer orientalisch aussehender Teppich mit verschlungenen eingewebten Mustern auf dem Boden. Und auf dem Teppich lag die Leiche, auf dem Rücken.

Brook spürte, wie ihm übel wurde, und er konzentrierte sich auf seine Atmung, um den Brechreiz zu unterdrücken. Er hatte in seinen langen Jahren bei der Kriminalpolizei viel Unerfreuliches gesehen.

Aber das hier hatte eine andere Qualität.

Die Tote war nackt und lag auf dem Rücken. Dort, wo ihr Bauch hätte sein müssen, sah man nur Blut und dunkle Gedärme. Jemand hatte ihr der Länge nach den Bauch aufgeschlitzt, von den Brüsten bis zur grauen Schambehaarung, und die Bauchdecke geöffnet. Rechts und links von der Frau war Blut auf den Teppich geflossen, das sich, dunkel verkrustet, mit den dunkelroten, braunen und blauen Mustern vermischte.

Ein paar Fliegen summten herum.

»Organdiebstahl?«, fragte Brook Dr. Mann. Ein Schuss ins Blaue.

»Nein, soweit ich sehen kann, ist alles noch da. Aber da muss ich im Labor nachher gründlicher gucken. Die Leiche kann gleich abtransportiert werden, ich dachte nur, Sie sollten selbst einmal am Tatort einen Blick drauf werfen.«

»Wo sind die Zeichen eingeritzt?«, wollte Hellkamp wissen.

»Wieder am Oberschenkel, aber nur einmal«, antwortete Dr. Mann, »sonst aber wie bei dem jungen Mann. Schauen Sie.«

Dr. Mann kniete sich hin, ergriff den rechten Oberschenkel der Toten, hob ihn an und winkelte ihn zur Seite ab.

»Hier sind die eingeritzten Zeichen«, sagte Dr. Mann angestrengt und wies mit dem Finger auf eine Stelle an der unteren Schenkelseite zur Leiste hin, nur ein paar Zentimeter von der Scham entfernt. Er ließ das Bein sinken.

»Die Zeichen sind nicht so groß wie letztes Mal, aber doch eindeutig die gleichen, oder?«

Brook nickte.

»Das heißt«, warf Hellkamp ein, »der Täter muss das Bein hochgehoben haben, um an diese Stelle zu gelangen?«

»Ganz genau«, bestätigte Dr. Mann.

»Hm. Sonstige Ähnlichkeiten zum anderen Toten?«, fragte Brook.

»Ein Hämatom am Hinterkopf, von einem Schlag mit einem stumpfen Gegenstand. Und ich würde wetten, dass erneut ein Narkosemittel im Spiel war. Es gibt keine Spur von Gegenwehr, keine anderen Verletzungen. Die Frau lag betäubt auf dem Boden, und jemand hat ihr den Bauch aufgeschnitten.«

»Und die Zeichen wurden wieder vor dem Tod in die Haut geritzt?«

»Ganz recht.«

»Todeszeitpunkt?«

»Etwa am Samstag. Grob geschätzt. Vielleicht Samstagabend.«

Brook legte die Stirn in Falten. »Carstens?«, rief er.

Der war schon in den Hausflur geflüchtet. Seine Nerven waren wirklich nicht gerade aus Stahl.

Doch er kam sofort, und Brook fragte ihn: »Die Wohnungstür stand offen, sagten Sie?«

»Ganz recht. Das hat die Nachbarin mit dem Hund angegeben, und der Erkennungsdienst hat bestätigt, dass sie nicht gewaltsam geöffnet worden ist.«

»Seltsam.«

»Was denn?« Carstens sah ungeduldig aus.

»Das hieße doch, dass die Tür den ganzen Sonntag lang offen

gestanden ist«, sagte Brook. »Vielleicht schon seit Samstagabend. Und das hat niemand bemerkt?«

Carstens zuckte mit den Schultern. »Scheint so.«

»Haben Sie schon die Nachbarn befragt?«

»Ja, soweit jemand zu Hause war. Die Wohnung rechts ist im Moment nicht vermietet. Und links ist keiner da. Hören Sie, Brook« – Carstens schien es irgendwie eilig zu haben – »ich habe mir nach Dr. Manns Entdeckung Ihre Protokolle über den Fall kommen lassen. Und zusammen mit Dr. Manns bisherigen Erkenntnissen kann man wohl nur zu dem Schluss kommen, dass Ihre Soko den Fall übernehmen sollte. Die Fälle hängen mit Sicherheit zusammen.«

»Das denke ich auch«, sagte Brook. »Ich werde Pöhlmann verständigen.«

»Tun Sie das. Ich kann dann wohl mit meinen Leuten abziehen und Ihnen das Feld überlassen.«

Ein uniformierter Polizist kam auf die Gruppe zu und sprach Carstens an. »Entschuldigen Sie, Herr Hauptkommissar, die Nachbarin direkt zur Linken ist gerade nach Hause gekommen.«

»Erzählen Sie das bitte Brook, er übernimmt den Fall. Sie entschuldigen mich.« Carstens nickte den Anwesenden kurz zu und verschwand in Richtung Wohnungstür.

Der Polizist blickte ihm verwundert hinterher. Dann sagte er zu Brook: »Die Nachbarin zur Linken, die ist gerade nach Hause gekommen.«

»Ja, das haben Sie gerade schon erzählt. Ich komme gleich. Lassen Sie sie nicht wegrennen.«

Brook sah Hellkamp an.

»Na, Carstens hatte es aber sehr eilig, von hier wegzukommen«, sagte Hellkamp.

»Kein Wunder. Ich glaube, er wird in ein paar Wochen pensioniert. Und so was wie das hier« – Brook wies auf die Leiche – »will er sicher nicht als letzte Diensterinnerung mitnehmen. Kommen Sie, Hellkamp, wir wollen mit der Nachbarin sprechen.«

Die Frau von nebenan, eine unauffällige Erscheinung von Mitte zwanzig, saß im Wohnzimmer ihrer Wohnung auf der Couch. Ein Polizist saß neben ihr und erhob sich, als Brook und Hellkamp das Zimmer betraten. Sie drückte gerade eine Zigarette in einem großen gläsernen Aschenbecher aus und zündete sich sofort eine neue an.

Hellkamp stellte sich und Brook kurz vor, zeigte die Dienstmarke und setzte sich in einen von zwei Sesseln, die zur Sitzgruppe gehörten.

Brook blieb stehen. Er fühlte sich unwohl und bekam das Bild der Frau, die nebenan tot auf dem Fußboden lag, nicht aus seinem Kopf.

Die junge Frau blickte sie unverwandt an.

Hellkamp sah über die Schulter zu Brook, aber der war mit seinen Gedanken woanders. Also begann er selbst die Befragung.

Die Frau schien zunächst nicht viel zu berichten zu haben. Ihre Nachbarin hatte sie kaum gekannt, und in der Nacht zum Sonntag war sie früh ins Bett gegangen. Sie arbeitete als Krankenschwester und hatte am Sonntag Frühschicht gehabt. Deshalb war sie am Samstag bereits um neun Uhr abends ins Bett gegangen. Ihr war nichts Besonderes aufgefallen. Sie hatte nicht bemerkt, ob Frau Heinemanns Tür offen oder angelehnt gewesen war.

Erst als sie sich schon verabschieden wollten, schien sie sich an etwas zu erinnern. »Ich könnte mich irren, aber …« Sie sprach nicht weiter. Dann blickte sie auf. »Babygeschrei.«

»Babygeschrei?«, fragte Hellkamp verwundert.

»Ja, genau«, sagte die Frau. »Ich bin noch einmal aufgewacht. Ich glaube, ich war noch gar nicht so lange im Bett. Aber ich bin aufgewacht, und ich meine mich zu erinnern, dass ich ein Baby schreien gehört habe.«

»Konnten Sie ausmachen, woher das Geräusch kam?«, fragte Brook.

Die junge Frau überlegte einen Moment, schüttelte dann aber den Kopf. »Nein, tut mir leid. Vielleicht habe ich das Ganze ja auch nur geträumt. Zumindest war das Geschrei weg, als ich aufgestanden bin und mir ein Glas Wasser aus der Küche geholt hab.«

Als sie ein paar Minuten später wieder in der Wohnung der toten Frau Heinemann waren, legte Brook die Stirn in Falten. Nichts in diesem Fall, der nun schon das dritte Todesopfer gefordert hatte, schien zusammenzupassen. Die Opfer konnten unterschiedlicher nicht sein: eine alte Frau mit spärlicher Einrichtung und ein junger Homosexueller mit Designermöbeln. Ein Mord mitten im Wald in einem Dorf in Schleswig-Holstein und einer in einer Wohnung in einem Hamburger Prekariatsbezirk.

Die Art des gewaltsamen Todes war ebenfalls nicht die gleiche. Bei Folke Kranert waren die Genitalien verstümmelt worden, bei Sarah Heinemann der Bauch aufgeschnitten. Ob das Tatwerkzeug identisch war, würde die Laboruntersuchung zeigen müssen. Gemeinsam waren nur die Zeichen, die mysteriösen Zeichen, die beiden Opfern in die Haut geritzt worden waren.

Und sie hatten immer noch keinen Schimmer, was sie bedeuten sollten.

Am späten Mittag war die Soko »Wald« in Brooks Büro versammelt. Brook berichtete vom Tatort, Hellkamp ergänzte hier und da etwas. Sie waren sich einig, dass die Fälle trotz aller Widersprüche zusammenhingen. Dass es höchstwahrscheinlich derselbe Täter war, wenn es sich nicht um mehrere Täter handelte. Uwe Kranert kam also als Verdächtiger nicht mehr in Frage. Hellkamp hatte weitere Fotos vom Tatort gezeigt. Er hatte in der Technik bereits Abzüge machen lassen.

Gemäß dem erkennungsdienstlichen Vorab-Protokoll waren keinerlei verwertbare fremde Fingerabdrücke gefunden worden. Es war kein Einbruch, am Türschloss gab es keinerlei Auffälligkeiten. Dennoch war anscheinend etwas aus der Wohnung entwendet worden: Die Kollegen hatten einen DSL-Anschluss mit WLAN-Modem gefunden, aber keinerlei Computer, auch kein Notebook, mit dem dieser Internetanschluss genutzt worden wäre. Das Modem war sogar noch in Betrieb gewesen, als die Kollegen es in einem Wandschrank im Flur gefunden hatten.

Brook berichtete, er habe Anweisung gegeben, dass die Spurensicherung ihren Radius noch ausweiten sollte. Außerdem habe er noch zwei Beamte zum Mietshaus geschickt, die die Nachbarn und auch die Bewohner der umliegenden Wohnblocks befragen sollten, ob sie etwas Verdächtiges bemerkt hätten.

Als Brook fertig war, herrschte eine gespannte Stille.

Thea Matthiesen durchbrach sie als Erste: »Babygeschrei. Merkwürdig.«

Brook brummte etwas Unverständliches in sich hinein.

Hellkamp schüttelte den Kopf. »Die Frau hatte keine Kinder, also auch keine Enkel. Vielleicht irgendjemand aus dem Haus, der sie besucht hat?«

»Oder der Fernseher«, warf Lejeune ein.

»Das glaube ich nicht. Da würde man doch den Unterschied hören, oder? Es sei denn, jemand dreht die Lautstärke ganz hoch, und … tja.«

Brook schüttelte energisch den Kopf. »Der Punkt ist doch erst einmal: Stimmt es tatsächlich, dass diese Nachbarin Babygeschrei gehört hat? Kam es wirklich aus der Wohnung von Frau Heinemann? Und wenn ja: Wann war das genau?«

»Die Zeugin hatte bereits geschlafen«, sagte Matthiesen. »Wenn sie das Ganze nicht nur geträumt hat, dann war es nach ihrer Aussage auf jeden Fall nach neun.«

»Vielleicht sollten wir erst einmal abwarten, wann der genaue Todeszeitpunkt war?«

»Sie haben recht, Lejeune, das ist wichtig. Dennoch können wir uns ja schon einmal überlegen, wie das Ganze ins Bild passen könnte.«

»Also, ich finde, das passt überhaupt nicht ins Bild«, sagte Hellkamp. »Aber bei diesem Fall passt ja ohnehin gar nichts ins Bild.«

»Kann ja auch sein, dass Frau Heinemann Verwandte hat oder Bekannte, die mit einem Baby zu Besuch waren«, merkte Lejeune an.

»Mitten in der Nacht?« Brook verzog den Mund. »Na gut, wir dürfen keine Möglichkeit außer Acht lassen«, musste er schließlich einräumen. »Matthiesen, versuchen Sie doch bitte einmal, mehr über Frau Heinemann herauszufinden. Irgendjemand muss sie doch gekannt haben und uns etwas über sie erzählen können. Und bei Kranert sollte man auch noch einmal ansetzen. Freunde, Bekannte, Szene, so was in der Art.«

Thea Matthiesen machte sich ein paar Notizen und nickte dabei.

Es herrschte einen Moment lang gespannte Stille.

»Vielleicht sollten wir uns trotzdem mal auf die Gemeinsamkeiten der zwei Morde konzentrieren«, schlug Matthiesen vor.

»Woran denken Sie?«, fragte Brook.

»Die Wohnungstür. Hatten Sie nicht gesagt, dass die Tür offen stand? Das ist doch etwas Gemeinsames. Folke Kranert war im Wald an einen Baum gebunden. Der Täter hat sich keine Mühe gegeben, die Leiche verschwinden zu lassen. Oder auch nur zu verstecken. Und Frau Heinemann lag in ihrer Wohnung auf dem Fußboden. Und der Täter ist gegangen und hat die Tür der Wohnung offen stehen lassen.«

»Vielleicht *wollte* er, dass die Leichen gefunden werden?«, fragte Lejeune.

Brook sah skeptisch aus. »So weit würde ich noch nicht gehen wollen. Aber da ist trotzdem etwas dran. Er hat sich keine Mühe gemacht, seine Tat zu verbergen. Was sagt uns das?«

»Er fühlt sich sicher.« Hellkamp zuckte die Schultern. »Oder es hat ihn nach der Tat Panik gepackt, und er ist einfach Hals über Kopf verschwunden, ohne darauf zu achten, wie er den Tatort hinterlässt.«

»Aber hat er dann trotzdem noch den Computer mitgenommen?«, fragte Matthiesen.

»Die erste Tat wurde auf jeden Fall nach Plan ausgeführt«, sagte Brook. »Der Täter hatte bestimmte Utensilien dabei, die er für die Tat brauchte. Und beim zweiten Mord sieht es ähnlich aus. Vermutlich wurde das Opfer wieder vor der Tat betäubt, das wird Dr. Mann uns noch mitteilen. Alles deutet jedoch darauf hin. Es hat kein Kampf stattgefunden, und außerdem war direkt an der Leiche alles voller Blut, aber sonst waren in der Wohnung keine Blutspuren festzustellen. Keine blutigen Hand- oder Fingerabdrücke oder sonst etwas.«

Einen Augenblick lang herrschte wieder Stille.

Thea Matthiesen knetete nachdenklich ihre Unterlippe. »Ist es zu voreilig, die Hypothese aufzustellen, dass es bei beiden Morden um mehr gegangen sein muss als nur darum, schnell jemanden umzubringen?«

»Vielleicht irgendein krankes Experiment«, schlug Hellkamp vor. »Oder ein Ritual.«

»Ich weiß nicht«, sagte Matthiesen zweifelnd. »Für mich spricht so viel Hass aus diesen Taten. Kann es nicht sein, dass der Täter die Opfer einfach nur ganz langsam und qualvoll sterben lassen wollte?«

»Daran habe ich auch schon gedacht«, sagte Brook. »Hass spräche für eine Beziehungstat. Aber wenn es eine Art Ritual war, dann wäre das Gegenteil der Fall. Und wir haben noch keinen Anhaltspunkt, ob sich beide Opfer irgendwie gekannt haben können beziehungsweise ob sie gemeinsame Bekannte hatten. Frau Heinemann war eine alleinstehende Rentnerin ohne Familie, und Folke Kranert ein schwuler Arbeitsloser mit einem Schuhkarton voll Geld im Schrank. Und scheinbar ohne soziale Kontakte.«

»Aber beide wohnten in Sozialwohnungen«, warf Hellkamp ein.

»Na ja, ob uns das weiterbringt?«

»Vielleicht ergeben ja die Internetprotokolle etwas«, meinte Lejeune.

»Stimmt, da werden Sie sich nachher drum kümmern, Lejeune.«

»Also sieht es so aus, dass beide relativ einsam waren«, sagte Matthiesen. »Zumindest lebten sie allein.«

»Na ja, viel ist das nicht«, brummte Brook.

»Es muss trotzdem noch irgendeinen anderen Zusammenhang geben, den wir nicht sehen.«

»Die Zeichen«, sagte Brook. »Die eingeritzten Zeichen sind der Dreh- und Angelpunkt. Wir *müssen* herausfinden, was sie bedeuten.«

Alle nickten und murmelten Zustimmung.

»Lejeune, Sie wollten sich doch darum kümmern.« Lejeune setzte zum Sprechen an, aber Brook winkte ab. »Ich weiß, bisher war keine Zeit. Aber versuchen Sie mal herauszufinden, ob es nicht an der Uni hier jemanden gibt, der sich mit Zeichen auskennt. Ganz allgemein.«

»Ein Semiologe?«, fragte Lejeune.

»Meinetwegen auch das«, sagte Brook. »Ab dafür.«

»Und die Protokolle? Aus dem Internet?«

»Das erledigen Sie dann später.«

Lejeune verschwand.

»Vielleicht sollten wir auch mal eine Kopie dieser Zeichen ans LKA schicken«, sagte Hellkamp. »Kann doch sein, dass die was rauskriegen.«

»Ja, kann nicht schaden. Würden Sie das übernehmen?« Brook sah Matthiesen an. Die nickte.

»Was ist eigentlich mit Röhl?«, fragte Brook.

»Der sitzt immer noch im Vernehmungszimmer B1 und wartet«, sagte Matthiesen. »Ich habe ihm vorhin ein Glas Wasser gebracht. Etwas zu lesen wollte er nicht.«

Brook stutzte. »Er sitzt nur da? Wollte nichts lesen?«

»Nein, er sitzt einfach nur da. Er hat sich auch nicht groß beschwert, als ich ihm gesagt habe, dass Sie sich noch etwas verspäten. Zu essen wollte er übrigens auch nichts.«

»Wir sind ja auch kein Restaurant hier«, knurrte Brook.

Ein paar Sekunden lang hingen alle drei wieder ihren Gedanken nach.

Dann sah Brook auf die Uhr. »Ich rufe eben Dr. Mann an, ob wir schon einen genaueren Todeszeitpunkt haben.«

Die beiden anderen nickten. Brook wählte.

Das Gespräch war kurz und erfolgreich.

»Zwischen zweiundzwanzig und dreiundzwanzig Uhr am Samstag, sagt Dr. Mann. Kommen Sie, Hellkamp, wir knöpfen uns jetzt Röhl vor. Ich will wissen, wo er Samstagabend war.«

19

Das Kind ist zur Welt gekommen. Sarah hat mir ein Kind geschenkt, wie der Herr es prophezeit hat. Ein Wunder, ein echtes Wunder. Aber ich habe nie wirklich daran gezweifelt, dass es gelingen wird. Jetzt sitze ich hier, ein Glas Wasser vor mir. Wieder weiß ich nicht genau, was geschehen ist. Als läge ein Schleier über allem. Wieder sitze ich allein in einem Raum, in einem Gebäude, das es nicht gibt, in einer Welt, die nicht existiert. Es ist eine Prüfung. All diese Tage, die Monate und Jahre, die ich in der grauen Welt zugebracht habe und in die der Herr mich auch jetzt immer noch führt, all das ist eine Prüfung für mich, Abraham, den Auserwählten. Ich habe es akzeptiert. Aber auch wenn ich mich nicht erinnern kann, was geschehen ist: Das Kind war da. Es lag in meinen Armen, und das Blut, das an dem Kind klebte, färbte meine Ärmel rot.

Und nun ist es bei mir. Um seinen Zweck zu erfüllen. Noch schweigt die Stimme des Herrn, doch ich weiß, es wird weitergehen, der nächste Befehl wird kommen. Warten und Sitzen, Sitzen und Warten. Darauf, dass ich heimdarf, in die Wüste, zu Sarah und den Meinen, die ich doch führen muss. Was tun sie wohl ohne mich? Ich weiß es nicht.

Aber darauf kommt es auch nicht an. Früher oder später werde ich wieder bei ihnen sein. Und das Kind. Das Kind wird seinen Zweck erfüllen, den einzigen Zweck, den es hat. Der Zweck, zu dem ich es auf die Welt geholt habe. Wieder war es das Blut, das mir hinterher verraten hat, dass es geschehen ist, dass ich getan habe, was ich habe tun sollen. Blut, der Saft des Lebens. Vergossen, um dem Herrn zu dienen. Damit der Herr die Seinen belohnen kann, am Ende, wenn alles getan ist und wir endlich am Ziel sind. Blut. Immer dieses Blut.

20

Brook betrat das Vernehmungszimmer. Hellkamp war hinter ihm und schloss die Tür.

Pastor Volker Röhl saß am Tisch und sah sie an.

Brook versuchte, eine Stimmung im Gesicht des Pastors zu lesen, aber vergebens. Ein wenig sah er so aus, als sei er gerade aus einem Traum erwacht.

Vielleicht hatte er gedöst. Konnte man ihm ja nicht verdenken.

»Tag, Herr Röhl«, sagte Brook. »Mein Name ist Brook, Kriminalhauptkommissar.«

»Guten Tag.« Röhl erhob sich kurz. Er schien einen Moment unschlüssig, ob er die Hand ausstrecken sollte, aber da weder Hellkamp noch Brook dies taten, ließ er es bleiben und setzte sich wieder hin.

Die beiden Kommissare setzten sich ebenfalls.

»Es tut mir leid, dass Sie so lange warten mussten. Aber es haben sich bestimmte Umstände ergeben, die keinen Aufschub dulden. Manchmal sind manche Dinge eiliger als andere.«

Kaum dass er das gesagt hatte, ärgerte Brook sich über sich selbst. Was schwafelte er hier herum? Als ob er mit dem Staatsanwalt redete. Vielleicht war Röhl ihr Mann, und er entschuldigte sich dafür, dass sie ihn warten ließen? Brook blitzte Hellkamp wütend an, der natürlich keine Ahnung hatte, was er von ihm wollte.

»Wir wollen gleich zur Sache kommen«, sagte Brook. »Herr Röhl, wo waren Sie am vergangenen Montagabend zwischen sieben und neun?«

»Moment mal.« Röhl klang entrüstet. »Das klingt ja, als wäre ich hier als Beschuldigter. Ich dachte, ich bin nur als Zeuge vorgeladen.«

»Das tut jetzt noch nichts zur Sache.« Brook kniff die Augen zusammen. »Also, wo waren Sie am Montagabend zwischen sieben und neun?«

»Aber …« Röhl brach ab, schaute erst Brook, dann Hellkamp an und begann von Neuem: »Das habe ich Ihrem Kollegen ja schon gesagt.«

»Wie recht Sie haben.« Brook spürte, dass er immer noch

aggressiv war. Und der Pastor tat das Seine dazu. »Und jetzt erzählen Sie es mir noch einmal.«

»Ich war in meinem Büro in Krambek.«

»Den ganzen Abend?«

»Nein, etwa bis um Viertel vor acht. Dann habe ich die alte Frau Jansen besucht, die –«

»Ich weiß«, unterbrach ihn Brook, »die leider am Donnerstag verstorben ist.«

»Jawohl«, sagte Röhl mit fester Stimme. »Die ist leider verstorben.«

»Das ist wirklich schade. Jetzt kann sie Ihre Angaben leider nicht mehr bestätigen.«

Röhl sah verunsichert aus. »Aber Ihre Kollegen, Herr Hellkamp hier und der andere junge Mann, die waren doch am Donnerstag noch bei ihr?«

Brook stand auf. Er drehte dem Tisch den Rücken zu und ging zwei Schritte geradeaus.

Er hatte bestimmte Strategien, wenn es um das Verhör eines Verdächtigen ging. Eine davon war, von einer Sekunde zur anderen einen ungeheuren Wutausbruch zu simulieren.

Zu simulieren brauchte er jetzt allerdings nichts. Er spürte, wie es in ihm brodelte. Es war erst ein paar Stunden her, dass er eine aufgeschlitzte alte Frau auf dem Fußboden einer Wohnung in Steilshoop hatte ansehen müssen, und der Anblick hatte ihn schwer erschüttert. Und hier saß ein Mann, der etwas mit diesem und dem anderen abscheulichen Mord zu tun haben konnte, und er log ihnen direkt ins Gesicht.

Brook fuhr herum und schlug mit der Faust auf den Tisch.

»Schluss mit dem Theater!«, brüllte er. Ein stechender Schmerz durchzuckte seine Hand. »Hören Sie auf, uns anzulügen!«

Röhl zuckte auf seinem Stuhl zusammen und sah Brook entsetzt an.

Hellkamp blickte Brook an, und der nickte ihm zu, während er schwer ein- und ausatmete.

»Herr Röhl«, sagte Hellkamp ruhig. »Wir wissen, dass Sie am Montagabend *nicht* um acht Uhr bei Frau Jansen waren.«

»Wie bitte?« Röhl sah ihn unsicher an. »Das …« Er schloss die Augen und hielt sich die Hände vors Gesicht. Dann ließ er sie wieder sinken und sah Hellkamp an. »Das muss ein Irrtum sein.«

»Das ist kein Irrtum«, erwiderte Hellkamp. »Und wenn Sie uns nicht sagen wollen, was Sie am Montagabend wirklich getan haben und wo Sie waren, dann müssen wir Sie leider hierbehalten.«

Röhl sah entsetzt aus. »Hierbehalten? Wie meinen Sie das?«

»Hier in der Dienststelle. Also, wo waren Sie?«

Es kam keine Antwort. Der Pastor starrte auf die weiße Tischplatte.

Brook hatte sich jetzt ein wenig beruhigt. »Lassen wir das«, sagte er unwirsch. »Vielleicht beantworten Sie uns dafür eine andere Frage: Wo waren Sie am vergangenen Samstag zwischen neun und elf Uhr abends?«

Brook beobachtete Röhl genau. Er wusste, es gab jetzt zwei Möglichkeiten: Entweder hatte Röhl sich ein Alibi zurechtgelegt. Wenn er der Täter war, musste er mit dieser Frage gerechnet haben. Dann brauchte er schauspielerisches Talent, zumindest ein wenig, um überrascht zu wirken. Oder er wusste wirklich nicht, worum es ging. Dann könnte es sein, dass er mit dem Fall nichts zu tun hatte.

Zu Brooks Bedauern zeigte Röhl alle Anzeichen dafür, dass er von der Frage komplett überrumpelt war. Zumindest schien er keine vorgefertigte Antwort geben zu können.

Röhl stotterte erst ein wenig, verstummte wieder, schien einen Moment zu überlegen, und dann sagte er endlich: »Samstagabend war ich zu Hause.«

»Kann das jemand bezeugen? Ihre Frau?«, fragte Hellkamp.

»Nein. Meine Frau war mit ein paar Freundinnen aus, ich war allein mit den Kindern.«

»Von wann bis wann?«

»So von sieben bis Mitternacht.«

»Und wann sind Ihre Kinder ins Bett gegangen?«

»Für die beiden Großen ist um acht Schlafenszeit. Und für die Kleine schon etwas früher.«

»Und es hat Sie niemand besucht?«

»Nein. Wobei, Moment … Doch, natürlich, meine Frau hat mich von unterwegs angerufen. Schauen Sie mal, hier.« Er holte sein Handy aus der Jackentasche und klickte darauf herum. »Moment, die eingegangenen Anrufe … da.«

Er hielt Hellkamp das Handy hin. Der sah ihn erstaunt an.

Da schien Röhl selbst seinen Irrtum zu bemerken: »Äh, natürlich. Dazu muss ich ja nicht zu Hause gewesen sein.« Er steckte das Handy wieder weg.

»Hören Sie, was soll das eigentlich alles?«, fragte Röhl. Er machte nun einen etwas sichereren Eindruck.

Vielleicht war er doch ein guter Schauspieler. Denn es war auf jeden Fall bewiesen, dass Röhl gelogen hatte. Er war am Montag um halb neun nicht in Belkstedt bei Frau Jansen gewesen, sondern in Wohltorf. Es gab einen Augenzeugen und ein Beweisfoto der Verkehrspolizei, die das eindeutig belegten.

»Was das alles soll? Das will ich Ihnen zeigen«, sagte Brook und warf die Mappe auf den Tisch vor Hellkamp. Der öffnete sie, holte die Fotos vom Steilshooper Tatort heraus und schob den Stapel zu Röhl herüber, in seine Richtung gedreht. Es waren etwa zwanzig Abzüge.

Röhls Augen weiteten sich. Mit jedem Bild, das er betrachtete, wuchs sein Entsetzen.

»Was ist das?«, fragte er leise. Er schien den Tränen nahe zu sein.

Brook setzte sich. »Das, Herr Röhl, sind Fotos von einem Tatort. Hier ist eine fast siebzigjährige Frau ermordet worden, indem man ihr der Länge nach den Bauch aufgeschlitzt hat. Und zwar am Samstagabend, während Sie zu Hause bei Ihren Kindern waren.«

»Und was habe ich damit zu tun?«, fragte Röhl, nun lauter. Er schluckte mehrmals trocken. Es sah aus, als würde ihm übel. Dennoch sah er sich die Fotos weiter an, eines nach dem anderen. »Mein Gott«, flüsterte er tonlos.

Brook antwortete nicht. Stattdessen sagte er mit lauter, fester Stimme: »Herr Röhl, ich frage Sie noch einmal, wo waren Sie am vergangenen Montagabend?«

Röhl wirkte, als hätte man ihn gerade ins Gesicht geschlagen.

»Ich möchte meinen Anwalt sprechen«, sagte er.

»Das ist Ihr gutes Recht«, gab Brook zurück. »Aber erst schauen Sie sich die Fotos an. Bis zum letzten.«

Röhl zog die Nase hoch und nickte.

Natürlich hätte der Pastor ihnen zu diesem Zeitpunkt überhaupt nichts mehr erzählen müssen, das war Brook klar. Nicht ohne Anwalt und nicht ohne vorläufige Festnahme. Dass er bereits seit morgens um neun Uhr in diesem Raum gesessen und auf sie gewartet hatte, war ohnehin gegen jede Vorschrift. Aber das hatte Brook bewusst in Kauf genommen.

Zu jedem Zeitpunkt einer Ermittlung hoffte er, dass sich alles so schnell wie möglich auflösen würde. Dass der Täter sich ohne ihr Zutun stellen würde. Dass ein Verdächtiger bei der Vernehmung sofort gestehen würde. Das war alles schon vorgekommen, auch wenn es nicht die Regel war.

Aber Brook hatte die Erfahrung gemacht, dass die Chance, jemanden, den man befragte, zu »knacken«, größer war, wenn man ihn warten ließ. Je labiler der Mensch war, desto eher war er später bereit, seine Tat zu gestehen. Nach mehreren Stunden in einem leeren, beinahe schalldichten Raum, nichts als Stille um sich herum, kamen dem Verdächtigen dann laute Stimmen vielleicht noch bedrohlicher vor als sonst. Zumindest hoffte Brook das.

Hier allerdings zeichnete sich kein Geständnis ab, höchstens ein Nervenzusammenbruch.

»Was ist denn das hier?«

Röhl hielt ein Foto hoch. Es zeigte das Muster, das in Sarah Heinemanns Schenkel eingeritzt worden war. Genau wie in die von Folke Kranert.

»Warum sagen *Sie* es uns nicht?«, konterte Brook.

Röhl sah auf das Foto, bewegte lautlos die Lippen und nickte dann. »*Jahwe.* Etwas krickelig, aber trotzdem. War das … ich meine, hat man der Toten das in die … in die Haut geritzt?«

»Ja, das hat man«, sagte Brook. Ein warmes Gefühl breitete sich um sein Zwerchfell herum aus, sein Atem ging schneller. »Was sagten Sie: ›Jahwe‹?«

»Was bedeutet das? Ich meine, was ist das?«, fragte Hellkamp, der sich Mühe gab, seine Aufregung zu verbergen.

»Das ist hebräisch. Hebräische Buchstaben.« Röhl blickte wieder auf das Foto. »Ja, ich bin mir ganz sicher. Von rechts nach links geschrieben, J-H-W-H. *Jahwe.* Im Hebräischen werden die Vokale nicht mitgeschrieben.«

»Und was bedeutet das?« Brook wusste immer noch nicht, was der Pastor meinte. Aber er spürte, dass hier etwas ganz Entscheidendes vor sich ging.

»Das ist der Name des Herrn«, sagte Röhl. »*Jahwe*. Manchmal auch transkribiert als *Jehova*. Der Name Gottes.«

»Bitte warten Sie noch einen Moment hier.« Brook stand auf. »Wir sind gleich wieder da.«

»Und mein Anwalt? Was ist mit dem?«

»Der kommt noch früh genug«, antwortete Brook und nickte Hellkamp zu, der die Mappe mit den Fotos nahm und mit Brook den Raum verließ.

Als sie auf dem Flur waren, sagte Brook: »Gehen Sie mal bitte eben im Internet nachgucken, ob das stimmt, was Röhl sagt. *Jahwe*. Ich rufe solange den Staatsanwalt an, damit Röhl vorläufig festgenommen wird.«

»Gut. Aber sagen Sie mal: Ist es nicht seltsam, dass Röhl uns selbst auf diese Spur führt? Spricht das nicht für seine Unschuld?«

»Vielleicht ist er so schlau, dass er gerade will, dass wir das denken. Oder er dachte, dass wir das schon längst wissen. Solange er bestreitet, am Montagabend in Wohltorf gewesen zu sein, und solange er kein Alibi für Sonnabend hat, ist er der Hauptverdächtige. Die Indizien reichen für eine vorläufige Festnahme allemal aus.«

Sie verschwanden beide in ihren Büros.

Nachdem Brook telefoniert hatte, ging er hinüber zu Hellkamp, der ihn mit den Worten empfing: »Röhl hat recht. Sehen Sie sich das hier an.«

Auf dem Bildschirm sah man groß und schwarz die Lettern:

יהוה

Hellkamp hielt das Foto darunter.

יהוה

Es war recht eindeutig.

»Teufel noch eins!«, sagte Brook.

»Nee – im Gegenteil«, feixte Hellkamp.

Brook reagierte nicht darauf.

Es klopfte am Türrahmen. Sie drehten sich beide um. Dort stand Lejeune, außer Atem und mit rotem Kopf, einen ausgedruckten Zettel in der Hand.

»Ich habe die Lösung!« Er war ganz aufgeregt. »Ich habe die Lösung!«, rief er noch einmal.

Lejeune ging auf die beiden Kommissare zu und legte den Zettel vor ihnen auf den Schreibtisch.

Hellkamp sah auf den Zettel, dann auf den jungen Kriminalmeister. Dann wies er auf den Computerbildschirm vor sich.

»Wir auch.«

21

Am selben Nachmittag wurde Volker Röhl vorläufig festgenommen. Als er hörte, dass man ihn des Mordes an Folke Kranert und Sarah Heinemann verdächtigte, war er so bestürzt, dass Brook kurzzeitig befürchtete, Röhl würde einen Nervenzusammenbruch erleiden. Für Brook hatte das jedoch wenig zu bedeuten. Dieses Verhalten hatte er oft genug erlebt, auch bei später geständigen Tätern.

Alles lief nach Protokoll: Man nahm Röhls Fingerabdrücke und fotografierte ihn. Röhls Anwalt kam und beriet sich mit ihm. Währenddessen ordnete der Ermittlungsrichter auf Bitten des Staatsanwalts die Obduktion der toten Frau Jansen an und eine Hausdurchsuchung, sowohl bei Röhl zu Hause als auch in seinem Büro in Krambek.

Brook wusste, dass die Beamten bei Röhl etwas finden *mussten*, was ihn direkt mit den Morden in Verbindung brachte. Ansonsten würden sie ihn laufen lassen müssen. Die bisherigen Indizien reichten nicht aus, um einen Haftbefehl zu erlassen. Dann kam Röhls Anwalt aus der Besprechung mit seinem Mandanten und verkündete, dass der Pastor die Aussage verweigern würde, wenn es darum ging, wo er am Montagabend gewesen war.

Die DNA-Spuren vom Tatort wurden immer noch ausgewertet. Vielleicht würde sie das auch noch weiterführen, aber da mussten sie erst einmal Geduld haben.

Brook wünschte sich manchmal, dass die Technik endlich so weit wäre, dass man einen Tatort nur noch durchsaugen müsste, alles in einen Trichter schütten, und dann käme unten eine Liste heraus mit allen Personen, die sich dort aufgehalten hatten. Er befürwortete sehr, dass eine DNA-Datenbank der gesamten Bevölkerung erstellt würde. Aber momentan ließ sich da nichts machen. Die Datenschützer hatten, wie immer, die Oberhand. Selbst um bei Röhl endlich eine DNA-Probe nehmen zu können, brauchte er einen richterlichen Beschluss. Und den würde er wahrscheinlich erst bekommen, wenn Haftbefehl erlassen worden wäre. Bei einer vorläufigen Festnahme ging das nicht.

Am späten Nachmittag saß die Soko »Wald« wieder komplett in Brooks Büro. Thea Matthiesen berichtete von ihren Nachforschungen über die persönlichen Umstände und das Leben der beiden Toten. Das Ergebnis war mehr als dürftig. Es sah so aus, als hätten beide ein sehr einsames Leben geführt.

Sarah Heinemann hatte manchmal am Nachmittag in Steilshoop eine Seniorenbegegnungsstätte besucht, aber auch dieser Hinweis verlief im Sand – es schien, als habe sie dort kaum zwischenmenschliche Beziehungen aufgebaut. Man wusste, wer sie war, aber niemand war dort, der mehr über sie erzählen konnte, außer dass sie ein eher verschlossener Mensch gewesen sei.

Die Nachricht von ihrem Tod sorgte dort für Bestürzung, aber Matthiesen sagte, sie habe den Eindruck gehabt, es sei weniger die Tatsache, dass Frau Heinemann tot sei, als vielmehr die Art und Weise ihres Ablebens, die bei den Senioren für Unmut sorgte. Diese hatte sich wohl bereits herumgesprochen.

Nach Matthiesens Bericht sahen sie sich zwei Berichte an, die kurz vor ihrer Sitzung auf Brooks Tisch gelandet waren. Der eine besagte, dass die Untersuchung der toten Frau Heinemann zweifelsfrei ergeben hatte, dass sie nicht nur mit dem gleichen, sondern tatsächlich mit demselben Mordwerkzeug getötet worden war wie der junge Mann im Wald. Und dass der Täter sie zuvor mit dem gleichen Narkosemittel betäubt hatte.

Der andere Bericht sagte aus, dass die Befragung der Anwohner in Steilshoop keine neuen Erkenntnisse erbracht hatte. Nur ein älterer Mann gab an, dass es möglich sei, dass er Samstag spätabends Säuglingsgeschrei gehört habe. Aber der Bericht zweifelte die Glaubwürdigkeit dieser Aussage an, da der Befragte unter Alkoholeinfluss gestanden habe und erst auf die explizite Frage, ob er ein Baby habe schreien hören, positiv geantwortet habe.

Brook stöhnte auf. »Das kann doch nicht wahr sein. Die sind rumgegangen und haben gefragt: ›Haben Sie Samstagabend ein Baby schreien hören?‹, oder wie?«

»Wieso?«, fragte Lejeune. »Sollten die das nicht?«

»Nicht in dieser Form«, sagte Matthiesen, bevor Brook sich weiter aufregen konnte, »die haben den Leuten die Antwort quasi in den Mund gelegt, das meint Herr Brook.«

Der Hauptkommissar legte den Zettel beiseite. »Was meinen Sie, was halten wir von all dem, was wir bisher wissen?«

Hellkamp sah nachdenklich aus. Er wägte seine Antwort ab, und schließlich sagte er: »Das ist alles so mysteriös, so verworren.«

»Zählen wir mal auf, was wir bisher haben«, sagte Matthiesen.

»Auf dem Flipchart?«, fragte Hellkamp.

Brook zuckte die Schultern. »Warum nicht? Und vielleicht berücksichtigen Sie gleich, welche Rolle Röhl dabei spielen kann. Mir gefällt zwar immer noch nicht, dass wir nur in eine Richtung ermitteln, aber bis sich neue Indizien ergeben, muss das wohl so sein.«

Hellkamp ging zum Flipchart, nahm den Stift, der dort lag, und schrieb auf dem großen weißen Blatt Stichworte auf, während er sprach. »Wir haben zwei Morde. Beide sind in außergewöhnlicher Weise ausgeführt worden. Alles spricht dafür, dass ein bestimmtes Ritual dahintersteckt, auf jeden Fall mehr als reine Tötungsabsicht. Wir haben einen Verdächtigen, der Pastor ist. Das Material des Mordwerkzeugs stammt aus Jerusalem. Den Toten ist ›Gott‹ auf Hebräisch in die Haut geritzt worden. Der Verdächtige streitet ab, am Tatort gewesen zu sein, aber wir wissen, dass er lügt. Die Frau, die ihm das Alibi gegeben hat, machte einen verwirrten Eindruck und ist plötzlich gestorben. Aber immerhin hat Röhl die mysteriösen Zeichen für uns entschlüsselt. Und außerdem haben wir keinerlei Hinweis darauf, dass er die zwei Opfer gekannt haben kann, und noch viel weniger ein Motiv. Und dann haben wir noch einen Hinweis auf Babygeschrei, von dem niemand weiß, woher es gekommen ist.«

Hellkamp setzte sich wieder, und beide Männer sahen sich die Stichworte an, die Hellkamp aufgeschrieben hatte:

- 1. Mord: Kranert (Röhl: falsches Alibi, »Zeugin« †)
- 2. Mord: Heinemann (Röhl: kein Alibi)
- außergewöhnliche Art der Tode (Ritual?)
- Verdächtiger: Röhl (Pastor)
- 2x dasselbe Mordwerkzeug: Kalkstein aus Jerusalem
- JAHWE eingeritzt (Röhl kann Hebräisch)
- aber: entschlüsselt Zeichen
- aber: Motiv?
- Babygeschrei bei Heinemann?

Sie saßen ein paar Momente da und sahen sich die Liste an.

»Es spricht wirklich alles gegen Röhl im Moment«, sagte Hellkamp, »aber wie um alles in der Welt passt ein Baby in die ganze Geschichte hinein?«

»Vielleicht benutzt der Mörder ein Baby, um sich zum Opfer Zutritt zu verschaffen«, schlug Matthiesen vor. »Natürlich eher im letzten Fall als bei Folke Kranert im Wald«, fügte sie gleich hinzu, als sie Brooks kritischen Blick auffing. »Aber wessen Baby kann es sein, wenn man –«

Hellkamp fiel ihr ins Wort. »Moment mal! Erinnern Sie sich noch, Lejeune, als wir bei Röhl zu Hause waren? In Schnelsen, meine ich? Als uns seine Frau die Tür geöffnet hat?«

»Da hatte sie ein Baby auf dem Arm!«, rief Lejeune aus. »Mein Gott, denken Sie, dass …? Ich meine, kann es sein, dass Röhl beim Mord an Frau Heinemann seine eigene kleine Tochter mitgenommen hat?«

»Wäre das nicht etwas riskant?«, fragte Hellkamp. »Ich meine, wozu denn? Das verkompliziert doch nur alles.«

»Na ja«, sagte Matthiesen, »da wir noch kein Motiv haben und noch überhaupt nicht wissen, weshalb der Täter diese Morde begangen hat, vor allem auf diese seltsame Art und Weise, wissen wir ja auch nicht, ob das Baby nicht vielleicht irgendwie zum Plan gehört. Wie auch immer der aussieht.«

»Zum Plan gehört?« Brook machte ein skeptisches Gesicht. »Ich weiß nicht. Kann es keine einfachere Lösung geben?«

»Na gut«, sagte Matthiesen, »das Einfachste wäre, er hat das Baby mitgenommen, weil er es nicht zu Hause allein lassen wollte. Entweder aus Fürsorglichkeit oder damit es nicht aufwacht und schreit und die anderen Kinder weckt.«

»Aber die anderen Kinder hätten doch auch aufwachen können«, warf Hellkamp ein.

»Klar, aber das Risiko war für ihn geringer.«

»Oder er hat ihnen ein Schlafmittel gegeben«, meinte Lejeune, »was er dem Baby nicht zumuten wollte.«

»Trotzdem, das Baby hat offenbar in der Wohnung der Toten angefangen zu schreien«, sagte Hellkamp. »Das ist doch ein großes Risiko für jeden Mörder.«

Lejeune räusperte sich. »Nun ja, wenn der Mörder denkt, dass ihn ohnehin niemand erwischen wird, dann braucht er sich ja nicht besonders vorzusehen. Stichwort: Toter im Wald und offene Wohnungstür. Vielleicht, weil er meint, dass ihn niemand mit den ermordeten Personen in Zusammenhang bringt. Und wir haben ja in der Tat auch noch keinen Zusammenhang zwischen Röhl und den Opfern gefunden.«

»Aber trotzdem muss der Täter mit den Opfern doch irgendwie in Verbindung getreten sein«, gab Thea Matthiesen zu bedenken. »Möglichst auf eine Art und Weise, bei der man anonym bleiben kann.«

»Das Internet«, sagte Brook schließlich. »In Sarah Heinemanns Wohnung fehlte der Computer. Und dass der Täter nachher den Computer oder das Notebook oder was auch immer aus der Wohnung entfernt hat, deutet darauf hin …«

»… dass der Täter sich mit den Opfern übers Internet verabredet hat und nachher die Spuren davon beseitigen wollte«, beendete Hellkamp Brooks Satz.

»Lejeune, sind Sie schon dazu gekommen, die Internetprotokolle von Kranert durchzusehen?«

Lejeune wirkte verlegen. »Nein, Herr Brook, Sie wissen doch, erst hatte ich mit dem Semiologen zu tun und dann –«

Brook winkte ab. »Schon gut. Ich schlage vor, wir sehen uns das jetzt alle vier zusammen an. Dann geht es schneller. Lejeune, Sie haben die Papiere, oder? Dann holen Sie sie mal. Wir sehen uns gleich im Konferenzraum.«

Kurze Zeit später saß der Rest der Soko »Wald« bereits um den Konferenztisch, als Lejeune mit einem dicken Stapel Ausdrucke in den Händen den Raum betrat. Er angelte mit dem Fuß nach der Tür, um sie hinter sich ins Schloss fallen zu lassen, sodass sie beinahe Frau Kovacec, die Abteilungssekretärin, traf, die hinter Lejeune mit einem großen Tablett nahte.

Es ging noch einmal gut, und sie stellte das Tablett in die Mitte des Konferenztischs; darauf befanden sich zwei Kaffeekannen, vier Becher, Zuckerwürfel, Dosenmilch und eine Schale mit Keksen.

Brook hätte lieber ein Wurstbrot gehabt, und er wusste, dass Frau Kovacec auch eines besorgt hätte, wenn er diesen Wunsch geäußert hätte. Aber er wollte nicht unnötig viel Arbeit machen, zumal sie sicher bald Feierabend hatte.

»Meine Güte.« Hellkamp starrte auf den Papierstapel, den Lejeune mitgebracht hatte. »Wer kann denn so viel zusammenchatten?«

»Ganz recht, das sind etwa dreihundert Blatt«, sagte Lejeune. »Na, ›viel Feind, viel Ehr‹, oder?«

Brook wunderte sich über diese Formulierung und schüttelte den Kopf. Er teilte die Zettel auf, und sie vertieften sich in die Lektüre.

Es waren mehrere hundert Gespräche, verteilt über etwa drei Monate. Die Protokolle zeigten jeweils den sekundengenauen Zeitpunkt der einzelnen Chatbeiträge an, die Pseudonyme der Chatpartner und die einzelnen Texte, die ausgetauscht worden waren.

Hellkamp hatte den untersten Teil des Stapels bekommen. Schon nach ein paar Minuten meldete er sich lautstark zu Wort: »Bingo! Hier, schauen Sie mal. Das hier ist ein Gespräch über Skype vom 2. September, dem Tag vor dem Mord. Ab 16:08 Uhr.«

»Moment«, sagte Brook. »Von Skype habe ich schon mal gehört. Aber ich dachte, darüber telefoniert man?«

»Hm, tja.« Hellkamp sah irritiert aus.

»Nicht unbedingt«, sagte Lejeune, »mit Skype kann man auch chatten.«

»Muss man sein Gegenüber denn dafür kennen?«, fragte Brook. »Man muss den anderen doch irgendwie anwählen, oder?«

»Ja, man braucht den Skype-Namen des Betreffenden. Dann kann man eine Verbindung herstellen und Nachrichten schreiben.«

»Also, Hellkamp, dann lassen Sie mal hören.«

Hellkamp las das Protokoll vor. Die Chatpartner hießen »hh-boy-1992« und »Abraham«. Sie verabredeten sich für den folgenden Tag, zwanzig Uhr, in Wohltorf im Wald. Aus dem Gespräch ging hervor, dass sie sich auf einer Dating-Seite kennengelernt hatten, die »Gaydate.de« hieß, sich aber wohl zum ersten Mal treffen würden. »Abraham« schlug den Wohltorfer Sachsenwald als Treffpunkt vor und schickte dem anderen, also Folke Kranert, einen Link von Google Maps.

Als er fertig war, wussten alle, was Hellkamp eben vorgelesen hatte.

Brook sprach es aus: »Die Verabredung Folke Kranerts mit seinem Mörder.«

»Zweifellos«, stimmte Hellkamp zu.

»›hh-boy-1992‹ und ›Abraham‹«, sagte Brook nachdenklich.

»›Abraham‹, das klingt verdächtig nach Bibel und Pastor, oder?«, meinte Lejeune.

»Oder nach ›Vadder Abraham und den Schlümpfen‹«, witzelte Hellkamp.

Matthiesen blickte ihn scharf an und schüttelte den Kopf. Brook fing Matthiesens Blick auf und sah Hellkamp nun ebenfalls missbilligend an. Der machte eine entschuldigende Geste und formte mit dem Mund die Worte »Was denn?«.

Brook nahm den Faden wieder auf. »Wichtig ist zunächst einmal: Können wir irgendwie herausfinden, wer hinter dem Pseudonym ›Abraham‹ steckt?«

»Offenbar waren sie beide bei diesem ›Gaydate.de‹ angemeldet«, sagte Hellkamp. »Vielleicht muss man das mit Namen und Adresse tun. Lejeune, Sie wissen doch über diese Terminologie mit Chats und Skype und IP-Adressen und so weiter Bescheid. Vielleicht wollen Sie sich mal darum kümmern, wie wir da vorgehen können? Oder was meinen Sie, Brook?«

Brook sah ihn an und zog die Augenbrauen hoch. Dann zuckte er die Schultern.

»Meinetwegen, dann macht das Lejeune.« An den jungen Kriminalmeister gerichtet, fügte er hinzu: »Setzen Sie sich mit Matthiesen zusammen und finden Sie heraus, wo man da fündig wird. Und ob wir einen Durchsuchungsbeschluss vom Staatsanwalt brauchen.«

»Jawohl, Herr Hauptkommissar. Jetzt gleich?«

»Sicher, bald ist überall Feierabend, aber vielleicht erreichen Sie ja noch etwas.«

Lejeune und Matthiesen verließen den Raum.

»Lesen Sie bitte den Chat noch einmal vor«, sagte Brook.

Während Hellkamp las, machte Brook sich ein paar Notizen.

Als er fertig war, fragte Brook: »Was fällt Ihnen beim Gespräch auf?«

»Erst einmal ist auffällig, dass der andere Teilnehmer, der ›Abraham‹, sich Mühe mit der Rechtschreibung und der Interpunktion gibt. Was man von Kranert nicht behaupten kann. Hier, alles geschrieben, wie man es spricht, überhaupt alles in Kleinschreibung. Na ja, das machen die jungen Leute heute wohl so.«

»Das deutet darauf hin, dass der ›Abraham‹ älter ist als Kranert?«

»Ich denke schon. Eventuell aber auch, dass er einer höheren Bildungsschicht angehört.«

»Was beides auf Röhl zuträfe«, sagte Brook. »Schon wieder Röhl.«

Hellkamp nickte.

»Ein paar Sachen verstehe ich nicht«, meinte Brook. »›Bist du dom?‹ zum Beispiel. Was soll das heißen?«

»Ich glaube, Kranert will wissen, ob ›Abraham‹ beim Sex die dominante Rolle spielt.«

»Aha. Aber dass es um Sex geht, können wir ansonsten nur vermuten, oder?«

»Na ja, es sieht zumindest stark danach aus. Erst einmal ›Gaydate.de‹ und dann hier: ›Worauf stehst du denn?‹ All solche Sachen.«

»Ja, Sie haben recht. Ist sonst noch etwas auffällig?«

»Ich weiß nicht recht«, sagte Hellkamp. »Ich habe noch nie im Internet gechattet, eines finde ich aber trotzdem auffällig.«

Er legte den Zettel auf den Tisch und schob ihn Brook hinüber, sodass sie beide daraufsehen konnten.

»Schauen Sie, Brook, Kranert antwortet jedes Mal sofort, wenn Abraham eine Nachricht schickt. Es dauert immer nur ein paar Sekunden. Und andersherum braucht Abraham immer zwei oder noch mehr Minuten, bis er ihm antwortet.«

Brook sah sich die Liste an. Hellkamp hatte recht. »Was kann das bedeuten?«, fragte er.

»Da kann ich nur raten. Vielleicht war Abraham neben dem Chatten mit anderen Dingen beschäftigt. Oder hat ferngesehen oder so etwas.«

»Oder er hat sich immer genau überlegen müssen, was er ihm antwortet. Mag sein, dass es ihn auch Überwindung gekostet hat, jedes Mal, wenn er etwas hineingetippt hat. Immerhin hat er den jungen Mann am nächsten Abend getötet, und nach allem, was wir wissen, müssen wir davon ausgehen, dass das sehr gut geplant war und keinesfalls eine spontane Tat.«

»Wollen wir uns noch mehr Protokolle ansehen?«

Brook nickte. »Je mehr, desto besser. Ich meine, ein desto besseres Bild werden wir uns von Kranert machen können.«

Sie lasen und blätterten und lasen.

Zehn Minuten vergingen, bis Brook etwas Interessantes fand. Er pfiff durch die Zähne und sagte: »Hören Sie mal zu, Hellkamp. Das hier ist vom 15. August. Da chattet er mit einem gewissen ›ulrich_bt‹.«

Er las vor.

Dieses Gespräch verlief ganz anders. Offenbar hatten sich Kranert und der hier Angeschriebene bereits am Tag zuvor getroffen. Und nun drohte Kranert offen damit, der Frau seines Chatpartners die Computerprotokolle auszudrucken und zuzuschicken, aus denen hervorging, dass ihr Mann mit ihm Sex gehabt hatte.

»Erpressung also«, sagte Brook. »Damit wäre wohl auch geklärt, woher das viele Geld kam, das Kranert im Schrank versteckt hatte.«

»Und die teure Wohnungseinrichtung. Bei Hartz IV.«

»Außerdem wissen wir jetzt, warum Folke Kranert diese Protokolle überhaupt gespeichert hat.«

»Zum Glück, für uns jedenfalls.«

Sie lasen jeder für sich weiter.

Dutzende solcher Vorgänge fanden sie. Verabredung, Erpressung. Verabredung, Erpressung.

Am Anfang schien sich Kranert noch die Mühe gemacht zu haben, einen Screenshot des gespeicherten Gespräches an den Erpressten zu schicken, um so zu beweisen, dass er über das Protokoll verfügte. Aber mit der Zeit hatte er wohl gemerkt, dass das gar nicht nötig war.

Es war außerdem erstaunlich, wie freimütig die Angesprochenen meist bekannten, dass sie einen Partner oder eine Partnerin oder sogar Frau und Kinder hatten – und sich so selbst erpressbar machten. Wenn das nicht der Fall war, schien Folke Kranert sich gar nicht erst mit ihnen getroffen zu haben. Viele Gespräche brachen einfach ab, wenn der Chatpartner angab, Single zu sein.

Auch Abraham hatte er gefragt: »Seitensprung?«, und Abraham hatte »Ja« gesagt.

Allerdings gab es nur dieses eine Gespräch mit Abraham; mit vielen anderen Männern, mit denen Kranert sich getroffen hatte, hatte er vorher drei oder vier Gespräche geführt, oft auch mit Kameraunterstützung. Und die meisten dieser Gespräche waren derart explizit, dass Brook sich manches Mal wirklich zusammenreißen musste, um weiterzulesen.

»Wieder ein Hinweis auf Röhl«, sagte Hellkamp, »für ihn wäre das ein Seitensprung gewesen.«

»Aber auch auf eine halbe Million andere Menschen hier in der Stadt.«

»Eines wundert mich immer noch. Warum hat der Täter bei Sarah Heinemann den Computer oder das Laptop oder was auch immer mitgenommen, bei Folke Kranert aber nicht?«

»Daran habe ich auch schon gedacht. Kranert hatte seine Adresse bei sich, auf dem Ausweis im Portemonnaie. Er hatte die Schlüssel zu seiner Wohnung in der Hosentasche. Warum ist der Täter nicht dorthin und hat das Notebook mitgenommen?«

Hellkamp nippte an seinem Kaffee, der den Becher noch zu einem Drittel füllte, aber mittlerweile kalt geworden war. Er stellte den Becher wieder auf den Tisch.

»Vielleicht wollte er den jungen Mann gar nicht umbringen.«

»Wie meinen Sie das?«

»Nun, es mag etwas weit hergeholt sein, aber … als der Täter das Opfer verlassen hat, kann es ja durchaus noch gelebt haben. Das hat Dr. Mann doch bestätigt. Er muss nicht sofort erstickt beziehungsweise verblutet sein.«

»Der Täter hat Kranert immerhin die Eichel abgeschnitten und in den Mund gestopft. Ist doch logisch, dass er das nicht überlebt.«

»Logisch schon, aber auch logisch für den Täter?«

»Sie meinen, wer eine solche Tat begeht …«

»… der denkt ja ohnehin in anderen Bahnen, jedenfalls nicht in rationalen.«

»Zumindest nicht während der Tat.«

»Genau.«

Sie kehrten in ihre Büros zurück, und dort warteten zwei Nachrichten auf sie: Die Obduktion von Frau Jansen hatte ergeben, dass die alte Frau eine hohe Dosis eines Schlafmittels eingenommen hatte. Die zuständige Polizeistation hatte sich sofort Zutritt zur Wohnung der Toten verschafft und die leere Schachtel des Medikaments in ihrem Nachttisch gefunden. Sie war bereits per Kurier auf dem Weg zu ihnen.

Außerdem war die Hausdurchsuchung bei Röhl endlich abgeschlossen. Brook hatte die Kollegen angewiesen, vor allem auf drei Dinge zu achten: auf einen Computer oder ein Notebook, dessen Inhalt ausgewertet werden könnte, auf die Spritzen mit dem Narkosemittel und auf alles, was irgendwie aus Stein war, vorzugsweise natürlich aus Kalkstein.

Die Durchsuchung war in zwei Punkten ergebnislos gewesen: Einen Computer gab es nicht; Frau Röhl gab an, sie und ihr Mann hätten noch nie einen besessen. Auch im Pfarramt war keiner; der Küster bestätigte, dass der der Gemeinde gehörende Computer momentan zur Reparatur sei, vorletzten Freitag sei irgendetwas kaputtgegangen und der Rechner nicht mehr hochgefahren. Die Computerreparaturfirma hatte die Angaben bestätigt. Von diesem Rechner aus hatte niemand am Sonntag vor acht Tagen mit Folke Kranert chatten können. Es gab auch keinerlei Spuren der Fertigspritzen mit dem Narkosemittel.

Dafür hatten die Kollegen in Röhls Büro etwas anderes gefunden: ein etwa zwanzig Zentimeter langes Kreuz mit orientalisch aussehenden Verzierungen, das aus einem hellbraunen Stein gefertigt war.

Frau Röhl hatte unbekümmert angegeben, woher das Kreuz stammte. Ihr Mann hatte es von einer Reise mitgebracht.

Aus Israel.

22

Am nächsten Morgen ließ Brook das Kreuz, das die Kollegen in Röhls Büro sichergestellt hatten, von einem Beamten zur Untersuchung ins Mineralogische Institut bringen. Dann machte er sich mit Thea Matthiesen auf den Weg zur Internetfirma, die die Seite »Gaydate.de« betrieb. Sie hatte ihren Besuch schon am Vortag bei der Firmeninhaberin angekündigt.

Sie nahmen Matthiesens Wagen, einen Opel Astra. Etwa eine Stunde würde die Fahrt bis nach Lauenburg an der Elbe dauern, wo die Firma NetDating Vogt GmbH ihren Firmensitz hatte. Hellkamp und Lejeune blieben in der Dienststelle, Pöhlmann hatte darum gebeten, dass ein weiterer Zwischenbericht angefertigt würde.

Am Nachmittag wollte er eine Pressekonferenz abhalten. Brook war das ganz recht, oft genug ergaben sich neue Hinweise, oder Zeugen meldeten sich, wenn man die Presse mit ein paar Informationen fütterte. Bis fünfzehn Uhr würden sie hoffentlich zurück sein.

Brook und Matthiesen fuhren bis Geesthacht über die A 25, dann weiter durch den Ort und wieder aus dem Ort hinaus auf der zweispurigen B 5. Sie hatten nicht viel gesprochen.

Als sie durch den Wald mit hohen Tannen rechts und links fuhren, sagte Matthiesen: »Eigentlich ganz hübsch hier, oder?«

Brook war in Gedanken versunken gewesen. Er schrak hoch und blickte aus dem Fenster, als hätte er keine Ahnung, wo sie sich befanden.

Er gab ein zustimmendes Grunzen von sich.

»Woran haben Sie gerade gedacht?«, fragte Matthiesen.

»Ich dachte nur, Gott sei Dank sitzt die Firma in Lauenburg, nicht in Liechtenstein oder den USA. Oder in Süddeutschland.«

»Stimmt. Das wäre wohl komplizierter geworden, oder?«

Brook nickte und starrte erneut vor sich hin. Natürlich hätte man auch da tätig werden können, aber Brook gab bei seinen Ermittlungen nicht gern das Heft aus der Hand. Am liebsten würde er alles allein machen, nur leider war er nicht Kriminalhauptkommissar, Spurensicherung, Rechtsmediziner und Staatsanwalt in einer Person.

Sie verließen den Wald. Links tauchten weite grüne Felder auf mit niedrigen Hecken dazwischen, rechts eine Neubausiedlung aus den Achtzigern. Die Sonne schien, und es war immer noch warm. Ein richtiger Spätsommer.

Auf einmal sagte Thea Matthiesen: »Mist, was ist das denn?«

Brook war schon wieder mit den Gedanken woanders gewesen. Er sah sie fragend an.

Matthiesen zeigte auf das Armaturenbrett: »Da stimmt was nicht. Sehen Sie mal, die Temperaturanzeige.« Der kleine Zeiger befand sich im roten Bereich, fast bei hundertdreißig Grad Celsius.

Sie fuhr langsamer und hielt schließlich rechts am Straßenrand. Als sie den Motor abschaltete, sahen sie vor sich weißen Dampf unter der Kühlerhaube hervordringen.

»Verdammte Scheiße«, sagte Matthiesen. Sie betätigte den Hebel, der die Verriegelung der Motorhaube löste. Noch mehr Dampf stieg auf.

Beide stiegen aus. Thea Matthiesen sah Brook mit einer Mischung aus Wut und Verzweiflung an.

»Und jetzt?«

»Jetzt rufen Sie den ADAC an.«

Der ADAC versprach, so schnell wie möglich einen Abschleppwagen zu schicken.

Sie setzten sich neben das Auto ins Gras. Matthiesen zündete sich eine Zigarette an.

»Ich wusste gar nicht, dass Sie rauchen.«

»Tue ich auch nicht.« Sie sah ihn verwundert an. Dann blickte sie auf die Zigarette in ihrer Hand und musste lachen. »Nur wenn ich Stress habe.« Sie sog den Rauch tief ein und atmete durch die Nase aus. »Was meinen Sie, was das Ganze kostet?«

Brook zuckte die Schultern. »Ein paar hundert Euro?«

»So eine Scheiße.«

Sie schwiegen eine Weile. Brook schaute in die Landschaft, über das Feld vor ihnen auf der anderen Straßenseite. Ein paar hundert Meter entfernt standen ein paar vereinzelte große Bäume. Das Bild Folke Kranerts kam ihm in den Sinn, wie er gefunden worden war, an einen Baum gefesselt.

Er wollte nicht daran denken. Jetzt nicht. Um sie herum war

Vogelgezwitscher zu hören, kaum ein Auto fuhr vorbei, und die Sonne schien ihnen warm ins Gesicht. Als er zu Thea Matthiesen hinüberblickte, hatte sie die Augen geschlossen und summte leise vor sich hin. Wieder kam Brook der Gedanke, dass sie eigentlich ganz hübsch war. Wie neulich in der Stadt. Auch wenn sie nicht geschminkt war.

Sie schlug die Augen auf und sah, dass er sie anschaute. Brook blickte schnell in eine andere Richtung. Sie lächelte nur.

Ein Bus fuhr vorbei, und gleich darauf näherte sich ihnen ein gelber Abschleppwagen.

Brook sah auf die Uhr: zehn Uhr zwanzig. Seit zwanzig Minuten wollten sie in Lauenburg sein. Thea Matthiesen klärte die Formalitäten, und der ADAC-Mann sagte, dass er ihren Wagen bis zu ihrer Vertragswerkstatt schleppen werde. Die war in Hamburg-Barmbek.

»Nach Lauenburg können Sie uns nicht kurz mitnehmen?«, fragte Brook.

Der Mann lachte nur. »Nee, dat geiht nich. Tut mir leid.«

Der Abschleppwagen fuhr davon.

»Und jetzt?«, fragte Matthiesen. »Rufen wir ein Taxi?«

»Bis das hier ist … Ich glaube, da vorn ist eine Bushaltestelle. Wir gehen mal nachschauen.«

Brook hatte recht, dort war eine Bushaltestelle.

»In zehn Minuten kommt der Bus«, sagte er, als er die Fahrpläne studiert und noch einmal nach der Zeit gesehen hatte. »Direkt nach Lauenburg zum ZOB. Da soll es doch auch sein, oder?«

»Genau, beim ZOB. Na, so müssen wir wenigstens keinen Parkplatz suchen.« Thea Matthiesen seufzte.

Brook lächelte.

Der Bus kam, und die Busfahrt bis Lauenburg kostete drei Euro fünfundneunzig. Brook dachte zunächst, er habe den Busfahrer nicht richtig verstanden. Dieser erklärte ihm, sie befänden sich in einem Schnellbus des HVV, der Zuschlag dafür sei eingerechnet.

»Schnellbus? Wie lange braucht der denn bis Lauenburg?«

»Elf Minuten.«

»Und wie lange braucht der normale Bus?«

»Auch elf Minuten.«

Brook schüttelte den Kopf. »Und wann kommt der?«

»In knapp vierzig Minuten. Also wollen Sie mit oder nicht?«

Brook holte zähneknirschend sein Portemonnaie aus der Hosentasche.

Das Büro der NetDating Vogt GmbH lag in einem malerischen Fachwerkhaus in der Altstadt. Brook kannte sich nicht mit Internetfirmen aus, und das, was sie hier vorfanden, hatte er nicht erwartet. Der ganze Firmensitz bestand lediglich aus einem einzigen Raum mit drei großen Schreibtischen, auf denen jeweils zwei Computermonitore standen. Eine große, dicke Frau um die dreißig in Jeans und weißer Bluse stellte sich ihnen als Britta Vogt vor, die Firmeninhaberin. Sie trug eine Brille mit großen Gläsern und Silberschmuck um den Hals, an den Händen und Armen, der bei jeder Bewegung klapperte.

Dass sie zu spät kamen, schien Britta Vogt nichts auszumachen. Sie bot den Kriminalbeamten Wasser an, das sie gern akzeptierten, ging zu einer Art Kochnische in einer Ecke des etwa vierzig Quadratmeter großen Raumes und kam mit drei kleinen Plastikflaschen zurück. Dann holte sie zwei Klappstühle für Brook und Matthiesen, die sie an die Seite ihres Schreibtisches stellte.

»Tatsächlich arbeiten wir hier nur zu dritt«, sagte Britta Vogt. Sie machte einen fröhlichen Eindruck. »Aber das Geschäft läuft gut, eventuell müssen wir doch bald einmal umziehen. Es gibt nicht so viele Dating-Portale, die man gratis benutzen kann.«

Sie erzählte, dass die Firma neben der Seite »Gaydate.de« auch noch »Singlesdate.de« betrieb und »Oldiesdate.de«, für Menschen im Rentenalter. Die Seiten seien, wie gesagt, kostenlos benutzbar und lebten allein von Werbung.

Ihre Portale gehörten in den Segmenten »Gay« und »60 plus« zu den Marktführern, wie Britta Vogt hervorhob, mit jeweils mehreren zehntausend Kunden.

»Zufriedenen Kunden. Aber ich kann mir eigentlich nicht vorstellen, dass Sie hier sind, weil jemand gegen uns … Oder doch? Also, wir hatten schon einmal Drohungen von so einer Fundamentalistenvereinigung.«

»Fundamentalisten?«, fragte Brook. »Islam?«

»Nein, Christen. ›Blut am Herzen von Jesus‹ oder so. Es gab

da erst letztens ein paar Drohanrufe. Tja, gegen so was braucht man ein dickes Fell.«

Brook hob die Augenbrauen.

Christliche Fundamentalisten, Jahwe, Pastor Röhl ... Das musste er im Hinterkopf behalten.

Brook kam gleich zur Sache. »Wegen irgendwelcher Drohungen sind wir nicht hier. Wir ermitteln in einem Kriminalfall und sind auf Ihre Unterstützung angewiesen. Wir haben Hinweise darauf, dass eine der beteiligten Personen zu den Kunden einer Ihrer Seiten gehört, ›Gaydate.de‹, und dort auch Kontakt mit dem Täter aufgenommen hat.«

Britta Vogts Miene verdüsterte sich. »Das ist ja schrecklich.« Sie nahm einen Schluck Wasser. »Aber dafür, was unsere Kunden miteinander anstellen, kann ich natürlich ... also, ich meine, dafür kann unsere Firma natürlich nichts.«

»Nein, nein«, sagte Thea Matthiesen beschwichtigend, »das nimmt auch niemand an. Wir brauchen nur die persönlichen Daten der betreffenden Personen, wenn das möglich ist.«

»Eine gerichtliche Vollmacht haben Sie, nehme ich an? Wegen des Datenschutzes.«

»Eine vom Staatsanwalt«, sagte Brook, »aber die reicht auch.« Er holte den zusammengefalteten Zettel aus seiner Manteltasche und gab ihn Britta Vogt.

Sie überflog ihn kurz. »Na, wunderbar. Dann wollen wir mal.« Dann klickte sie ein wenig herum, und auf dem Bildschirm vor ihr erschien eine Suchmaske.

»Bei ›Gaydate‹, sagten Sie? Welche Informationen haben Sie denn über den oder die Benutzer?«

»Von einer Person haben wir den Namen. Folke Kranert.«

Brook buchstabierte, Britta Vogt tippte.

Nichts.

»Tut mir leid, den kennt der Rechner nicht.«

»Das kann nicht sein.«

»Nun, viele User benutzen nicht ihren richtigen Namen für ihr Profil.«

»Können Sie denn auch nach dem Skype-Pseudonym suchen?«, fragte Matthiesen. »Den Namen, den er bei Skype benutzt, wissen wir. Der war ›hh-boy-1992‹.«

Das brachte den gewünschten Erfolg. Auf der Profilseite war ein Foto von Folke Kranert zu sehen, eine persönliche Beschreibung sowie eine lange Liste sexueller Vorlieben. Der Name des Profils war »Ismael_HH«.

»Das ist er«, sagte Brook. »Beziehungsweise das war er.«

»Oh.« Britta Vogt zog die Augenbrauen hoch. »Das ist also ... der Tote?«

Brook stutzte. Dass es um einen Todesfall ging, hatte er gar nicht erwähnt.

»Genau.« Matthiesen schien das nicht aufzufallen. »Sie können sein Profil wahrscheinlich löschen. Aber bitte nicht sofort, vielleicht brauchen wir das noch.«

»Gibt es irgendetwas Auffälliges?«, fragte Brook. »Das müssten Sie doch beurteilen können.«

»Moment.« Die Frau tippte erneut etwas in ein kleines Fenster. »Also, mir fällt nur auf, dass er ziemlich oft seinen Namen gewechselt hat. Seinen Profilnamen, meine ich. Fast ...« Sie fuhr mit dem Finger über den Bildschirm. »... fast jede Woche. Manchmal sogar noch öfter. Aber sein Foto und seine sonstigen Informationen scheint er nicht verändert zu haben.«

Brook machte sich eine Notiz. Dann fragte er: »Können Sie denn feststellen, mit wem er Kontakt aufgenommen hat?«

»Das kann ich«, sagte Britta Vogt. Sie gab wieder einen Befehl ein. »Oh«, sagte sie schließlich, »das ist aber eine ganze Reihe. Können Sie das irgendwie eingrenzen?«

»Ja, sagen wir, 30. August bis 2. September.«

Es dauerte nur ein paar Sekunden, dann tauchte eine Reihe von Namen auf dem Bildschirm auf. Alles Pseudonyme, zum Teil wieder ziemlich explizit. Es waren vierundzwanzig.

Britta Vogt pfiff durch die Zähne. »Das ist eine Menge.«

Brook und Matthiesen sahen auf die Liste. Sie war alphabetisch geordnet, und »Abraham« stand ganz oben.

»Da ist er!« Brook tippte mit dem Finger auf den Bildschirm.

Britta Vogt tippte den Namen in eine andere Maske, und sofort erschien ein Profil auf dem Bildschirm. Mit Foto.

Das Foto zeigte einen dunkelblonden Mann, vielleicht um die vierzig, gut aussehend, mit Dreitagebart.

Allerdings war es nicht Volker Röhl.

Brook nickte langsam und las die Angaben auf dem Profilbogen. Dort stand nicht allzu viel. Alter, Größe, Gewicht. Ein paar Felder waren angeklickt: »behaart«, »sportlich«, »aktiv«. Und: »verheiratet«. Dann einige sexuelle Vorlieben.

Das Feld, wo »Selbstbeschreibung« stand, war leer. Dafür war ganz unten der Skype-Name, der ebenfalls »Abraham« lautete, eingetragen.

»Moment mal«, sagte Britta Vogt auf einmal. »Das Foto … Ich weiß, wer das ist.«

»Sie … Sie kennen Sie den Mann?«, fragte Brook aufgeregt.

Das ist es. Wir haben ihn. Nun ging es doch schneller als erwartet.

»Na ja, wie man's nimmt. Warten Sie mal.«

Sie öffnete auf dem anderen Bildschirm den Internetbrowser und gab in der Suchmaschine etwas ein. Sofort erschien eine Seite mit Dutzenden Fotos. Sie zeigten alle den Mann, der auf dem Profil von »Abraham« abgebildet war.

In diesem Moment seufzte Thea Matthiesen enttäuscht. »Das ist Mads Mikkelsen.«

Brook verstand noch immer nicht.

»Das ist ein ganz bekannter dänischer Schauspieler. Der hat in diesem einen James-Bond-Film den Bösewicht gespielt.«

»Und der hat ein Profil bei ›Gaydate‹?«, fragte Brook.

»Nein, nein«, sagte Matthiesen, »das wohl kaum. Da hat jemand sein Foto genommen anstatt eines von sich selbst. Oder?«

Britta Vogt nickte. »Das kommt vor. Tut mir leid, das war wohl nichts.«

Brook winkte ab. »Das ist vielleicht nicht so wichtig. Muss der User nicht schon bei der Registrierung Name und Adresse angeben?«

»Eigentlich schon. Einen Versuch ist es zumindest wert.« Britta Vogt klickte wieder ein wenig mit der Maus herum.

Nun erschien ein neues Fenster. Brook las laut vor: »Name: Max Mustermann. Straße: Musterstraße 123. PLZ: 12345. Ort: Musterstadt. Sehr witzig.«

Britta Vogt hob entschuldigend die Arme. »Wir haben leider keinen Einfluss darauf, was dort eingetragen wird. Es ist schließlich ein kostenloser Service. Erst wenn man die Premium-

Mitgliedschaft beantragt, bekommen wir verlässliche Personendaten. Dann muss man nämlich mit Kreditkarte bezahlen oder per Bankeinzug.«

»Und das hat ›Abraham‹ nicht getan?«, fragte Matthiesen.

»Nein, er hat die ganz normale Mitgliedschaft.«

»Aber eine E-Mail-Adresse muss er doch angegeben haben?«

»Natürlich, die steht ganz unten.« Sie scrollte ein wenig das Bild herunter. »Da: abraham_123@gratismails.de. Aber das ist wohl auch ein Gratis-Mail-Account.«

»Das heißt?«, fragte Brook. Ihm war unwohl dabei, dass alle um ihn herum mehr von dieser ganzen Terminologie verstanden als er.

»Das heißt, dass man sich da einfach so anmelden kann, ohne dass man eine gültige Adresse angeben muss. Wie bei uns ja auch.«

Frau Vogt tippte neue Befehle in ein kleines Fenster auf dem Bildschirm.

»Schauen Sie mal hier.« Sie zeigte auf den Monitor. »›Abraham‹ hatte nicht nur mit ›Ismael‹ Kontakt. Hier sind noch zwei andere Kontaktaufnahmen.«

Brook wurde hellhörig. »Ach was?«

»Ja, genau, und zwar beide bei ›Oldiesdate‹. Erinnern Sie sich? Das ist unsere Rentner-Kontaktseite.«

»Haben Sie die Namen?«

»Einen schon, der andere … Moment … Auf die zweite Nachricht hat ›Abraham‹ nicht geantwortet, aber auf die erste schon.«

»Und wie heißt die Person?«

»Sarah Heinemann.«

Brook sah Matthiesen an.

Die machte große Augen und fragte: »Wie hieß denn das Profil dieser Frau?«

»›Sarah_H‹. Ganz einfach.«

Brook starrte auf den Computerbildschirm.

Und wie brachte sie das jetzt weiter?

Er hatte das Gefühl, als sei er dem Täter ganz nahe, könnte ihn aber dennoch nicht erreichen. Als säße er am Nebentisch, wäre aber durch eine unsichtbare Wand von ihm getrennt. Sie wussten jetzt, dass es ohne jeden Zweifel dieser Mensch war, der sich ›Abraham‹ nannte, der Folke Kranert und Sarah Heinemann getötet hatte. Aber dennoch war ihre Suche nicht am Ende – er hatte eher das Gefühl, als begänne sie erst.

Brook sah hilfesuchend zu Thea Matthiesen, und die hatte in der Tat noch eine Idee: »Wie sieht es denn mit der IP-Adresse aus? Die wird doch sicher irgendwo gespeichert?«

»Guter Punkt«, sagte Britta Vogt. »Die IP-Adressen der User werden in der Tat gespeichert. Aber nicht bei uns, sondern beim Provider.«

»Bei wem?«, fragte Brook dazwischen.

»Beim Internetanbieter, mit dem derjenige ins Netz geht«, erklärte Matthiesen.

»Genau. Da müssten Sie sich erkundigen. Ein paar Wochen lang werden dort alle IP-Adressen gespeichert, wenn sich jemand ins Internet einwählt.«

»Aber dann können Sie uns doch sicher sagen, über welchen Provider ›Abraham‹ sich bei Ihnen eingeloggt hat?«

»Das können wir. Moment.«

Britta Vogt klickte wieder, dann tippte sie ein paar Zeilen in ein weiteres Fenster. Brook sah fasziniert zu. Er wusste, dass er nie begreifen würde, wie das alles funktionierte. Wie man sich solche langen Befehle merken konnte oder wann man wo was einzutippen hatte.

»Da haben wir's«, sagte Britta Vogt schließlich triumphierend. Sie streckte die Arme aus. Ihre Armreifen klapperten. »Zwanzig Zugriffe, alle vom selben Provider aus: IPDOTCOM AG.«

»Wo sitzen die?«

Britta Vogt suchte die Website des Providers heraus und fand die Adresse. »In Ingolstadt.«

Brook stöhnte auf. Auch das noch.

»Das war's dann wohl, oder, Brook?«, fragte Thea Matthiesen.

Er nickte. »Bitte drucken Sie uns das alles doch noch eben aus, was wir hier gefunden haben.«

»Sehr gerne.« Britta Vogt klickte ein paarmal, dann fing ein großer Laserdrucker neben ihrem Schreibtisch zu surren an.

Brook stand auf, steckte die Zettel ein und schüttelte der Frau die Hand.

»Danke schön, das war sehr aufschlussreich.«

»Freut mich. Jederzeit gerne.« Sie brachte sie zur Tür.

Als sie unten auf der Straße vor dem Haus waren, rief Brook Hellkamp an und gab ihm die Adresse der Internetfirma IPDOT-COM in Ingolstadt durch.

»Nehmen Sie sofort Kontakt mit den Kollegen vor Ort auf. Die sollen da so schnell wie möglich nachfragen. Die Vollmacht der Staatsanwaltschaft können Sie denen durchfaxen.«

»Haben Sie denn noch eine Kopie davon?«, fragte Hellkamp.

»Nein, wieso?«

»Sie haben die Vollmacht doch mit, oder?«

»Mist«, sagte Brook zerknirscht. »Dann muss die Vollmacht eben warten. Sie können ja wenigstens schon mal so um Amtshilfe bitten.«

»Okay, wird gleich erledigt. Wann sind Sie denn wieder hier?«

»Ich weiß nicht, Matthiesens Auto hat den Geist aufgegeben. Mal sehen, wie lange wir brauchen.«

Sie gingen zurück zur Bushaltestelle.

»Ismael«, murmelte Matthiesen nachdenklich. »Wieso hat Kranert sich bloß so genannt? Ist doch irgendwie seltsam.«

»Tja.«

»Vielleicht stand er auf Türken?«

»Oder ihm gingen die Namen aus. Wenn er sich jede Woche einen neuen ausdenken musste? Oder sogar zwei?«

»Kann sein. Ismael … Klingt doch eigentlich ganz hübsch.«

Brook starrte vor sich hin. Er hatte das undeutliche Gefühl, dass ihm ein ganz entscheidender Gedanke gekommen war, gerade, als sie im Büro der Internetfirma gewesen waren. Und eben war er noch einmal aufgeflackert. Wie eine Erinnerung, die von weit, weit her kam, vielleicht aus seiner Kindheit oder Jugend. Ein Gedanke, der hätte wichtig sein können. Wichtig für den Fall? Wahrscheinlich schon. Aber er bekam ihn nicht mehr zu fassen. Je mehr er versuchte, sich zu erinnern, desto weniger erreichte er ihn. Schließlich gab er auf.

Sie mussten noch über zwanzig Minuten warten, bis der Bus zurückfuhr. Es war wieder der Schnellbus. Erst nach halb zwei würden sie zurück in der Dienststelle sein. Diese Fahrt kostete sechs Euro fünfundzwanzig.

Zwölf Mark. Was für Zeiten.

23

»Wir haben noch kein wirkliches Beweisstück, sehe ich das richtig? Abgesehen von dem Kreuz aus dem Büro dieses Pastors?«

Dienststellenleiter Pöhlmann stand vor Brooks Schreibtisch und sah alles andere als glücklich aus. In einer Stunde sollte die Pressekonferenz beginnen.

Brook nickte. »Richtig. Aber leider, muss man sagen, sieht das Kreuz unbeschädigt aus, und es hat keine wirklich scharfen Kanten. Das Labor wird untersuchen, ob es trotzdem als Mordwerkzeug in Frage kommt.«

»Und der Verdächtige?«, fragte Pöhlmann.

»Der ist vorläufig festgenommen und bereits einmal verhört worden«, sagte Matthiesen.

»Gut, gut. Und werden Sie ihn noch einmal verhören? Brook?«

»Hm, was? Jaja.« Brook hatte gar nicht richtig zugehört. »Wo ist eigentlich Lejeune?«

Hellkamp zuckte die Achseln. »Ich weiß nicht. Er ging gerade den Gang hinunter, als ich kam. Ich habe nur noch seinen Rücken gesehen.«

»Gut, gut.« Pöhlmann sah an die Decke. »Ich werde also der Presse mitteilen, dass es zwei Mordfälle gibt, die durch bestimmte Umstände, die nicht näher benannt werden, miteinander verbunden sind und offenbar vom selben Täter begangen wurden. In Steilshoop und in … äh …«

»Wohltorf«, half Hellkamp ihm.

»… Wohltorf, danke. Tatzeit und Tathergang werde ich veröffentlichen lassen, wie schon bei der ersten Leiche, die Presse soll die Bevölkerung um Mithilfe bitten. Ein Tatverdächtiger ist vorläufig festgenommen worden. Mehr kann man wohl zum gegenwärtigen Zeitpunkt nicht sagen. Das mit dem schreienden Baby lassen wir wohl erst mal weg.«

»Moment«, sagte Brook. »Von ›Mord‹ können wir, glaube ich, nicht sprechen. Allenfalls von Totschlag.«

Pöhlmann sah ihn fragend an. »Wieso das denn? Ich dachte, es ist so weit alles klar.«

»Nicht ganz. Im Falle des Toten im Wald haben wir zunächst einmal nur eine schwere Körperverletzung mit Todesfolge. Und vielleicht auch bei der Toten in Steilshoop. Ich wäre an Ihrer Stelle ein wenig vorsichtiger, wenn es darum geht, das hier als ›Mord‹ zu bezeichnen. Das ist wohl eher Sache des Staatsanwalts.«

Das schien Pöhlmann nun doch nachdenklich zu machen.

»Nun gut«, sagte er schließlich, »da mag etwas dran sein.« Er nahm seine Aktentasche und ging. »Bis um drei«, rief er noch.

Brook saß schweigend da und starrte an die Wand. Eben hatte er wieder das Gefühl gehabt, als würde sich eine Erinnerung aus seiner Kindheit oder Jugend melden, die ihnen weiterhelfen könnte. Vielleicht war das so, wenn man alt wurde.

»Und was jetzt?«, fragte Matthiesen.

»Jetzt faxe ich die Vollmacht vom Staatsanwalt nach Ingolstadt, und dann warten wir darauf, was die Kollegen da uns in puncto IPDOTCOM AG präsentieren, oder?«, sagte Hellkamp.

»Okay. Wer will einen Kaffee?«

Die Pressekonferenz war weniger gut besucht, als Brook erwartet hatte. Pöhlmann gab sein Bestes, sicherzustellen, dass keinerlei Zweifel an den Fähigkeiten der Hamburger Polizei aufkamen. Man habe alles im Griff, die Lage sei unter Kontrolle, es gebe einen Verdächtigen, der bereits festgenommen sei, aber man bitte die Bevölkerung von Steilshoop und von Wohltorf dennoch um Mithilfe. Falls jemand dann und dann etwas gesehen habe et cetera.

In Wahrheit hatte Brook das Gefühl, sie hätten sich festgefahren. Sie ermittelten die meiste Zeit nur in eine Richtung, und das gefiel ihm immer weniger. Konkrete Beweise hatten sie noch gar nicht.

Auch nach der Pressekonferenz gab es keine weiteren Neuigkeiten. Er beschloss, noch einmal Röhl zu verhören, zusammen mit Hellkamp. Immerhin hatten sie einen Punkt noch nicht geklärt: Sie mussten Röhl nach seinem Alibi für vergangenen Sonntag fragen, für die Zeit, in der der Chat stattgefunden hatte.

Hellkamp rief bei den Kollegen an und bat, dass sie Röhl aus der Zelle in eines der Vernehmungszimmer brachten.

Eine Viertelstunde später saßen sie ihm wieder gegenüber. Röhl sah konzentriert und gefasst aus. Fester, aufmerksamer Blick. Kein Zittern, keine Zeichen von Nervosität.

So schnell wurde er wohl nicht weich.

»Herr Röhl«, begann Brook, »wie geht es Ihnen?«

»Wie soll es mir schon gehen? Ich kann nur wiederum feststellen, dass ich mit den Anschuldigungen, die gegen mich vorgebracht worden sind, überhaupt nichts zu tun habe. Ich meine … dass ich mit dem, wessen ich beschuldigt werde, nichts zu tun habe.«

»Gut, gut.« Brook wurde klar, dass er sich gar nicht so recht überlegt hatte, wie sie weiter vorgehen wollten. Er beschloss, gleich zum wichtigen Punkt zu kommen. »Eine Frage zunächst: Wo waren Sie vergangenen Sonntag zwischen sechzehn und siebzehn Uhr?«

Volker Röhl sah sein Gegenüber misstrauisch an. »Ist da noch jemand umgebracht worden?«

»Beantworten Sie bitte meine Frage.«

Der Pastor schien zu überlegen. »Sonntag«, murmelte er. »Sonntag … da war ich im Büro.«

»In Krambek?«

»Genau, in Krambek.«

»Da scheinen Sie immer zu sein, wenn irgendetwas passiert. Komisch.«

»Pastor ist ein arbeitsreicher Beruf. Das ist nicht so, wie die Leute sich das immer vorstellen – einmal die Woche eine Stunde Gottesdienst und Feierabend.«

»Jaja, schon gut.« Brook winkte ab. »Geschenkt. Von wann bis wann?«

»So von drei bis sechs ungefähr.«

»Und ich nehme an, dass Sie wieder allein dort waren?«, sagte Hellkamp. »Keine Besuche zwischen vier und fünf? Und auch keine Telefonate?«

»Nein.«

Brook stutzte. Röhl hatte ihm eine Spur zu schnell geantwortet. Normalerweise musste man doch ein wenig überlegen, zumindest ein paar Sekunden, was man am Sonntag vor acht Tagen im Büro getan hatte.

»Das wissen Sie genau?«, fragte Brook.

»Ich habe ein gutes Gedächtnis.«

»Wenn Sie so ein gutes Gedächtnis haben, können Sie uns

sicherlich auch sagen, wo Sie Montagabend vor acht Tagen waren.«

Röhl sah Brook an, dann senkte er den Blick und betrachtete die Tischplatte. Er schüttelte langsam den Kopf.

»Wieder kein Alibi«, sagte Hellkamp, als sie nach der Vernehmung in Brooks Büro saßen.

»Aber auch keine neuen Erkenntnisse.«

Das Telefon klingelte. Brook nahm den Hörer ab: »Brook? … Ja. … Danke.« Er hielt die Hand vor den Hörer und sagte leise zu Hellkamp: »Die Kollegen aus Ingolstadt.« Dann hörte er zu, nickte mehrmals und brummte dann: »Ja, danke.« Er legte auf.

»Und?«, fragte Hellkamp.

»Nichts. Sie wollten uns nur mitteilen, dass sie ›an der Sache dran‹ sind. Morgen, sagt er.«

»Na toll. Und deshalb rufen die an?«

»Offenbar.«

Sie schwiegen und hingen ihren Gedanken nach.

Nach einer Weile sagte Hellkamp: »Wie kann Röhl denn gechattet haben, wenn er weder zu Hause noch im Büro einen Computer hat?«

»Tja.«

»Vielleicht hat er ein Notebook, von dem keiner etwas ahnt. Irgendwo versteckt, sodass wir es nicht finden konnten.«

»Aber braucht man da nicht einen Internetanschluss?«

»Na, im Büro gibt es ja immerhin einen. Nur der Rechner ist zur Reparatur.«

»Hm. Also?«

»Also warten wir darauf, was Ingolstadt herausfindet. Der Anbieter sagt uns die IP-Adresse.«

»Und damit haben wir dann den Täter?«

»Damit haben wir immerhin einen Anschluss, der auf jemanden registriert ist. Im besten Falle auf Röhl oder seine Kirchengemeinde.«

Brook brummelte etwas Unverständliches in seinen Kaffeebecher, und Hellkamp kannte ihn gut genug, dass er nicht nachfragte, was Brook gesagt hatte.

Kurze Zeit später saß Brook an seinem Schreibtisch und grübelte. Er war unruhig. In Lauenburg, am Busbahnhof, hatte er sich an etwas erinnert, und er kam nicht darauf, was es war. Bestimmt war es etwas aus seiner Kindheit, und es hatte direkt etwas mit dem Fall zu tun. Es war wichtig. Irgendwie wusste er, dass es wichtig war.

Hatte es etwas mit Namen zu tun? Mit den Namen der Ermordeten?

Er beschloss, die Namen aufzuschreiben. Vielleicht kam er eher darauf, wenn er es vor sich sah.

Brook nahm einen Zettel und schrieb:

Folke Kranert

Sarah Heinemann

Volker Röhl

Er starrte auf den Zettel vor sich. »Volker Röhl« strich er wieder durch.

Brook schüttelte den Kopf.

Kranert, Heinemann, irgendetwas mit den Nachnamen? Gustav Heinemann war Anfang der Siebziger Bundespräsident. Davor Minister. Erst CDU, dann SPD, wegen der Wiederbewaffnung. So viel wusste Brook, und es beruhigte ihn, dass er diese Informationen, die irgendwie aus einer grauen Vorzeit zu stammen schienen, einfach so abrufen konnte.

Gustav Heinemann, okay. Aber das eine war nach seiner Kindheit, das andere vor seiner Geburt. Das war es nicht. Die Namen waren doch die falsche Spur.

Namen. Falsch.

Falscher Name, Pseudonym. Die Pseudonyme, das könnte es sein.

Brook nahm sein Notizbuch zur Hand. Ein paar Sekunden musste er blättern, dann hatte er alles, was er suchte, gefunden.

Rechts neben die Namen schrieb er jetzt die Pseudonyme aus dem Internet:

Folke Kranert Ismael_HH

Sarah Heinemann Sarah_H

Neben den durchgestrichenen Volker Röhl schrieb er:

Volker Röhl Abraham

Er blickte wie hypnotisiert auf die rechte Spalte.

Drei Namen. Namen, die Sinn ergeben mussten, einen Zusammenhang erkennen lassen, auf den sie noch nicht gekommen waren.

Und auf einmal war es da. In diesem Moment fiel ihm ein, was es war, das ihm im Kopf herumgespukt hatte. Das leise angeklopft hatte, ohne sich wirklich zu zeigen.

Er schloss die Augen und sah alles genau vor sich.

Ein Raum. Viele Menschen. Um ihn herum Kinder, wie er. Acht oder neun Jahre alt war er. Er und die anderen Kinder saßen in den ersten zwei Reihen auf Holzbänken. Das Licht war schummerig, Kerzen brannten.

Vor ihnen in dem großen, hohen Raum stand ein weißer massiver Tisch aus Stein. Dahinter, an der Wand, hing ein Kreuz aus Holz, so hoch wie das Dreimeterbrett im Freibad. Vor dem Tisch stand, in ein schwarzes langes Kleid gehüllt, den Rücken ihnen zugewandt, der Pastor.

Jetzt war die Orgel zu hören. Schwere, langsame Klänge, zunächst nur dunkel und dumpf, dann ein paar hohe, die in den Ohren wehtaten. Klänge, aus denen sich langsam so etwas wie Musik zusammensetzte.

Er spürte, wie aufgeregt er war. Gleich, gleich war es so weit.

Der Pastor sah ihn an und nickte, und der kleine Gunwald Brook durfte nach vorn gehen, um vom Altar die Kerze zu nehmen, die Kerze für die Kinder, die dort immer stand, bevor der Gottesdienst für die Erwachsenen begann. Ein Kind durfte sie tragen. Heute war er dieses Kind.

Alle anderen Kinder gingen hinter ihm her, sich an den Händen haltend. Und dann verließen sie die Kirche; zusammen mit dem Diakon, Herrn Freytag, gingen sie über den kleinen Platz und weiter ins Gemeindehaus. Und wenn die Kerze, die er trug, noch brannte, wenn sie im Gemeindehaus ankamen, würde er, Gunwald, ganz stolz sein.

Keiner sagte ein Wort, es herrschte eine andächtige Stille. Sie wussten, dass Diakon Freytag ihnen gleich wieder Geschichten erzählen würde. Schöne, manchmal auch schauerliche Geschichten. Dazu malten sie Bilder, einige der besten hingen bereits an der Wand im Gemeindehaus. DIN-A4-Blätter, bunt bemalt mit

Buntstiften, Filzstiften oder Wachsmalern. Und am Ende fragte der Diakon sie, was sie von der Geschichte behalten hatten. Dann beteten sie und sangen. Aber das Schönste für Gunwald war, dort zu sitzen und dem Mann mit der tiefen Stimme zuzuhören, wie er erzählte.

Von Jesus und den Jüngern, die von den bösen Pharisäern und Römern verfolgt wurden.

Von Adam und Eva, den ersten Menschen, die einen Apfel aßen und dafür bestraft wurden.

Von Engeln und Erzengeln, von weisen Propheten und eitlen Königen.

Vom Ende der Zeit und der Auferstehung der Toten.

Von Noah und Lot, von Daniel und von Jonas.

Von Abraham und Sarah, Ismael und Isaak.

Der Kindergottesdienst, das war die Erinnerung. Daher kannte er diese Namen. Alle drei. Aus der Bibel.

Ismael, Sarah, Abraham.

Dazu die eingeritzten Zeichen auf Hebräisch. Wie blind sie gewesen waren! Ein religiöser Wahnsinniger, ganz klar.

Aber was fingen sie jetzt mit der Information an? Wie bekamen sie ihn zu fassen?

Brook beschloss, dass es nicht schaden könnte, in die Bibel zu schauen. Die Geschichte von Abraham. Altes Testament, so viel wusste er noch.

Eine Bibel. Er brauchte eine Bibel.

Eilig nahm er seinen Mantel und verließ das Büro. Eine Bibel hatte er zu Hause, da war er sich sicher. Sein Schwiegervater hatte sie Anna und ihm zur Hochzeit geschenkt. Es war ein Familienerbstück.

24

Um acht Uhr drei am Mittwoch hatte sich die Soko »Wald« in Brooks Büro versammelt.

»Ismael, Sarah, Abraham«, deklamierte Brook zum wiederholten Mal.

Hellkamp unterdrückte ein Gähnen. Acht Uhr morgens war noch nie seine Zeit gewesen.

»Und wie bringt uns das jetzt weiter?«, fragte Hellkamp und nippte an seinem Kaffee.

»Wir haben immerhin endlich eine Spur, was das Motiv betrifft«, antwortete Brook. »Beziehungsweise wir haben endlich etwas, das Täter und Opfer direkt miteinander in Verbindung setzt.«

»Der Täter handelt nach Motiven aus der Bibel«, sagte Lejeune.

»Dazu passt auch, dass den Opfern der biblische Name Gottes eingeritzt wurde.« Matthiesen klang aufgeregt. »Der Mann hält sich für Abraham.«

»Haben wir noch Zweifel daran, dass Röhl unser Mann ist?«, fragte Hellkamp.

Brook schüttelte den Kopf. »Ich denke, das ist nun so gut wie sicher. Vielleicht hält er sich für eine Wiedergeburt von Abraham oder so etwas. ›Abraham‹ nannte er sich im Internet, und er wird sich seine Opfer tatsächlich nach ihren Pseudonymen ausgesucht haben. Alles andere wäre ein zu großer Zufall.«

»Aber was wissen wir über Abraham?« Matthiesen sah fragend in die Runde. »Ich stehe da etwas auf dem Schlauch, muss ich sagen.«

Brook deutete auf das große, schwarz gebundene Buch auf seinem Schreibtisch. »Hier steht alles drin, was für uns wichtig sein dürfte.«

»Die Bibel«, stellte Lejeune fest.

»Genau. Ich habe gestern Abend schon die entsprechenden Stellen herausgesucht.«

Brook nahm das Buch, schlug es an einer Stelle auf, an der er ein abgerissenes Stück Papier als Lesezeichen hineingesteckt hatte, und er begann vorzulesen.

Eine knappe halbe Stunde später klappte er das Buch wieder zu.

»Wollen wir mal festhalten, was die wichtigsten Stichpunkte für uns sind?«, fragte Matthiesen.

Lejeune verstand dies sofort als Wink und stand auf. Er ging zum Flipchart, nahm den schwarzen Stift, der auf der Ablage lag, und notierte Stichworte, während sie noch einmal Revue passieren ließen, was sie eben gehört hatten.

»Abraham ist ein reicher Viehbesitzer«, sagte Matthiesen.

»Ob das wichtig ist?« Hellkamp klang skeptisch.

»Kann doch sein!«

Brook brummte. »Ja, schreiben Sie das mal auf, Lejeune. Wer weiß.«

Matthiesen fuhr fort: »Er bekommt von Gott den Befehl, mit seiner Familie von Chaldäa aus nach Kanaan zu ziehen. Unter anderem mit seiner Frau *Sarah*.« Sie wartete, während Lejeune weiter Stichpunkte machte. »Von da aus ziehen sie nach Ägypten. Abraham gibt Sarah als seine Schwester aus und gibt sie dem Pharao zur Frau. Da das natürlich eine Sünde ist, sendet Gott Plagen, und alles kommt raus. Der Pharao verstößt sie wieder, und sie ziehen weiter, nach …« Sie sah Brook fragend an.

»Ich weiß nicht, ob das so entscheidend ist. Wollen wir uns lieber erst einmal auf unsere Personen konzentrieren?«

»Okay«, sagte Matthiesen. »Sarah kann ihm keine Kinder gebären, und deshalb will sie, dass er mit ihrer ägyptischen Magd ein Kind zeugt. Das ist *Ismael*.«

»Da ist Abraham sechsundachtzig Jahre alt.« Hellkamp pfiff anerkennend durch die Zähne.

»Schönes Märchen«, gab Matthiesen zurück.

»Weiter im Text.« Brook klang unwirsch.

»Dann kam irgendwas mit der Beschneidung – wer nicht beschnitten ist, der schmort in der Hölle oder so. Und dann die Geschichte von Sodom und Gomorrha.«

Lejeune machte weiter Notizen.

»Dann ziehen sie wieder woandershin, und Abraham gibt Sarah noch einmal als seine Schwester aus, und der König dort lässt sie zu sich bringen. Dann erscheint ihm der Herr im Traum und sagt ihm, dass er sterben muss, weil Sarah bereits verheiratet ist. Der König stellt Abraham zur Rede, aber der sagt, dass er nicht gelogen habe, weil sie die Tochter seines Vaters ist, aber nicht die Tochter seiner Mutter.«

Hellkamp runzelte die Stirn. »Ganz schön verworren. Aber Sie haben sich das gut gemerkt.«

Sie sahen alle das weiße Blatt an, auf das Lejeune geschrieben hatte. Dort stand:

Abraham – reicher Viehbesitzer
Gott: Befehl
Chaldäa – Kanaan (Frau Sarah)
➛ Ägypten
Sarah/Pharao
Sarah – keine Kinder
Abraham/Magd – Ismael
Sodom und Gomorrha
➛ woanders
Sarah/König

»Tja. Und jetzt?«

Brook knetete seine Unterlippe. Die anderen sahen ihn gespannt an.

»Auf jeden Fall kommen alle drei Personen in der Geschichte vor«, sagte er schließlich. Er las sich das, was Lejeune geschrieben hatte, noch einmal durch, aber er musste zugeben, dass er sich mehr davon versprochen hatte.

»Es ist ja nun nicht so«, meinte Hellkamp, »dass Abraham in der Geschichte seinen Sohn verstümmelt und seiner Frau den Bauch aufschlitzt. Es stirbt ja überhaupt niemand. Der Einzige, dem hier der Tod angedroht wird, ist dieser König, der mit Sarah im Bett liegt. Und das auch noch, wo er ganz unschuldig ist. Er weiß weder, dass sie Abrahams Frau ist, noch hat er sie überhaupt angerührt.«

»Wie hieß denn der König noch mal?«, fragte Brook. »Vielleicht bringt uns *das* weiter.«

Matthiesen wusste es. »Abimelech.«

Alle drei schwiegen. Der Name sagte ihnen nichts.

»Wie dem auch sei. Röhl ist ein Mann der Kirche, und die

Pseudonyme des Täters und der Opfer stammen aus der Bibel. Wenn wir jetzt nicht genug für einen Haftbefehl in der Hand haben, fresse ich einen Besen.«

Nun kam endlich Bewegung in die Sache.

Um neun Uhr zweiundvierzig erreichte sie endlich die erhoffte Nachricht aus dem Mineralogischen Institut: Das Kreuz aus Röhls Büro war aus Meleke-Kalkstein gefertigt, genau wie die Tatwaffe in beiden Fällen.

Um neun Uhr fünfzig meldete ihr eigenes Labor, auf der Schachtel des Schlafmittels, das Frau Jansen in Überdosis geschluckt hatte, seien Röhls Fingerabdrücke gefunden worden. Damit hatte Brook nicht gerechnet. Hatte Röhl also doch beim Tod von Frau Jansen die Finger im Spiel gehabt? Immerhin war er ihr Pastor und Seelsorger gewesen, warum sollte er nicht ihre Tabletten in der Hand gehabt haben? Vielleicht hatte er sie für die alte Dame bloß von der Apotheke abgeholt.

Brook entschied, Röhl damit erst nach seiner Festnahme zu konfrontieren, aber dennoch diese Tatsache für den Antrag auf Haftbefehl zu verwenden.

Um zehn Uhr fünfundzwanzig stellte Brook alle Indizien, die sie gesammelt hatten, Pöhlmann, dem Dienstellenleiter, und am Mittag dann dem Staatsanwalt vor. Letzterer war nicht leicht zu überzeugen; erst als Brook das Kreuz präsentierte, hellte sich die Miene des Staatsanwalts auf, und als er hörte, dass Röhl trotz des Beweisfotos der Verkehrspolizei die Aussage zu seinem Aufenthaltsort am Abend des ersten Mordes immer noch verweigerte, versprach er, noch am selben Tag mit dem Haftrichter zu sprechen.

Um vierzehn Uhr hatte Brook noch immer keine Nachricht vom Staatsanwalt erhalten. Er rief in dessen Büro an, und das Sekretariat teilte ihm mit, der Staatsanwalt sei außer Haus und habe erst um sechzehn Uhr einen Termin mit dem Haftrichter.

Um vierzehn Uhr fünfunddreißig wurde Röhl wieder auf freien Fuß gesetzt. Länger als achtundvierzig Stunden durften sie ihn bei einer vorläufigen Festnahme nicht in der Dienststelle festhalten. Nicht ohne Haftbefehl. Brook entschloss sich in letzter Minute, doch noch einmal mit ihm zu sprechen, aber als er bei den Zellen im Untergeschoss ankam, war der Pastor bereits gegangen.

Brook befragte den Kollegen, der Röhl seine persönlichen Gegenstände ausgehändigt hatte, aber der hatte nicht weiter darauf geachtet, in welcher Verfassung Röhl gewesen war.

»Ich glaube, der war einfach froh, wieder draußen zu sein«, sagte er.

»Der kommt schon schnell genug wieder rein«, knurrte Brook.

Der andere sah ihn verständnislos an.

Um sechzehn Uhr dreißig ließ Brook in Ingolstadt anrufen, ob es schon etwas Neues in puncto IPDOTCOM AG und IP-Adresse gebe. Es gab nichts Neues, die Kollegen seien immer noch »an der Sache dran«, wie es hieß. Ein Beamter habe sich überraschend krank gemeldet, aber sie sollten sich keine Sorgen machen.

Um siebzehn Uhr achtundfünfzig wurde gegen Volker Röhl Haftbefehl erlassen. Zuerst wollte Brook anordnen, dass ihn lediglich zwei Streifenbeamte in seinem Haus in Schnelsen festnähmen, aber dann entschied er sich doch anders.

»Hellkamp?«, rief Brook ins angrenzende Büro. »Der Haftbefehl ist da. Wir fahren mit hin, um ihn abzuholen. Oder haben Sie was Dringendes vor?«

»Nein, nein, ist schon gut.«

Brook war vor allem deshalb froh, dass Hellkamp mitkam, weil das automatisch hieß, dass sie mit Hellkamps Wagen fuhren. Brook fuhr nicht gern Auto, Hellkamp dafür umso lieber. Sein Auto war sein ganzer Stolz, ein Ford Granada aus dem Jahre 1975, knallgrün mit schwarzem Vinyldach.

Der Motor schluckte zwar über zwölf Liter in der Stadt, aber immerhin bleifrei, seit er einen Kat und neue Zylinderköpfe nachgerüstet hatte. Das Auto war laut und hatte keinerlei Komfort, geschweige denn Airbags, aber Brook fuhr lieber mit diesem Vehikel mit, als selbst im Stadtverkehr auf alle wild durcheinanderfahrenden Verrückten achtgeben zu müssen. Außerdem kannte Hellkamp den Weg, er war schließlich schon einmal bei Röhl zu Hause gewesen.

Kurz vor neunzehn Uhr trafen sie am Haus der Röhls in Schnelsen ein. Ein Streifenwagen stand schon da, Röhls roter Passat war hingegen nicht zu sehen.

Sie stiegen aus und gingen den gepflasterten Weg zur Auffahrt hoch. Die Abendsonne tauchte den Garten in ein orangefarbenes Licht. Es war warm, und man hörte Vögel zwitschern.

Eine seltsame Stille lag über dem Haus. Drinnen sah man durch die Fenster nur Dunkelheit. Brook hatte ein seltsames Gefühl im Bauch.

Irgendetwas stimmte hier nicht.

»Sie waren doch neulich schon hier, Hellkamp. Ist irgendetwas anders?«

Hellkamp sah sich um. »Letztes Mal war der Vorgarten voll mit Plastikspielsachen. Die sind alle weg.«

Sie erreichten die Haustür. Brook klingelte, aber nichts rührte sich.

»Ob er abgehauen ist, mit Frau und Kindern?«

Brook winkte ab. »Dafür ist er nicht der Typ. Außerdem, wie hätte er denn das Ganze seiner Frau erklären sollen?«

»Vielleicht hat er ihr gesagt, dass sie in Urlaub fahren.«

»Wo sind denn eigentlich die Kollegen?«

Wie aufs Stichwort erklang eine Stimme, die »Hauptkommissar Brook!« rief.

Sie sahen sich um und entdeckten zwei Beamte in Uniform vor dem Nachbarhaus. Einer winkte herüber und setzte sich mit langen Schritten in Bewegung. Sie gingen ihm entgegen.

»Polizeiobermeister Möller-Teermann«, stellte sich der junge Mann vor. Er schüttelte beiden die Hand. Er war über zwei Meter groß, und Brook war sich sicher, dass er ihn noch nie gesehen hatte.

»Was ist hier los?«, fragte Brook. »Wo ist Röhl?«

»Tut mir leid, Herr Hauptkommissar, das wissen wir nicht. Die Nachbarin hat ausgesagt, dass seine Frau heute Vormittag gegen elf mit den Kindern weggefahren ist. Mit Sack und Pack.«

»Was soll das heißen?«

»Koffer und Taschen und alles in den Wagen und dann die Kinder, und dann ist sie weggefahren. Die Nachbarin hat sich noch gewundert. Sie sagt, sonst habe Frau Röhl ihr immer vorher Bescheid gesagt, wenn sie in den Urlaub fahren. Wegen Blumengießen oder so.«

»In den Urlaub? Ausgerechnet jetzt?«

»Moment, es geht noch weiter. Die Nachbarin gehört wohl zu der aufmerksameren Sorte, wenn Sie verstehen.« Er zwinkerte Brook und Hellkamp zu.

Brook verzog das Gesicht. Solche Vertraulichkeiten mochte er im Dienst nicht. Hellkamp grinste.

»Das heißt?«, fragte Brook ungeduldig.

»Röhl ist gegen halb vier hier aufgetaucht. Er ist ins Haus rein, und eine halbe Stunde später ist er wieder raus und mit dem Fahrrad in Richtung Ortsausgang. Mit einer Plastiktüte auf dem Gepäckträger.«

»Das war dann vor drei Stunden. Und wo ist er jetzt?«

POM Möller-Teermann zuckte die Schultern. »Keine Ahnung.«

»Ob er Beweismittel vernichten oder verstecken wollte?«, fragte Hellkamp.

Brook legte die Stirn in Falten. »Kein schlechter Gedanke. Aber drei Stunden lang?«

»Oder er fährt einfach ein wenig mit dem Fahrrad herum. Oder er ist doch geflüchtet.«

»Tja.« Brook wurde allmählich unruhig. Warum war Röhls Frau mit den Kindern fort? Ob er sie angerufen und ihr gesagt hatte, dass sie sich irgendwo treffen würden? Aber als sie weggefahren war, hatte Röhl ja noch bei der Polizei gesessen. Und wenn er doch zu Hause war und nur nicht öffnete? Möglich war es.

»Wir gehen rein«, sagte Brook.

»Wie – rein?«

»Na, ins Haus.«

»Aber wir haben doch gar keinen Durchsuchungsbeschluss mehr.«

Brook schnaufte verächtlich. »Gefahr im Verzug.« Er ging durch den Vorgarten ums Haus herum. Hellkamp folgte ihm.

POM Möller-Teermann stand kurz etwas ratlos herum. Dann gab er seinem Kollegen, der mittlerweile auf dem Bürgersteig am Streifenwagen stand, ein Zeichen und folgte den Kriminalbeamten.

An der Hinterseite des Hauses stand ein Fenster auf Kipp.

Brook schüttelte den Kopf. »Das lässt eine gute Hausfrau aber nicht offen, wenn sie in Urlaub fährt.«

Hellkamp ging auf das Fenster zu, griff durch den Spalt und drehte den Griff zur Seite. Das Fenster löste sich aus seiner Verankerung. Er klinkte es an der oberen Ecke wieder ein, und es schwang nach innen auf.

»Nicht sehr sicher gebaut«, sagte er. »Irgendein Billigfabrikat, garantiert. Bestimmt nicht mal abschließbar. Na, unser Glück.« Er kletterte hinein und verschwand im Flur. Nach einer halben Minute kam er zurück. »Die Haustür ist auf. Sie war nicht abgeschlossen, nur von außen zugezogen.«

Brook und Möller-Teermann gingen wieder ums Haus herum und betraten es durch die Haustür.

Im Flur herrschte ein ziemliches Durcheinander.

Jemand hatte aus einem Regal mehrere Aktenordner genommen und auf den Boden geworfen. Ein paar Papiere lagen lose herum.

»Herr oder Frau Röhl haben etwas gesucht«, sagte Hellkamp.

»Sieht so aus. Aber was?«, fragte Brook.

»Auf jeden Fall sieht es nicht danach aus, als wäre jemand nur in den Urlaub gefahren.«

Brook und Hellkamp gingen durch die einzelnen Zimmer. In den zwei Kinderzimmern standen die Schränke offen, einzelne Fächer in den Schränken waren leer. Im Schlafzimmer bot sich das gleiche Bild.

»Hals über Kopf abgehauen, danach sieht es aus«, meinte Brook.

»Vielleicht wusste sie mehr als wir. Vielleicht hat sie gewusst, was er getan hat.«

»*Wenn* er es getan hat.«

»Hauptkommissar Brook?«, rief Möller-Teermann vom Flur her und betrat einen Moment später das Zimmer. »Hier ist noch ungeöffnete Post, lag hinterm Briefschlitz im Flur.« Er drückte Brook zwei Briefe in die Hand. »Vielleicht hilft Ihnen das ja weiter.«

Brook zog die Augenbrauen hoch. »Danke.« Er steckte die Briefe ein.

Hellkamp nahm den Faden wieder auf: »Sieht tatsächlich so aus, als habe seine Frau Röhl verlassen und die Kinder mitgenommen. Zumindest als erste Hypothese für uns. Und dann?«

»Dann ist Röhl nach Hause gekommen, hat das hier vorgefunden und … tja.«

»Wo kann er bloß stecken? Im Büro in Krambek?«

»Möglich wäre das. Kommen Sie, wir fahren hin.«

Im Auto betrachtete Brook die zwei Briefe. Einer war an Judith Röhl adressiert, der zweite an Volker Röhl. Die Adresse war mit der Hand geschrieben. Kurzerhand öffnete er ihn.

»Na,na,na! Briefgeheimnis!«, tadelte Hellkamp und grinste. Als er merkte, dass der Hauptkommissar diese Bemerkung gar nicht witzig fand, fügte er schnell hinzu: »Jaja, ich weiß. Gefahr im Verzug.«

Brook faltete den Brief auseinander. Er war ebenfalls mit der Hand geschrieben, offenbar mit Füllfederhalter, in einer gut lesbaren Handschrift auf einem unlinierten Blatt. Dennoch sahen die Zeilen so akkurat aus, als seien sie mit dem Lineal gezogen.

Mein lieber Volker,
mir fällt es nicht leicht, dir diese Zeilen zu schreiben. Ich mache mir große Sorgen. Du weißt, wie sehr ich dich schätze. Du bist immer für mich da gewesen, genau wie ich für dich da war.
Umso mehr schmerzt mich, was du getan hast. Ich rechne dir hoch an, dass du dich mir anvertrautest, doch du weißt, dass dein Geständnis mir gegenüber nicht genügt. Ich bitte dich inständig, erleichtere dein Gewissen.
Du weißt, wie ich das meine.
Dein Bruder Bernhard

Brook las den Brief erst für sich und las ihn dann laut seinem Kollegen vor.

»Ich wüsste auch gerne, wie der Bruder das meint«, sagte Hellkamp, als Brook geendet hatte.

»Er hat also einen Bruder?«

»Ja, Bernhard, genau. Den haben wir sogar kennengelernt, Lejeune und ich. Als wir bei Röhl im Pfarramt waren, da stand der vor der Tür, als wir fertig waren.«

»Und was halten Sie hiervon?« Brook wedelte mit dem Brief.

»Na, dass er in den Kollektentopf gelangt hat, soll er bestimmt nicht gestehen.«

Brook sah Hellkamp für diese lapidare Bemerkung missbilligend an. Dann blickte er wieder auf den Brief.

»Jetzt haben wir's schwarz auf weiß.«

»Nur eins kommt mir komisch vor. Als der Bruder bei Volker Röhl vor der Tür stand, sah das nicht nach einem so innigen Verhältnis aus. Er wirkte so überrascht, als hätte er seinen Bruder seit Ewigkeiten nicht gesehen. Und dann hat er ihm die Morde gestanden?«

»Vielleicht war der Bruder längere Zeit verreist oder so«, gab Brook zu bedenken. »Kann ja auch sein, dass er erst später davon erzählt hat. Vielleicht genau an dem Tag, als Sie und Lejeune da waren. Nach Ihrem Besuch. Auf jeden Fall müssen wir mit dem Bruder sprechen.«

Kurz darauf erreichten sie das provisorische Pfarramt. Auch dort war Röhl nicht.

Sie klingelten beim Nachbarhaus.

Eine Frau im mittleren Alter öffnete und erzählte ihnen, dass Pastor Röhl um kurz nach fünf mit dem Fahrrad zum Pfarramt gekommen sei.

»Und haben Sie auch beobachtet, was er dann getan hat?«, fragte Brook die Nachbarin.

»Na, so nach ein paar Minuten ist er wieder aus der Tür gekommen. Ich hab das vom Küchenfenster aus gesehen, und ich bin selber dann auch raus, weil ich dachte, er hat Zeit für einen Klönschnack. Der Herr Pastor ist doch so ein netter Mann. Aber dann war es ganz seltsam.«

»Was war seltsam?«

»Na, ich bin raus und hab gerufen: ›Hallo, Herr Röhl‹ oder so, aber er schien mich gar nicht zu hören. Er ist auf sein Fahrrad und dann: ab die Post.«

»›Ab die Post‹? Heißt das, er ist schnell gefahren?«

»Ja, abgedüst ist er richtiggehend.«

»Und in welche Richtung?«

Die Frau wies am Pfarramt vorbei die Straße hinunter. »Na, da längs, in Richtung Ortsausgang.«

Brook bedankte sich. Er ging mit Hellkamp zu den Streifenbeamten zurück.

»In Richtung Ortsausgang, hat die Nachbarin gesagt«, knurrte Brook. »Was ist denn da?«

»Da fängt der Wald an. Und dann geht es nach Belkstedt.«

»Belkstedt? Das habe ich doch neulich schon einmal in irgendeinem Zusammenhang gehört.«

»Ja, klar. Da wohnt beziehungsweise wohnte doch die alte Frau Jansen.«

»Ob er sich da versteckt? Das Haus steht doch sicher leer.«

»Wäre ein ziemlich dämliches Versteck, oder?«

»Das schon, aber vielleicht fahren wir trotzdem hin. Kann ja sein, dass er irgendwo auf dem Weg auf einer Bank sitzt.«

Sie fuhren in Hellkamps Ford nach Belkstedt, die zwei Kollegen im Streifenwagen hinterher.

Im hellen Kies der Auffahrt vor Frau Jansens kleinem Haus lag ein Fahrrad. Der Ständer war ausgeklappt; offenbar hatte jemand es abgestellt, und es war umgefallen.

Brook bedeutete den Streifenbeamten, ums Haus herumzugehen. Falls Röhl tatsächlich drinnen war und durch die Hintertür türmte.

Dann klingelte er.

Keine Reaktion. Er drückte die Klinke herunter. Es war nicht abgeschlossen, die Tür öffnete sich.

Brook nickte Hellkamp zu und betrat den Flur.

»Herr Röhl?«, rief er.

Dann sah er ihn.

Volker Röhl hatte sich an einem Kabel an der Decke aufgehängt. Sein lebloser Körper drehte sich leicht.

Erhängte bewegen sich immer, schoss es Brook durch den Kopf. Sie hängen nie ganz reglos am Seil. Irgendwo ist immer ein Luftzug.

Normalerweise hing dort, wo der Pastor sich aufgeknüpft hatte, offenbar ein Kronleuchter. Diesen hatte er abgenommen und aufs Sofa gelegt. Dann hatte er das Kabel befestigt, sich um den Hals gelegt und die kleine Trittleiter, auf der er stand, fortgestoßen.

Es stank im Zimmer, aber nicht so, wie es bei alten Leuten in schlecht gelüfteten Räumen oft der Fall ist – der Gestank kam von Röhl. Man sah deutlich an der dunklen Verfärbung seiner braunen Cordhose, dass sich Blase und Darm nach Eintreten des Todes geleert hatten.

Hellkamp nahm sofort die Trittleiter, stellte sich darauf und versuchte, den Strick vom Haken zu lösen. Brook half ihm; er packte Röhl an den Beinen und hielt ihn hoch. Der beißende Gestank drang ihm in die Nase, er versuchte durch den Mund zu atmen. Zusammen legten sie Röhl vorsichtig auf den Boden. Brook fühlte seinen Puls. Er war tot, wie erwartet.

Dann ging er zum Fenster und öffnete es. Dahinter tauchten die zwei Streifenbeamten auf. Brook machte ihnen ein Handzeichen, dass sie hereinkommen sollten.

Kurz darauf betraten sie die Wohnstube. Erst jetzt sahen sie die Leiche.

»Tot«, sagte Brook nur.

Einer der beiden Streifenbeamten, der jünger aussehende, dessen Namen sie noch nicht kannten, lief sofort wieder hinaus und übergab sich lautstark.

»Möller-Teermann, rufen Sie bitte die Kollegen und den Erkennungsdienst. Die können dann auch gleich eine DNA-Probe nehmen und so schnell es geht ins Labor schicken.«

Der Kollege verschwand ebenfalls nach draußen.

Brook musste wieder an den Brief des Bruders denken. Eines war klar: Volker Röhl hatte sein Gewissen *nicht* erleichtert, zumindest niemandem gegenüber, der ihn hätte zur Rechenschaft ziehen können. Niemandem außer seinem Bruder, wie es aussah.

Mit wie vielen Menschen er im Laufe seiner Dienstzeit zu tun gehabt hatte, die einen anderen Menschen getötet hatten, wusste Brook nicht. Aber eines war ihm bewusst: An niemandem ging ein Mord oder eine Tötung spurlos vorbei. Das galt nicht weniger für überzeugte Atheisten als für diejenigen, die fürchteten, in der Ewigkeit für ihre Tat zu bezahlen oder als niedere Lebensform wiedergeboren zu werden.

Das galt, davon war Brook überzeugt, selbst für die Beamten, die in den USA einem Verurteilten die Kanüle für die Giftspritze legten oder den Schalter am elektrischen Stuhl umlegten. Und je sensibler ein Mensch war, desto mehr hatte er unter seiner Tat zu leiden. Dass ein Mörder, ganz gleich, was ihn zu seiner Tat getrieben hatte, den Freitod als einzigen Ausweg sah, sich von der auf ihm lastenden Schuld zu befreien, war nicht ungewöhnlich.

Dennoch war dieser Fall noch nicht gelöst. Aber immerhin hatten sie einen neuen Ansatzpunkt: Bernhard Röhl. Sie mussten ihn so schnell wie möglich zur Vernehmung einbestellen.

Brook sah sich im Zimmer um.

Auf dem Boden neben dem Sofa lag eine zerbeulte REWE-Tüte. Darin musste Röhl den Strick mitgebracht haben.

Auf dem Tisch befand sich ein Blatt Papier mit einem handgeschriebenen Text darauf. Ein Kugelschreiber lag daneben.

Brook beugte sich darüber und las.

Hellkamp trat heran und las den Zettel ebenfalls. »Selbstmord, klarer Fall. Und ein Geständnis als Abschiedsbrief.«

Brook nickte. »Sieht zumindest so aus.«

25

Der Frühherbst hatte den kurzen Spätsommer wieder vertrieben. Über Nacht war die Temperatur um beinahe zehn Grad gefallen, und es nieselte draußen. Der Himmel war grau und mit dunklen Wolken verhangen. Am Morgen hatte es sogar einige starke Schauer gegeben.

Brooks Tag begann damit, dass er den Wäscheständer, den er am Abend auf den Balkon gestellt hatte, reinholen musste und die Wäsche unter Fluchen gleich zurück in die Maschine stopfte. Offenbar hatte der starke Regen aus den Balkonkästen im Stockwerk über ihm Erde herausgespült, und alles war auf seiner Wäsche gelandet, die so nicht nur wieder nass geworden war vom Regen, sondern auch noch dreckiger als vorher.

Und auch sein Arbeitstag begann mit einer unangenehmen Überraschung: Eine der großen Hamburger Boulevardzeitungen hatte einen »exklusiven« Aufmacher über den Fall gebracht, mit der Schlagzeile: »Doppelmord – War es ein Pastor?«

Der Artikel beschrieb, dass »Pastor Volker R. (45) aus Hamburg« der Hauptverdächtige der Polizei sei. Es war sogar ein Foto dabei von den eingeritzten Zeichen. Es stammte von Kranerts Leiche, und sogar das wusste die Zeitung zu berichten. Ganz klar: Irgendjemand hatte der Presse mehr erzählt, als er durfte, und ihr sogar Fotos übergeben.

Brook hatte Lejeune gleich zu Dienstbeginn damit beauftragt, seine Suche nach Bernhard Röhl fortzusetzen, die dieser schon am Vorabend begonnen hatte. Sie wussten mittlerweile, dass der Bruder des toten Pastors alleinstehend war und dass er als Frührentner in einer Kleingartenkolonie in Wandsbek-Gartenstadt wohnte, doch als Lejeune am Abend dort geklingelt hatte, hatte niemand geöffnet. Ebenso wenig am Morgen, und ans Telefon war Bernhard Röhl auch nicht gegangen. Es sah so aus, als müssten sie zunächst ohne seine Zeugenaussage weitermachen.

Jetzt saß die Soko »Wald« zusammen mit Dienststellenleiter Pöhlmann im kleinen Konferenzraum im ersten Stock. Nachdem Pöhlmann sich am Morgen zuerst über die Zeitungsmeldung geärgert und die eher hilflose Anweisung verteilt hatte, nach der undichten Stelle in der Dienststelle zu suchen, hatte Brook ihm endlich unterbreiten können, was am Vorabend passiert war. Daraufhin hatte er die Soko angehalten, keine weiteren Schritte zu unternehmen, bis er die Lage der Dinge überblickte.

Das Deckenlicht im Raum brannte, obwohl es erst kurz vor elf war, so dunkel war es draußen. Zunächst hatte Brook Kopien der zwei Briefe ausgeteilt, des Abschiedsbriefs von Volker Röhl und des Briefs, den sein Bruder ihm geschrieben hatte.

Alle fünf starrten auf die weiße Wandtafel, an der Lejeune eine Vergrößerung von Röhls Abschiedsbrief aufgehängt hatte.

Ich kann mit der Schuld nicht leben, die ich auf mich geladen habe.
Zwei der größten Sünden habe ich begangen.
Herr, vergib mir.
Judith, vergib mir.
Kinder, vergebt mir.
Ich weiß, dass ich jetzt euch alleinlasse, aber ich habe keine Wahl.

Keiner sagte etwas.

Pöhlmann wippte unruhig in seinem Stuhl nach vorn und nach hinten. Brook beobachtete seinen Chef. Man sah ihm an, dass er unzufrieden war. Ihm ging wohl wieder einmal alles nicht schnell genug.

Endlich meldete Pöhlmann sich zu Wort. »Entschuldigen Sie, meine Herren, meine Dame, was genau ist jetzt das Problem? Wir haben zwei Morde, die vom selben Täter verübt wurden, und wir haben einen Täter. Wenn ich Sie recht verstanden habe, hat er für keine der Taten ein Alibi – und auch nicht für den Zeitpunkt der Vorbereitung der ersten Tat. Außerdem ist bewiesen, dass er sich zum Zeitpunkt der ersten Tat oder kurz danach in der Nähe des Tatorts aufgehalten hat.«

Er sah Brook an, während er sprach, und Brook nickte langsam.

»Weiter im Text«, sagte Pöhlmann. »Der Verdächtige befand sich im Besitz eines Artefakts, das aus demselben Material besteht wie die Tatwaffe. Einem höchst seltenen Material, möchte ich ergänzen. Der Verdächtige hat Selbstmord begangen und in seinem Abschiedsbrief ein Geständnis hinterlassen. Schriftproben haben ergeben, dass es Röhls Handschrift ist. Wir können also sicher sein, dass Röhl der Täter ist, ich meine: war, und den Fall als abgeschlossen betrachten, oder etwa nicht? Sie haben alle gute Arbeit geleistet, ich danke Ihnen, aber jetzt ist doch alles …«

Pöhlmann schien das Wort zu fehlen, um seinen Satz zu beenden, und nach ein paar Sekunden hörte er auf, danach zu suchen. Er lehnte sich zurück und blickte in die Runde.

Hellkamp sah zum Fenster. Matthiesen und Lejeune blickten Brook an.

Brook holte tief Luft. »Nun mal langsam.« Er beugte sich vor, stützte seine Ellbogen auf dem Tisch ab und faltete die Hände. »Das Wichtigste fehlt uns leider nach wie vor.«

»Und das wäre?«, fragte Pöhlmann.

»Das Motiv. Immerhin sind die zwei Personen auf ziemlich ungewöhnliche Weise getötet worden.«

»Und die Tatwaffe haben wir auch noch nicht gefunden«, warf Hellkamp ein.

Pöhlmann setzte einen verächtlichen Gesichtsausdruck auf und machte mit der Hand eine Bewegung, als würde er eine Fliege verscheuchen.

»Papperlapapp, Motiv. Psychotischer Mörder, schizophren, was weiß ich. Das kriegen wir für die Presseerklärung mit unserem Psychologen schon hingebogen. Und was die Tatwaffe betrifft, die hat er halt irgendwo verschwinden lassen. Er hatte doch ein Kreuz im Zimmer hängen, das aus dem gleichen ungewöhnlichen Material war, oder etwa nicht?«

Brook knurrte.

»Wichtig ist«, fuhr Pöhlmann ungerührt fort, »dass der Mörder überführt ist, und er hat sich selbst gerichtet. Die Öffentlichkeit –«

»Trotzdem sind die Untersuchungen noch nicht abgeschlossen«, fiel Brook Pöhlmann nun ins Wort. »So lange werden wir ja wohl noch warten können.«

»Wovon sprechen Sie?«

Hellkamp ergriff das Wort. »Zur Stunde warten wir noch auf die Meldung der Kollegen aus Ingolstadt, die beim Internetanbieter herausfinden sollen, von welcher IP-Adresse aus auf diese Dating-Seite zugegriffen wurde. Außerdem steht die DNA-Analyse vom zweiten Tatort noch aus. Im geschlossenen Raum muss der Täter genetische Spuren hinterlassen haben. Wenn er keinen Schutzanzug oder Ähnliches getragen hat.«

»Aber wir haben doch ein Geständnis!«, sagte Pöhlmann und schnaubte.

»Finden Sie?«, fragte Brook.

Pöhlmann sah ihn verständnislos an. »Was soll das heißen?«

»Na, lesen Sie sich den Text von diesem Abschiedsbrief einmal richtig durch.«

Widerwillig sah Pöhlmann einen Moment auf die Tafel. Dann zuckte er die Schultern. »Ja – und?«

»Zwei der größten Sünden habe ich begangen«, las Brook langsam vor.

»Genau«, sagte Matthiesen. »*Zwei* der größten Sünden – was soll das heißen?«

Brook runzelte die Stirn.

»Vielleicht weil er zwei Menschen umgebracht hat«, schlug Lejeune vor.

»Das wäre aber eine seltsame Ausdrucksweise«, sagte Brook zweifelnd.

Pöhlmann schüttelte den Kopf, sah auf die Armbanduhr und stand auf. »Ich muss weg. Sie können ja gerne weitergrübeln, wenn Sie meinen, dass es Aussicht auf Erfolg hat. Guten Tag.«

Sie sahen dem Dienststellenleiter hinterher. Er ließ die Tür hinter sich offen stehen, und Lejeune stand auf, um sie zu schließen.

»Wollen wir uns wieder dem Brief zuwenden?«, fragte Hellkamp.

Brook brummte seine Zustimmung.

»Also, zwei der größten Sünden«, nahm Matthiesen den Faden auf. »Wenn Röhl hier die Morde meint, dann hätte er doch sicherlich gesagt: *Die* größte Sünde. Zwei Morde sind doch nicht gleich zwei Sünden, oder?«

»Ich weiß es nicht, ich bin kein Theologe«, sagte Hellkamp. »Aber komisch klingt es schon. Zwei der größten Sünden. Was kann er denn sonst gemeint haben?«

»Was sind denn für die Christen die größten Sünden?«, fragte Brook in die Runde.

»Das sind die sieben Todsünden. Wie war das noch? Das kennt man doch aus diesem Film …«

»Genau«, sagte Lejeune, »›Sieben‹, mit Brad Pitt. Darin kommen die Todsünden vor. Der Mörder sucht sich seine Opfer aus, weil sie alle gegen eine der Todsünden verstoßen haben.«

»Und welche sind das?«

»Völlerei, Habgier, Trägheit, Wollust, Hochmut, Neid und Zorn.«

»Donnerwetter.« Hellkamp zog die Augenbrauen hoch. »Sie sind aber bibelfest, Lejeune.«

»Na ja, ich kenne den Film ganz gut.«

»Schreiben Sie das doch mal an die Tafel.«

Lejeune stand auf, nahm den Marker und schrieb. Als er fertig war, schüttelte Brook den Kopf.

»Das verstehe ich nicht. Da kommt Mord ja gar nicht vor. Und was meint er dann? Dass er verfressen ist und faul?«

»Ich glaube, das muss man abstrahieren«, meinte Matthiesen. »Vielleicht geht es eher um die Beweggründe. Sagen wir, jemand bringt aus Habgier oder Neid einen anderen Menschen um. Dann ist die Sünde eben nicht die Tat selbst, sondern die Motivation: Der Mord ist dann nur ein besonders krasses Resultat der Sünde.«

Brook nickte langsam. »Kein schlechter Gedanke. Dann könnte er also tatsächlich ein und dieselbe Tat, die er zweimal verübt hat, mit zwei Sünden motivieren? Aber mit welchen?«

Sie starrten ein paar Sekunden auf die Tafel. Lejeune setzte sich wieder.

Hellkamp brach das Schwiegen. »Moment mal. Röhl war evangelischer Pastor. Und die sieben Todsünden sind doch, soviel ich weiß, ein Dogma der katholischen Kirche?«

»Ich weiß nicht, ist das so?«, fragte Matthiesen.

»Ja, ganz sicher«, sagte Hellkamp.

»Woher wissen Sie denn das nun wieder?«, staunte Brook.

»Ach, ich bin mal mit einer Katholikin ausgegangen, und die … Na ja.«

Er brach ab, aber Brook konnte sich schon denken, was Hellkamp meinte. Wahrscheinlich ging es hier um die Todsünde der Wollust.

»Trotzdem kann Röhl doch daran geglaubt haben, auch wenn er eigentlich evangelisch ist«, warf Matthiesen ein.

»Ich weiß nicht«, sagte Hellkamp. »Finde ich unwahrscheinlich.«

»Aber es muss doch in diesem Gebiet etwas geben, was auch für die Evangelen gilt«, brummte Brook.

Sie schwiegen wieder.

Nach einer Weile meldete sich Lejeune: »Die Zehn Gebote!«

»Hm?« Brook war aus seinen Gedanken gerissen worden.

»Na, die Zehn Gebote. Dagegen zu verstoßen ist eine Sünde, auch für einen Protestanten.«

»Klar«, bestätigte Hellkamp. »Und Mord kommt auch darin vor.«

»Und sonst, außer Mord?«, fragte Matthiesen.

»Na, Ehebruch, Lügen, Diebstahl«, sagte Brook. Daran konnte sogar er sich erinnern, vermutlich auch noch aus der Zeit des Kindergottesdienstes.

»Und die anderen sechs? Da war doch noch was mit ›keinen anderen Gott haben‹ oder so.«

Sie schauten einander ratlos an.

»Am besten, wir schauen mal im Internet nach«, schlug Hellkamp vor.

Sie wechselten in Brooks Büro und sahen schon bald die komplette Liste der Zehn Gebote vor sich auf dem Computerbildschirm.

»Bringt uns das weiter?«, fragte Brook.

»Röhl schreibt, er habe ›zwei der größten Sünden‹ begangen«, sagte Matthiesen. »Heißt das jetzt, er hat gegen zwei Gebote verstoßen, die ganz oben stehen? ›Keine anderen Götter neben mir haben‹, ›kein Bildnis machen‹, ›den Feiertag heiligen‹ – klingt alles nicht so plausibel. Vor allem, dass sich jemand deswegen umbringt.«

»Wobei das ja hinkommt«, meinte Lejeune. »Wenn er am Sonntagnachmittag vor einer Woche wirklich im Büro war und gearbeitet hat, hat er gegen dieses Gebot verstoßen: den Feiertag zu heiligen.«

»Aber das hieße ja, dass er gar nicht gechattet hat. Dass sein Alibi stimmt.«

»Nicht, wenn er doch ein Laptop hat, das er irgendwo versteckt.«

»Ich denke eher, der Verstoß gegen eines der Zehn Gebote ist eine der schlimmsten Sünden. Das hat bestimmt nicht so viel mit der Reihenfolge zu tun.«

»Und da sind wir wieder am Anfang«, seufzte Brook. »Wenn er die Morde meint, wieso dann *zwei* Sünden?«

Darauf wusste keiner eine Antwort.

»Mir fällt noch etwas anderes auf«, meinte Matthiesen. Sie las vor: »›Ich weiß, dass ich jetzt euch alleinlasse.‹ Warum sagt er nicht: ›Ich weiß, dass ich euch jetzt alleinlasse‹? Das klingt auch seltsam.«

»Ich denke mal«, sagte Hellkamp, »er ist nach Hause gekommen und hat gemerkt, dass seine Frau und die Kinder fort sind. Davon können wir wohl ausgehen.«

Brook nahm den Faden auf. »Also haben *sie* erst *ihn* alleingelassen, und jetzt lässt *er sie* allein. Wenn sie ihn wirklich verlassen hat; aber nach den Zeugenaussagen und dem Zustand der Wohnung können wir wohl davon ausgehen, denke ich.«

»Und wir haben immer noch keinen Hinweis darauf, wo seine Familie hingefahren ist?«, fragte Lejeune.

»Nein.«

»Und wenn … Ich meine …« Lejeune kostete es sichtlich Überwindung, seinen Gedanken auszusprechen. »Wenn er seine Familie auch umgebracht hat? Und dann hat verschwinden lassen?«

»Aber die Frau ist mit den Kindern weggefahren«, sagte Matthiesen. »Während Röhl noch hier war.«

»Vielleicht haben sie sich später wirklich irgendwo getroffen, und dann … Vielleicht haben sie im Haus von Frau Jansen auf ihn gewartet.«

Brook schaltete sich ein. »Die Frage ist doch: Wie viel hat Röhl seiner Frau überhaupt von alledem erzählt? Was hätten wir an seiner Stelle getan?«

»Also, ich hätte meiner Frau gesagt, dass ich eine Zeugenaussage machen muss«, meinte Hellkamp. »Oder der Polizei bei irgendetwas helfen.«

»Gut, dass Sie keine Frau haben«, sagte Matthiesen spöttisch. »Nehmen Sie es eigentlich auch sonst mit der Wahrheit nicht so genau?«

»Ich meine doch nur hypothetisch, mein Gott.«

»Na, na«, machte Brook. »Zur Sache bitte.«

»Also gut, mag sein, dass Röhl der ehrliche Typ war. Aber trotzdem müssen wir wissen, warum seine Frau mit den Kindern fort ist. Er wird kaum zu ihr gesagt haben: ›Hallo, Schatz, ich habe zwei Menschen umgebracht.‹«

»Stellen wir diesen Gedanken mal ein wenig zurück, bis wir ein paar echte Beweise gegen Röhl haben. Bisher sind es alles nur Indizien. Lejeune?«

»Jawohl?«

»Rufen Sie bitte noch einmal in Ingolstadt an. Es kann nicht sein, dass die so lange brauchen, um uns diese Informationen von der Firma zu besorgen.«

»Von der Internetfirma?«

»Ja, was denn sonst.«

Lejeune ging.

»Und jetzt?«, fragte Matthiesen.

»Wir brauchen die DNA-Analyse und die IP-Adresse«, gab Brook zurück. »Dann können wir weitergrübeln. Vielleicht machen wir so lange mal Pause. Sie haben sicher auch noch Dinge zu erledigen. Wenn Lejeune etwas zu berichten hat, sage ich Bescheid.«

Matthiesen und Hellkamp verließen das Büro, und Brook ertappte sich dabei, wie er gedankenverloren auf Thea Matthiesens Hintern sah, als sie hinausging.

Brook starrte auf den Bildschirm. Müde war er auf einmal, sehr, sehr müde.

Er schloss die Augen. Ein paar Ideen schwirrten ihm im Kopf herum, ohne dass er wirklich festmachen konnte, was es genau war. Es war, als ob sein Gehirn versuchte, Verbindungen zwischen einzelnen Bausteinen in diesem komplizierten Fall zu ziehen, den sein Chef schon für abgeschlossen hielt, aber bei dem es immer noch lose Enden gab.

Was war das Motiv?

Das war die dringlichste Frage. Zu dumm, dass sie Röhl nicht mehr fragen konnten. Was meinte er mit den »zwei Sünden« in seinem Abschiedsbrief? Warum war seine Frau mit den Kindern verschwunden?

Das Telefon klingelte.

Brook nahm den Hörer ab und knurrte unfreundlich hinein: »Was gibt's?«

Es war Lejeune. »Hallo, Herr Hauptkommissar.«

»Und, was sagen die Kollegen in Ingolstadt?«

»Was? Ach so, sie sagen, heute nach dem Mittagessen.«

Na toll.

»Ist sonst noch was?«

Irgendetwas stimmte nicht. Irgendwie klang Lejeune aufgeregter als sonst.

»Ja, Herr Brook, äh … ich rufe ja gar nicht deshalb an, sondern … Ich bin im Labor. Es ist etwas gefunden worden. Das müssen Sie sich sofort anschauen, das *Corpus Delicti*.«

Corpus Delicti. Konnte der sich nicht ein Mal normal ausdrücken?

Als Brook und Hellkamp im Labor ankamen, trat Lejeune bereits ungeduldig von einem Bein aufs andere. Er sah aus, als müsse er dringend auf die Toilette.

»Da sind Sie ja endlich«, platzte er heraus.

Brook merkte, dass er sich zusammenreißen musste. Aber er konnte seinen Ärger nicht ganz herunterschlucken.

»Hören Sie mal, Lejeune. Es mag ja sein, dass das hier wichtig ist, aber deshalb haben Sie noch lange nicht das Recht, weisungsbefugten Beamten –«

»Jetzt nicht«, unterbrach ihn Hellkamp. »Was gibt es denn, Lejeune?«

Der sagte jetzt nichts mehr, sondern zeigte auf einen großen Metalltisch, auf dem eine Schale stand. Darin lag etwas, was wie ein Haufen hellblau und weiß gestreifter Stoff mit braunen Flecken aussah.

»Was ist das?«, fragte Hellkamp.

Lejeune antwortete nicht, sondern ließ einem Mann mit weißem Kittel den Vortritt, dem Laborleiter Dr. Kolb. Der sah sie durch die dicken Gläser seiner Brille prüfend an, holte ein Stofftaschentuch aus der Kitteltasche, putzte sich umständlich die Nase und deutete dann auf die Schale auf dem Tisch.

»Das hier ist ein Strampler.«

»Strampler?«, fragte Brook. »Babykleidung? Wo hat man das gefunden?«

»In einer Hecke gegenüber vom Haus der Toten«, sagte Lejeune. »Da hat ihn jemand hineingestopft.«

»Der Toten? Welcher Toten?«

»Na, in Steilshoop. Das zweite Opfer von Röhl, Sarah Heinemann.«

Brook nickte.

Sie betrachteten das Fundstück. Auf der Vorderseite hatte jemand »Ben« eingestickt. Die Stickerei sah nach Handarbeit aus, die Buchstaben standen in unregelmäßigen Abständen voneinander.

»Der Name des Kindes, nehme ich an?«

Brooks Frage blieb im Raum stehen.

Hellkamp deutete auf die braunen Flecken an Ärmeln und Beinen. »Die Flecken da …«

»… sind Spuren von Blut«, beendete Dr. Kolb den Satz. »Und bevor Sie fragen: Die Blutgruppe stimmt mit der der Toten überein. Ob es ein exaktes Match ist, wissen wir erst später.«

»Das Babygeschrei in der Wohnung«, murmelte Hellkamp. »Also doch.«

»Wie bitte?«

Brook winkte ab. »Ach, nichts. Sind schon Fotos davon auf dem Server?«

Der Mann im weißen Kittel nickte.

»Bitte geben Sie uns gleich Bescheid, wenn die Analyse abgeschlossen ist«, sagte Brook. Dann wandte er sich an Lejeune: »Und Sie kommen auch gleich und bringen Matthiesen mit.«

»Ah, ich verstehe. Großer Kriegsrat«, sagte Lejeune und versuchte ein Grinsen, was nur halb gelang. Dazu war er zu aufgeregt.

Brook wollte den Kopf schütteln und sich schon wieder ärgern, über Lejeunes unpassende Formulierung. Aber er sah Hellkamps beschwichtigenden Blick und verkniff es sich.

26

Es war bereits kurz vor eins, als die Soko erneut an Brooks Schreibtisch versammelt war.

»Solange die Blutanalyse dauert, können wir schon einmal überlegen, was wir davon halten«, schlug Brook vor. »Ein Strampelanzug in der Hecke.«

»Zumindest bedeutet es, dass sich die Nachbarin von Frau Heinemann nicht geirrt hat. Es war ein Baby in der Wohnung«, sagte Hellkamp. »Und über DNA-Spuren können wir schnell herausfinden, ob in dem Strampler Röhls eigenes Kind gesteckt hat.«

Matthiesen meldete sich wieder zu Wort. »Entschuldigung, mir ist gerade etwas eingefallen. Es mag ein wenig weit hergeholt sein, aber ich habe mich die ganze Zeit schon gefragt, an was mich das erinnert: der Strampelanzug. Und jetzt hab ich's.«

»Und?«, fragten Hellkamp und Lejeune wie aus einem Mund.

»Der Fall im Stadtpark neulich. Das entführte Baby, wo wir dachten, es könnte eine vorgetäuschte Entführung sein.«

»Ich rufe sofort die Kollegen in Barmbek an.« Brook griff zum Hörer, »die werden eine Beschreibung der Kleidung des entführten Kindes haben. Wenn der Strampler hellblau-weiß quergestreift war … Hallo? Verbinden Sie mich mit dem PK 33.«

Er wartete. Die anderen sahen ihn gespannt an.

Das Gespräch dauerte nicht lang. Als er aufgelegt hatte, atmete Brook tief ein. »Das vermisste Baby aus dem Stadtpark hatte einen hellblau-weiß gestreiften Strampelanzug an. Und es heißt Ben.«

»Es kann doch trotzdem sein«, sagte Matthiesen, »dass das Blut am Strampler das Blut des Babys ist, oder?« Sie machte ein Gesicht, als sei sie über ihre eigenen Worte erschrocken.

»Das habe ich auch schon gedacht. Falls Frau Heinemann zufällig die gleiche Blutgruppe hatte wie das Baby.«

»Es ist aber doch merkwürdig«, meinte Hellkamp, »dass der Täter dieses Beweisstück einfach so in eine Hecke stopft – direkt gegenüber vom Haus der Ermordeten. Das ist schon wieder so ähnlich wie mit dem Toten im Wald und der offenen Wohnungstür. Entweder will er, dass man ihm auf die Schliche kommt, oder es ist ihm völlig egal.«

»Oder er ist ein Psychopath«, sagte Brook.

»Moment«, sagte Lejeune, »aber spricht das jetzt nicht wieder alles dagegen, dass Röhl unser Mann ist?«

»Nur dagegen, dass –«

Das Telefon klingelte und unterbrach Brooks Antwort. Er hörte ein paar Sekunden zu und sagte dann: »Danke sehr. – Das war das Labor. Das Blut am Strampelanzug ist das der toten Frau Heinemann.«

Matthiesen seufzte auf. »Gott sei Dank.«

»Mahlzeit«, sagte Hellkamp. »Kantine?«

In der Kantine saß Brook vor einem Teller Erbsensuppe mit Würstchen. Er stocherte im Essen herum, hatte aber keinen Appetit. Hellkamp schien der Eintopf hingegen zu schmecken. Matthiesen hatte einen Salatteller vor sich, Lejeune war nicht dabei. Das Ganze war ihm wohl auf den Magen geschlagen.

»Es wird immer verworrener.« Hellkamp sprach mit vollem Mund.

»Hm – was?« Brook war in Gedanken gewesen.

»... immer seltsamer.« Hellkamp schluckte den Bissen herunter. »Jetzt ist auch noch ein entführter Säugling mit im Spiel. Wie passt das denn zu Röhl?«

»Gar nicht. Wo soll das Kind denn sein?«

»Vielleicht hat Frau Röhl es mitgenommen«, sagte Matthiesen. »Na ja, Spaß beiseite. Wir –«

»Wieso Spaß?«, unterbrach sie Brook. »Warten Sie doch mal. Wir hatten angenommen, dass das Baby in der Wohnung der Ermordeten Röhls Kind war. Wenn Röhl der Täter war.« Er machte eine kurze Pause. »Was wäre aber, wenn Röhl das Baby entführt hat?«

»Dann hätte Frau Röhl ja das gestohlene Baby auf dem Arm gehabt, als Lejeune und ich sie angetroffen haben.«

Brook nickte wieder. »Auf jeden Fall lassen wir nach Frau Röhl fahnden und informieren so schnell es geht das PK 33 über unseren Verdacht.«

»Das Baby im Stadtpark wurde letzten Mittwoch entführt, oder?«, fragte Matthiesen. »Und wann waren Sie das erste Mal in Schnelsen?«

»Am Donnerstag.«

»Und am selben Nachmittag haben die Kollegen in Barmbek uns um Amtshilfe gebeten.«

»Zwei Sünden«, murmelte Brook. »Zwei der größten Sünden – Kindesentführung und Mord.«

Hellkamp schlug mit der flachen Hand auf die Tischplatte und rief: »Bingo! Es passt alles zusammen. Wieder einmal.«

Matthiesen sah Brook an. »Langsam fange ich an zu glauben, dass Pöhlmann recht hat.«

»Kann sein«, sagte Brook. »Es sieht alles danach aus. Vielleicht können wir den Fall wirklich abschließen. Zumindest die Todesfälle.«

»Aber das Kind müssen wir immer noch finden. Oder hat Röhl es auch umgebracht?«

»Möglich. Zumindest scheint es wahrscheinlich, dass er es entführt hat.«

»Oder seine Frau. Vielleicht wollten sie noch ein Kind, und sie hat keins bekommen können.«

»Dennoch bleibt bei allem die Frage: Warum?«

»Genau«, stimmte Matthiesen Brook zu. »Was ist bloß das Motiv?« Sie schob sich eine Gabel voll Salat in den Mund. Etwas von der Salatsoße lief ihr übers Kinn, und sie wischte es mit der Papierserviette weg.

Brook beobachtete sie. Sie fing seinen Blick auf, und er fühlte sich ertappt. Er starrte in seinen Suppenteller.

»Manchmal finden wir das Motiv für eine Tat eben nicht heraus, damit muss man sich manchmal abfinden«, sagte Hellkamp.

»Wir brauchen trotzdem noch die IP-Adresse aus Ingolstadt als Beweis. Und wir sollten noch abwarten, was mit den DNA-Spuren aus der Wohnung in Steilshoop ist. Ich denke, dann kann der Mordfall zu den Akten.«

Ganz wohl war ihm nicht dabei. Doch sie hatten nur einen Verdächtigen, und der hatte ein Geständnis im Abschiedsbrief hinterlassen, nachdem er seinem Bruder gegenüber die Morde gestanden hatte. Und jetzt, wo offenbar auch noch das entführte Baby Teil des Falls war, schien auch klar, warum Röhl sich in seinem Abschiedsbrief »zweier der größten Sünden« bezichtigt hatte – er hatte Menschen umgebracht, und er hatte ein Kind entführt.

Es passte alles so gut zusammen, dass Brook sich ein wenig über sich selbst ärgerte, dass er immer noch zweifelte. Es war, als müsste er sich einreden, dass die Puzzleteile zueinanderpassten. Wenn er ehrlich war, musste er sich eingestehen, dass Volker Röhl auf ihn einfach nicht gewirkt hatte wie ein Mörder. Schon wie jemand, der *fähig* war, einen Mord zu begehen, denn das waren in Brooks Augen die meisten Menschen, so viel hatten ihn seine dreißig Dienstjahre gelehrt. Aber er hatte auf ihn nicht den Eindruck eines Menschen gemacht, der gerade einen Mord, sogar zwei Morde, zwei geradezu bestialische Tötungen begangen hatte.

Natürlich sprach alles dagegen. Aber das hatte er schon immer getan: gezweifelt. An sich selbst, an seinen Fähigkeiten, daran, ob er ein guter Kriminalkommissar war, daran, ob er für Anna ein guter Ehemann war. Gewesen war.

Vielleicht sollte er sich doch einmal mit der Psychologin unterhalten, die in ihrer Dienststelle arbeitete, Frau Dr. Döring. Unter Umständen konnte sie ihm helfen zu verstehen, wieso ein Pastor mit einem Kalksteinwerkzeug jungen Homosexuellen die Genitalien verstümmelte.

Und alles andere.

»Herr Brook?«

Es war Lejeune, der seinen Gedankengang unterbrach. Er stand neben ihrem Tisch und hatte einen Zettel in der Hand. Seinem Gesichtsausdruck entnahm Brook, dass es endlich einmal gute Nachrichten gab.

»Was gibt es denn, Lejeune?«

»Ich habe Bernhard Röhl erreicht, wie Sie es mir aufgetragen haben.«

»Schön. Und?«

»Er ist zu Hause, falls Sie hinfahren möchten. Ich kann ihn aber auch anrufen, dass er hierherkommt, wie Sie wollen.«

»Dass sein Bruder tot ist, weiß er wahrscheinlich noch nicht?«

Lejeune schüttelte den Kopf. »Das glaube ich kaum. Jedenfalls nicht von uns. Ich hatte ihn ja auch eben nur am Telefon.«

»Wir fahren hin.« Brook blickte erst Hellkamp an, dann Matthiesen. »Wer kommt mit?«

Erst als Hellkamp »Ich!« gesagt hatte, aufstand und seine Jacke anzog, wurde Brook bewusst, wie viel lieber er mit Thea Matthiesen gefahren wäre.

27

Bernhard Röhl wohnte in einem kleinen Haus inmitten einer Kleingartensiedlung, keine zwei Kilometer von ihrer Dienststelle entfernt und in unmittelbarer Nähe einer Abteilung des Bundeswehrkrankenhauses, wie Brook feststellte.

Hellkamp entdeckte das Gebäude ebenfalls auf dem Navigationsgerät, als sie kurz vor der U-Bahn-Station Wandsbek-Gartenstadt abbogen: »So was. Hätte Bernhard Röhl seinen Bruder man hierhergebracht, oder?« Er zeigte auf den kleinen Bildschirm und las vor: »›Abteilung Neurologie und Psychiatrie‹.«

Ein paar hundert Meter und zwei Straßenecken weiter erreichten sie die Schrebergärten und mussten das Auto stehen lassen. Es dauerte eine ganze Weile, bis sie die Parzelle fanden, wo Bernhard Röhl wohnte.

Der Garten sah gepflegt aus, der Rasen war ordentlich geschnitten. Ein paar kleine Beete mit Blumen, zwei Apfelbäume, deren Blätter sich bereits verfärbten. Sie betraten das Grundstück durch die Gartenpforte; alles war akkurat, wie Brook bemerkte, das Holz des niedrigen weißen Zauns mit der Pforte sah aus wie frisch gestrichen, zwischen den Gehwegplatten, die zum Häuschen führten, war kein Moos, kein Grashalm zu sehen.

Das Haus selbst war klein, sah aber stabil aus, ein flaches Giebeldach, weiß verputzte Wände, auch hier alles ordentlich und sauber, und an der rechten Seite ein Anbau aus Holz mit großen Fenstern, wie ein Wintergarten.

Sie klingelten, und keine fünf Sekunden später hörten sie, wie jemand hinter der Tür eine Kette löste, dann wurde sie geöffnet.

Brook erkannte ihn sofort. Bernhard Röhl war der Mann gewesen, den er am vergangenen Samstag beobachtet hatte, als er in der Innenstadt gewesen war. Der dem Türsteher-Prediger als Einziger interessiert zugehört hatte und sogar die Bibeltexte auswendig gekannt zu haben schien. Ihm fiel ein, dass er damals dachte, er habe das Gesicht schon einmal gesehen, und Bernhard Röhl hatte tatsächlich eine gewisse Ähnlichkeit mit seinem Bruder.

Dabei hatte Brook, wie ihm einfiel, zu dem Zeitpunkt ja

auch Volker Röhl nur vom schwarz-weißen, grobkörnigen Foto des mobilen Erfassungsgeräts her gekannt. Was Brook ebenfalls auffiel: Bernhard Röhl trug wieder genau die gleiche Kleidung, einen hellgrauen Anzug, ein weißes Oberhemd und einen schwarzen Schlips. Und das in seinen eigenen vier Wänden.

»Guten Tag, Herr Hellkamp«, sagte Röhl und streckte die Hand aus. »Und Sie sind …?«

»Hauptkommissar Brook.« Brook griff in seine Jackentasche, um seinen Dienstausweis hervorzuholen, aber Röhl winkte ab.

»Lassen Sie nur! Das glaube ich Ihnen auch so.«

»Vorschrift«, murmelte Brook, zog den Ausweis heraus, klappte ihn kurz auf und steckte ihn gleich wieder weg.

»Kommen Sie herein, meine Herren.«

Im Inneren des Häuschens sah es genauso ordentlich und sauber aus wie im Garten: Alles stand, lag oder hing an seinem Platz. Nachdem Röhl sie dazu aufgefordert hatte, nahmen sie auf einem altmodisch aussehenden Sofa Platz, das Teil einer Sitzgruppe war, die, wie viele Möbel hier, aus den fünfziger oder sechziger Jahren zu stammen schien. Nicht den angesagten Retro-Sechzigern, sondern den spießigen Sechzigern, wie Brook sie als Kind gerade noch selbst miterlebt hatte.

Röhl bot ihnen Getränke an, aber sie lehnten ab. Brook wusste, dass es in einer solchen Situation das Beste war, mit der Todesnachricht nicht zu lange zu warten.

»Wir haben leider keine guten Nachrichten für Sie«, begann er. »Ihr Bruder ist gestorben. Es tut uns sehr leid.«

Bernhard Röhl blickte ihn fassungslos an. Dann sah er zu Boden. Er sagte kein Wort. Nach ein paar Sekunden stützte er die Ellenbogen auf den Couchtisch vor sich und vergrub sein Gesicht in den Händen. Doch er gab immer noch keinen Ton von sich, man hörte ihn nicht einmal atmen.

Nach einer halben Minute richtete er sich wieder auf. Seine Augen glänzten feucht.

»Wie ist es denn passiert?« Seine Stimme zitterte leicht, man merkte, dass er mit großer Kraftanstrengung versuchte, sich zu beherrschen.

Hellkamp übernahm. »Er hat Selbstmord begangen. Wirklich, herzliches Beileid.«

Röhl schüttelte den Kopf. Dann lehnte er sich im Sessel zurück und atmete langsam und tief ein und aus.

Brook war froh, dass Bernhard Röhl nicht nachfragte, wie es genau geschehen war. Er wollte dem Mann die Details gern ersparen, wenn sich das machen ließe. Stattdessen beschloss er zu versuchen, ein Gespräch über etwas ganz anderes zu beginnen.

Er wusste nicht, ob das psychologisch geschickt war, aber die Erfahrung hatte ihn gelehrt, dass es von Vorteil war, den oder die Betroffenen erst einmal abzulenken.

»Sagen Sie, wie ist das eigentlich, Sie wohnen hier ganz offiziell? Im Schrebergarten?«

»Im Behelfsheim«, verbesserte ihn Bernhard Röhl.

Er schien sich zu beruhigen, suchte in seiner Hosentasche, fand ein Stofftaschentuch und schnäuzte sich, bevor er weitersprach.

»Ich bin hier geboren, Anfang 1953. Das hier ist eines der Häuser, die man nach dem Krieg gebaut hat; meine Eltern sind kurz nach 45 hierhergezogen. Sie sind in Eilbek ausgebombt worden und dann hiergeblieben.« Seine Stimme war jetzt fester und ruhiger. »Das ist natürlich eine Ausnahme, normalerweise darf man nicht im Kleingarten wohnen. Aber der ursprüngliche Pächter eines Behelfsheims wie diesem hier hat Wohnrecht auf Lebenszeit. Vererben könnte ich das Wohnrecht nicht, aber ich bin ja ohnehin alleinstehend.«

»Sie haben also mit Ihren Eltern hier gewohnt?«, fragte Brook.

»Ja, bis sie verstorben sind.«

»Wann war das?«

Röhl überlegte kurz. »Das war … 2005.«

Wie es jemand so lange mit seinen Eltern aushalten konnte, war Brook schleierhaft. Ihn wunderte auch, dass beide Elternteile im selben Jahr gestorben waren.

»Und Sie sind nicht erwerbstätig?«

»Ich bin Frührentner. Aber ich habe genug zu tun.« Um Bernhard Röhls Mundwinkel lag die Andeutung eines Lächelns.

»Was machen Sie denn so?«

»Ich lerne Sprachen.«

»An der Volkshochschule?«

»Nein, nein. Die bringe ich mir selbst bei.«

»Übers Internet?«

»Nein, mit Büchern. Internet habe ich nicht.«

»Welche Sprachen lernen Sie denn?«

»Griechisch und Hebräisch möchte ich lernen. Damit ich die Heilige Schrift im Original lesen kann.«

Hellkamp pfiff anerkennend. »Sicher nicht einfach.«

»Wissen Sie, wenn man ein konkretes Ziel hat, dann fallen einem viele Dinge im Leben leichter. ›Gehe hin zur Ameise, du Fauler; siehe ihre Weise an und lerne!‹«

»Ein Bibelzitat?«, riet Hellkamp.

Röhl nickte. »Sprüche, 6. Kapitel.«

Brook entschied, dass dies genug Small Talk war, und wollte sich endlich ihrem eigentlichen Anliegen widmen.

»Sie haben Ihrem Bruder einen Brief geschrieben.« Brook zog das zusammengefaltete Blatt aus der Tasche. »Darin schreiben Sie, dass er sich Ihnen anvertraut hat. Was genau meinen Sie damit?«

Der Mann im grauen Anzug schien perplex. »Das fragen Sie mich jetzt?«

Brook sagte nichts.

»Eben haben Sie mir mitgeteilt, dass mein Bruder tot ist? Und jetzt soll ich ihn mit Schmutz bewerfen?«

»Herr Röhl …«, versuchte Hellkamp sich einzuschalten.

Bernhard Röhl sprang auf. »Was glauben Sie eigentlich, wer Sie sind?«, rief er. »Volker ist tot! Er hat sich selbst gerichtet und muss sich nun vor Gott verantworten! Was wollen Sie denn da noch?«

Er stand nun hinter dem Sessel, atmete schwer und krallte seine Finger in die Rückenlehne.

»Ich wollte Sie nicht persönlich angreifen«, sagte Brook beschwichtigend. »Bitte setzen Sie sich wieder. Können Sie uns noch ein wenig über Ihren Bruder erzählen? Wie war Ihr Verhältnis? Wenn Sie sich nicht dazu in der Lage fühlen, dann verstehen wir das natürlich.«

»Nein, nein«, sagte Bernhard Röhl. Er nahm wieder Platz. »Es geht schon, und Sie machen ja auch nur Ihre Arbeit. ›Du wirst dich nähren deiner Hände Arbeit; wohl dir, du hast es gut.‹«

»Wie bitte?«

»Psalm 128.«

»Aha.«

»Was meinen Bruder betrifft, so hatten wir immer ein gutes Verhältnis. Er ist ja sehr viel jünger als ich. Als er zur Welt kam, war ich dreizehn Jahre alt, und da unser Vater arbeiten musste, habe ich ihn mit großgezogen.«

»Und Ihre Mutter?«

»Die starb kurz nach Volkers Geburt. Das war schlimm für uns. Es gab Komplikationen … ich kenne mich da nicht so gut aus.«

Brook runzelte die Stirn. »Sagten Sie nicht, Ihre Eltern seien beide 2005 gestorben?«

Röhl überlegte kurz. »Da müssen Sie mich missverstanden haben. Meine Mutter ist ja schon lange tot. Möchten Sie nicht doch etwas trinken?«

Brook schüttelte den Kopf, Hellkamp verneinte.

»Aber Sie haben nichts dagegen, wenn ich mir ein Glas Wasser hole?«

Er stand auf und verließ den Raum. Man hörte nebenan den Wasserhahn laufen. Mit einem Glas in der Hand kam der Mann zurück und setzte sich wieder.

»Damals war es oft nicht leicht, mit dreizehn hat man ja auch andere Interessen, aber es hat Volker und mich sehr eng zusammengeschweißt. Wenn ich vormittags in der Schule war, hat sich eine Nachbarin um ihn gekümmert; nachmittags habe ich ihm die Windeln gewechselt und die Flasche gegeben. Es war eine schwere Zeit, aber unser Vater hat uns gezeigt, wie wir Kraft in Jesus Christus finden können.«

Brook versuchte einzuschätzen, ob Bernhard Röhl überhaupt klar war, wessen sein Bruder verdächtigt wurde. Vielleicht hatte er die Schlagzeilen der letzten Tage nicht bemerkt. Auf jeden Fall blieben die Beteuerungen, Volker Röhl könne nicht der Täter sein, bislang aus, und das war Brook auch ganz recht.

Sie saßen einen Moment schweigend da, bis er das Gespräch wieder aufnahm. »Haben Sie im Laufe der letzten Zeit, vielleicht des letzten Jahres, eine Veränderung bei Ihrem Bruder bemerkt?«

»Ich weiß nicht.« Röhl griff nach seinem Glas und nahm einen Schluck Wasser. »Mein Bruder war früher ein sehr offener und fröhlicher Mensch. Auch was seinen Glauben betrifft. Aber im letzten Jahr hat er sich tatsächlich verändert. Ich habe es das erste Mal gemerkt, als ich an einem Sonntag mit ihm angeln gehen wollte. Das war im letzten Sommer. Das haben wir früher öfter mal gemacht, sonntags, ganz früh, vor seinem Gottesdienst. Wenn die Sonne aufging. Als ich mit ihm telefonierte, sagte er: ›Du sollst den Feiertag heiligen!‹ und nannte mich gottlos. Mich! Er legte einfach auf, und als ich ihn später noch einmal anrief, da war er sehr unfreundlich zu mir. Wissen Sie, ich bin auch gläubig, so haben unsere Eltern uns erzogen. Aber gegen Angelngehen hat der liebe Gott nichts, da können Sie sicher sein.«

»Aber ab da war Schluss mit dem Angeln?«

»Ja, und Volker hat sich immer mehr von mir zurückgezogen.«

»Haben Sie mit Ihrer Schwägerin darüber gesprochen?«, fragte Hellkamp.

Bernhard Röhl schüttelte den Kopf. »Ich wollte Volker nicht hintergehen. Ich dachte, er muss selbst wissen, was er tut. Aber eines Tages rief Judith mich von sich aus an und erzählte mir etwas, was mich erneut beunruhigte.«

»Was war das?«

»Er hatte ihren Fernseher weggeworfen! Sie hatten so einen großen, flachen Fernseher, und eines Tages kam Judith nach Hause, das war kurz, bevor das Baby kam, und der Fernseher war verschwunden. Der Punkt ist: Er hatte das teure Fernsehgerät zum Recyclinghof gebracht. Sie wusste gar nicht, was das sollte, aber er sagte nur, das Fernsehen sei Teufelszeug und er werde nicht zusehen, wie seine Kinder damit aufwüchsen. Sie war so aufgeregt, dass sie mich hinterher anrief, deshalb weiß ich überhaupt davon. Wir telefonieren eigentlich nicht so oft. Aber sie sagte, er sei so komisch gewesen, gar nicht wie er selbst. Als wäre er besessen, das hat sie gesagt. Das weiß ich noch genau.«

Hellkamp sah sich in dem kleinen Zimmer um. »Sie haben selbst auch keinen Fernseher, was?«

Röhl schüttelte den Kopf. »Ich lese lieber.«

»Was glauben Sie, warum er das getan hat?«

Röhl zögerte einen Moment lang, bevor er antwortete: »Dahinter steckt sicher das BHJ.«

Hellkamp und Brook tauschten einen erstaunten Blick aus.

»Was ist denn das BHJ?«

»Na, ›Blutendes Herz Jesu‹. Dass die sich überhaupt so nennen. Pfui! Mein Bruder hätte sich niemals mit denen einlassen sollen.«

Der Name kam Brook irgendwie bekannt vor, er konnte ihn nur nicht einordnen. Er bemerkte erleichtert, dass Hellkamp sich bereits Notizen machte.

»Und wer oder was ist denn das?«

»So eine Art Sekte. Oder ein Geheimbund. Nennen Sie es, wie Sie wollen. Radikale sind das. Volker hat mir einmal davon erzählt, vielleicht wollte er, dass ich da mitmache. Aber als er gemerkt hat, dass er damit bei mir keine offenen Türen einrennt, hat er es nicht wieder erwähnt.«

»Wann war das?«

Röhl überlegte kurz. »Anfang des Jahres, glaube ich.«

»Und was ist das für eine Gruppe?«

»Keine Ahnung. Es ist nichts Offizielles, es gibt keine Kirche oder so etwas.« Bernhard Röhl kniff die Augen zusammen und atmete tief durch. »Ich weiß es wirklich nicht. Nur eins ist klar: Es sind fehlgeleitete Menschen. Jesus Christus steht für die Liebe, nicht für den Hass.«

In diesem Moment fiel Brook wieder ein, wo er diesen Namen bereits gehört hatte: Diese Gruppe war es gewesen, die die Besitzerin der Internetfirma in Lauenburg erwähnt hatte und die dort mit Drohanrufen in Erscheinung getreten war. Das »Blutende Herz Jesu« mussten sie auf jeden Fall im Auge behalten.

Brook betrachtete den Mann, der auf der vorderen Kante des Sessels saß. Er wusste noch nicht recht, was er von ihm halten sollte. Immerhin schien er ein gutes Gedächtnis zu haben, davon zeugte auch, dass er Bibelstellen auswendig konnte. Sie mussten den wichtigsten Punkt mit Bernhard Röhl noch klären.

»Sie meinen also«, sagte er, »dass Ihr Bruder von dieser Gruppe radikalisiert wurde.«

Röhls Lippen wurden schmal. Dann nickte er mechanisch.

»Ja, das meine ich. Wahrscheinlich haben die ihn auch in den Tod getrieben.«

»Können Sie das näher erläutern?«

»Ja, Herr Hauptkommissar. Das, was er getan hat, war eine schwerwiegende Sünde, nach jedermanns Verständnis, nicht nur nach dem christlichen. Und wenn diese Gemeinschaft so radikal ist, dass man nicht einmal am Sonntag angeln gehen darf, um wie viel schwerer muss es dann wiegen, wenn man eine Sünde begeht? Eine wirkliche Todsünde, die man nicht wiedergutmachen kann?«

Brook wurde ungeduldig. Es passte alles zusammen, jedes Detail. Dass eine mysteriöse Sekte damit zu tun hatte, war eine unerwartete Wendung, passte aber genau ins Gesamtbild. Radikalisierung, Verlust rationalen Denkens, durch Gehirnwäsche vielleicht. Sie hatten ihren Mörder, aber Brook musste es dennoch hören. Er musste es mit eigenen Ohren hören, dass Volker Röhl seinem Bruder gegenüber die Taten gestanden hatte.

»Herr Röhl, ich muss Sie leider noch einmal fragen: Was ist es, das Ihr Bruder getan hat? Das er Ihnen anvertraut hat?«

Röhl sah erst zu Brook, dann zu Hellkamp, dann schaute er zu Boden und schüttelte den Kopf.

»Ich muss Sie bitten, die Frage zu beantworten.«

»Ich kann nicht.«

»Sie wollen nicht.«

Der Mann im grauen Anzug blickte ihn an, und Brook sah, wie Röhl Tränen die Wangen herunterliefen.

»Ich habe Volker versprochen, niemandem gegenüber davon zu sprechen. Judith könnte ich das auch nicht zumuten.«

»Herr Röhl …«

»Und jetzt möchte ich Sie bitten, zu gehen.«

Brook spürte, dass sie hier nichts mehr ausrichten konnten. Er würde Bernhard Röhl in den nächsten Tagen vorladen lassen. Sie verabschiedeten sich.

Zurück in der Dienststelle wollte Brook gleich Lejeune damit beauftragen, in ihren eigenen Akten und im Internet über die »Blutendes Herz Jesu«-Sekte nachzuforschen. Kaum war er im Büro, tauchte Lejeune auf, hatte allerdings selbst etwas zu vermelden:

»Die Kollegen in Ingolstadt. Sie haben die IP-Adresse ermittelt, von der aus Röhl sich mit Kranert im Wald verabredet hat.«

»Das ist ja schön.«

»Aber nicht nur das.« Lejeune grinste breit und wedelte mit seinem Zettel, als wollte er sich Luft zufächern.

Brook sah ihn fragend an.

Musste man ihn immer zweimal bitten?

»Na, was denn, Lejeune?«

»Sie haben auch noch die dazugehörige Adresse ermittelt«, vermeldete er stolz.

Brook nahm Lejeune den Zettel ab und las, was darauf stand.

Es war tatsächlich eine Adresse. Aber es war nicht das Haus der Röhls in Schnelsen und auch nicht das Pfarramt in Krambek.

Brook starrte auf den Zettel und schüttelte den Kopf.

Auf dem Papier stand: »Barmbeker Callshop & Internetcafé, Wiesendamm 150 a«.

28

Kurze Zeit darauf saßen sie wieder alle vier in Brooks Büro zusammen und versuchten, die neue Information in das bisher bekannte Schema einzuordnen.

»Das Ergebnis ist nicht das erhoffte«, begann Brook. »Das ist ja wohl klar. Dass die Adresse direkt mit Röhl in Verbindung zu bringen ist, wie wir gehofft hatten, ist leider nicht der Fall.«

Matthiesen griff den Faden auf. »Aber komplett gegen Röhl spricht es auch nicht, oder?«

»Na ja, warum sollte er nach Barmbek fahren, um das Internet zu benutzen?«, fragte Hellkamp. »Zwischen seiner Wohnung beziehungsweise Arbeit und Barmbek sind es über zwanzig Kilometer. Dazwischen liegen sicher drei Dutzend Internetcafés.«

»Moment mal«, sagte Brook. »Wiesendamm ... wer kennt sich da aus?«

»Ich«, antwortete Lejeune eifrig. »Was denn?«

»Wo ungefähr liegt denn das?«, wollte Brook wissen.

»Der Wiesendamm führt von –«

»Das weiß ich selbst«, unterbrach ihn Brook unwirsch. »Aber an welchem Ende liegt die Hausnummer 150?«

Lejeune machte große Augen. »Woher soll ich denn das wissen?«

Hellkamp rollte mit seinem Schreibtischstuhl vor den Rechner, rief Google Maps auf und gab die Adresse ein. Das Ganze dauerte nur ein paar Sekunden.

»Das ist an der Ecke Borgweg«, sagte er, »bei der U-Bahn. Schräg gegenüber vom Kommissariat 33, übrigens.«

»Beginnt da nicht auch der Stadtpark?«, fragte Matthiesen.

Hellkamp nickte. »Der Stadtparksee ist auch nicht weit. Ein paar hundert Meter nur.«

»Und da ist das Baby entführt worden.«

»Also passt das Barmbeker Internetcafé schon ins Bild«, sagte Matthiesen, »nur nicht ganz zu Röhl?«

»Gewissermaßen. Auf jeden Fall war er nicht zufällig dort und hat mit Kranert gechattet, bevor er das Kind entführt hat. Denn das war ja erst Tage später.«

»Moment mal«, sagte Hellkamp. »Vielleicht hat er nach dem

Gespräch, ich meine, dem Chat mit Kranert, einen Spaziergang durch den Stadtpark gemacht? Und dabei ist ihm die Idee gekommen mit der Entführung. Oder er hat sogar da schon sein Opfer ausgespäht. Oder andere potenzielle Opfer.«

»Möglicherweise war an dem Tag auch nichts für ihn dabei«, schlug Matthiesen vor.

»Wir sollten mit den Eltern des entführten Kindes reden«, sagte Brook. »Es kann ja sein, dass sie tatsächlich auch schon am Sonntag im Park waren. Wollen Sie das übernehmen, Matthiesen?«

Matthiesen sah ihn an und lächelte. »Gerne doch.«

»Zeigen Sie ihnen auch ein Foto von Röhl; kann ja sein, dass die Leute ihn im Stadtpark gesehen haben. Und wer übernimmt das Internetcafé?«

»Wie wär's mit Lejeune?«, fragte Hellkamp.

Brook machte ein säuerliches Gesicht. »Gut, Lejeune, Sie nehmen sich auch ein Foto von Röhl und fahren zum Internetcafé.« Er sah Hellkamp an, und der setzte eine unschuldige Miene auf.

Lejeune sprang auf. »Wird gemacht, ist schon so gut wie erledigt.«

Er war schon aus der Tür, als Brook ihm hinterherrief: »Und denken Sie daran, dass Sie Röhls Foto jemandem zeigen, der am vorletzten Sonntagnachmittag dort gearbeitet hat.«

»Na klar.«

»Ach ja: Und versuchen Sie noch einmal, Bernhard Röhl zu erwischen!«

»Mach ich«, rief Lejeune aus dem Flur zurück.

Auch Matthiesen verschwand, und Brook blickte ihr gedankenverloren hinterher, als sie durch die Tür ging. Auf einmal spürte er den Wunsch, mit ihr zusammen die jungen Eltern aufzusuchen, aber es war zu spät. Die Tür fiel ins Schloss.

Brook atmete tief ein und lehnte sich im Schreibtischstuhl zurück.

»Das entführte Kind muss irgendwo stecken«, sagte er zu Hellkamp. »Wenn er es nicht auch getötet hat. Eventuell ist seine Frau damit fort. Übrigens, wollten die Kollegen vom PK 33 uns nicht noch jemanden vorbeischicken, der uns unterstützt? Es ist ja eigentlich deren Entführungsfall.«

»Ich hab vorhin noch mal mit denen telefoniert, sie sagen, sie sind zu überlastet. Keine Chance.«

»Haben wir eigentlich ein Foto von *Frau* Röhl? Das könnte Matthiesen auch noch mitnehmen.«

»Soviel ich weiß, leider nein. Sie meinen, falls seine Frau das Baby entführt hat?«

»Na sicher. Wenn sie jetzt mit dem Kind fort ist, war sie zumindest Komplizin der Entführung.«

»Kann gut sein. Ein Mann kommt doch nicht einfach so mit einem Baby an und sagt: ›Hier, Schatz, kümmer dich mal.‹ Die –«

Hellkamp wurde vom Klingeln des Telefons unterbrochen.

Das Gespräch war kurz.

»Das war die Zentrale«, sagte Brook, als er wieder aufgelegt hatte. »Da ist eine Frau, die uns sprechen will. Sie sagt, es hat mit dem Pastor zu tun. Ein Kollege bringt sie hoch.«

Brook dachte an zwei Gelegenheiten, bei denen jemand, der sich als Zeuge gemeldet hatte, von unten hochgeschickt worden war, es sich auf der Treppe oder im Fahrstuhl oder sogar erst vor Brooks Bürotür anders überlegt hatte und wieder gegangen war, auf Nimmerwiedersehen.

Seither ließ Brook, wenn möglich, jemanden zur Begleitung mitgehen.

»Vielleicht ist es Frau Röhl«, sagte Hellkamp. »Kann doch sein, dass sie reinen Tisch machen will. Sich stellen. Das Baby abliefern.«

Brook sagte nichts. Er sah Hellkamp an, wie gespannt er war. Er ließ es sich nicht groß anmerken, aber nach vielen Jahren der engen Zusammenarbeit hatte Brook gelernt, die kleinsten Zeichen zu deuten. Die Muskulatur um Hellkamps Kinn zog sich leicht zusammen, seine Lippen wurden ein wenig schmaler, und er begann, mit dem Fuß zu wippen.

Er selbst war genauso gespannt, was nun kommen würde. Immerhin kannte Hellkamp Frau Röhl bereits. Vielleicht würde das helfen.

Da kam Brook noch ein weiterer Gedanke.

»Wie wäre es denn«, sagte er, »wenn Frau Röhl mit Kranert gechattet hat? Kann doch sein, dass sie in alles eingeweiht war und Röhl geholfen hat.«

Bevor Brook seinen Gedanken weiter ausführen konnte, klopfte es an die Tür.

»Herein!«

Eine zierliche Endzwanzigerin mit kurzem dunklem Haar betrat den Raum. Sie hatte dunkle Augen, die ein wenig zu weit auseinanderzustehen schienen. Man hätte sie nicht direkt als hübsch bezeichnet, aber sie sah auch nicht uninteressant aus. Die Frau trug unscheinbare Kleidung, Jeans, T-Shirt, Jacke.

Auch wenn Brook Judith Röhl noch nie gesehen hatte, so genügte ihm doch ein Blick in Hellkamps Gesicht, um zu wissen, dass hier vor ihnen nicht die Ehefrau des Pastors stand.

»Herr Hauptkommissar Brook?«, fragte die Frau und sah unsicher von einem zum anderen.

Brook stand auf und streckte die Hand aus. »Das bin ich. Dies hier ist mein Kollege Hellkamp. Und Sie sind …?«

»Anne Koslik«, sagte die Frau und setzte sich auf den Stuhl, den Brook ihr anbot.

Die Frau sah sich im Zimmer um. Sie machte einen etwas gehetzten Eindruck. Erst jetzt fiel Brook auf, dass sie aussah, als hätte sie geweint. Ihre Augen waren blutunterlaufen, und darunter konnte man dunkle Schatten erahnen, auch wenn sie offenbar versucht hatte, diese mit Make-up zu überdecken.

Sie sagte nichts, sodass Brook schließlich fragte: »Was können wir für Sie tun?«

Die Frau zögerte immer noch. Dann atmete sie tief durch. »Ich weiß, wo Volker Röhl am Montagabend vor einer Woche war. Am 3. September.«

Eine Zeugin, schoss es Brook durch den Kopf. Vielleicht eine Augenzeugin der Tat? Zumindest eine Zeugin, die Röhl identifizieren konnte.

Sie sprach nicht weiter, und Hellkamp hakte nach: »Bitte erzählen Sie. Sie haben Volker Röhl gesehen, am 3. September?«

»Ja, das heißt …« Sie sprach nicht weiter und schien überrascht ob Hellkamps Formulierung.

Brook setzte neu an. »Bitte erzählen Sie genau, was Sie gesehen haben. Es könnte sehr wichtig sein.«

Endlich sprach sie. »›Gesehen‹ ist nicht der richtige Ausdruck. Er war an dem Montagabend bei mir.«

»Bei Ihnen?« Brook sah sie erstaunt an. »Wie meinen Sie das?«

»Er war bei mir, er … Er ist öfter bei mir. Wir haben ein Verhältnis. So nennt man das wohl. Und als ich dann in der Zeitung gesehen habe … Ich meine, das ist doch alles so absurd, diese Vorwürfe. Volker ist so ein lieber Mensch.«

Brook schüttelte den Kopf. »Nun mal ganz langsam. Sie und Röhl haben ein Verhältnis?«

Fast hätte er »hatten« gesagt; er hatte es sich gerade noch verkneifen können. Wenn die Frau jetzt erfuhr, dass Röhl tot war, würde sie vielleicht gar nichts mehr erzählen. Nur gut, dass das noch nicht zu den Medien durchgedrungen war.

Anne Koslik nickte. »Seit einem Jahr.«

»Wo wohnen Sie?«, fragte Hellkamp jetzt.

»In Wohltorf.«

»Und wann genau war Röhl bei Ihnen?«

»So von Viertel nach sieben bis kurz vor halb neun. Wie jeden Montag. Nur diesen Montag ist er nicht gekommen, und ich habe dann versucht, ihn zu erreichen, aber es war nur seine Frau da. Sonst geht er immer ans Telefon. Ich habe gleich aufgelegt, als sie dran war. Und auch am nächsten Tag. Und heute Morgen dann die Zeitung … Diese schrecklichen Anschuldigungen. Das ist doch alles nicht wahr.«

»Frau Koslik, nun mal mit der Ruhe«, sagte Brook in einem, wie er hoffte, beruhigenden Tonfall. »Dies sind außerordentlich wichtige Informationen für uns. Aber wir müssen ganz sichergehen, dass alles, was Sie erzählen, der Wahrheit entspricht. Sind Sie sich ganz sicher mit der Zeit?«

»Ganz sicher.« Sie schien jetzt ein wenig gefasster. »Mein Mann kommt montags immer um neun nach Hause, und ich brauche immer noch etwas Zeit, wenn Volker weg ist, um …« Sie brach erneut ab, und Brook sah, dass sie rot wurde.

»Alles wird ganz vertraulich behandelt«, sagte Hellkamp nun, »machen Sie sich bitte keine Sorgen. Sie sind sich also vollkommen sicher, was Datum und Zeit betrifft?«

Anne Koslik sah auf die Tischplatte und nickte wieder.

»Würden Sie das auch vor Gericht wiederholen? Notfalls unter Eid?«

Sie blickte erschrocken auf. Dann sah sie Hellkamp an. »Ja, wenn es sein muss, auch das.«

Wenn das stimmte, waren sie wieder ganz am Anfang. Aber sie mussten vorsichtig sein. Wie oft hatte es schon Falschaussagen aus Liebe gegeben. Auch vor Gericht und bei den grausigsten Verbrechen.

»Ist Ihnen an Herrn Röhl an dem Abend irgendetwas aufgefallen?«, fragte Hellkamp. »War er anders als sonst?«

»Überhaupt nicht. Gar nicht.« Sie war jetzt deutlich ruhiger. Das Geständnis, dass sie ihren Mann betrog, schien sie auf irgendeine Weise entspannt zu haben.

Anne Koslik erzählte, wie sie Röhl bei einem Geburtstag ihres Mannes über Freunde seiner Frau kennengelernt hatte und was für ein Mensch er war. Hellkamp machte sich Notizen.

Die junge Frau wirkte jetzt immer lebhafter. Sie sah Brook und Hellkamp fest in die Augen, wenn sie sprach; sie verhaspelte sich nicht mehr. Sie machte jetzt insgesamt den Eindruck, als erzählte sie die Wahrheit.

Und je mehr sie dies tat, umso mehr sah Brook ihr gesamtes Konstrukt, den so schön aufgeklärten Fall mit dem geständigen Röhl als Täter, der sich selbst gerichtet hatte, in sich zusammenfallen.

Am Ende des Gesprächs hatten Brook und Hellkamp ein besseres Bild von Röhl – dem sensiblen Schöngeist, der sich in die junge, ebenfalls verheiratete Frau verliebt hatte, der so anders war als ihr eigener Ehemann; dem Pastor, der wegen seiner religiösen Überzeugung sehr darunter litt, dass er seine Frau betrog, aber genauso wenig von seiner Geliebten loskam wie sie von ihm.

Als Anne Koslik fertig war, stand Brook der schwierigste Teil der Unterhaltung noch bevor, wie er wusste.

»Frau Koslik«, begann er und sah der jungen Frau in die dunklen, wachen Augen. »Ich muss Ihnen etwas mitteilen. Es tut mir wirklich sehr, sehr leid.«

Sie sah ihn erschrocken an, sagte aber nichts.

»Volker Röhl ist tot.«

Sie sagte noch immer nichts, sondern schüttelte nur leicht den Kopf. Tränen liefen über ihre Wangen.

»Er hat sich das Leben genommen.«

Zuerst hatte Brook befürchtet, dass Anne Koslik einen Nervenzusammenbruch erleiden würde. Aber es blieb bei den Tränen; Hellkamp gab ihr ein Taschentuch, und sie schnäuzte sich. Er stand auf und holte ihr ein Glas Wasser.

»Mein Gott«, sagte sie nach einer Weile, als die Tränen ein wenig getrocknet waren. »Ich glaube, ich habe das geahnt. Irgendwie habe ich das geahnt. Warum war er auch so verdammt sensibel?« Sie blickte Brook in die Augen: »Nicht viele können zwei Menschen gleichzeitig lieben. Volker konnte es nicht.«

Nachdem Anne Koslik von einem Kollegen abgeholt worden war, damit die Personalien aufgenommen werden konnten, sah Brook Hellkamp ratlos an.

»Und nun?«

Hellkamp zögerte mit der Antwort.

»Ich neige dazu, ihr zu glauben«, fuhr Brook fort. »Möglich, dass Röhl wirklich nicht unser Mann ist. Beziehungsweise war.«

Hellkamp knetete sein Kinn mit Daumen und Zeigefinger. Er seufzte resigniert. »Ich fand sie auch glaubhaft.«

»Dann können wir wohl noch einmal von vorn anfangen. Ich habe wirklich alles erwartet, nur keine Entlastungszeugin.«

»Und was ist mit dem Kreuz, das bei Röhl gefunden wurde?«

»Ich fürchte, das ist nur ein Zufall. Das Kreuz selbst kann ja auch gar nicht die Tatwaffe sein. Es ist nur aus dem gleichen Material. Er wird es halt aus Israel mitgebracht haben.«

Hellkamp nickte nachdenklich.

»Was hat Röhl in seinem Abschiedsbrief geschrieben? Zwei der größten Sünden? Zumindest wissen wir jetzt, dass eine der Sünden Ehebruch war. Ob seine Frau selbst herausgefunden hat, dass er ein Verhältnis hatte, und sie ihn deshalb mit den Kindern verlassen hat? Bei Anrufern, die gleich auflegen, wenn man an den Apparat geht, und das mehrmals, wird man doch zumindest misstrauisch.«

»Möglich«, sagte Brook.

»Und was halten wir jetzt von seinem Geständnis dem Bruder gegenüber? Das der in seinem Brief erwähnt hat? Das war dann wohl auch nur der Ehebruch und kein Mord.«

»Ganz genau. Bernhard Röhl hat doch auch gesagt: ›Das

könnte ich Judith nicht zumuten.‹ Damit hat er dann wohl gemeint, dass er nicht möchte, dass sie nach dem Tod seines Bruders davon erfährt, dass er sie betrogen hat.«

»Aber er hat auch von einer Todsünde gesprochen. Ist denn Ehebruch eine Todsünde?«

»Nein, aber Wollust. Mord ist übrigens auch keine Todsünde, da hätten wir den Braten eigentlich riechen können.«

»Schön und gut. Aber was ist denn nun die zweite Sünde? Als Kindesentführer kommt Röhl dann ja auch nicht in Frage.«

Sie saßen beide da und überlegten.

Hellkamp war der Erste, der wieder sprach: »Hat es doch etwas mit der alten Frau Jansen zu tun?«

»Sie meinen die Schlaftabletten?«

»Genau. Vielleicht war es wirklich Sterbehilfe. Auf jeden Fall passt dann immer noch alles ins bisherige Schema. Mit der einzigen Ausnahme, dass Röhls Tat, die er verschweigen wollte, Ehebruch war statt Mord. Deshalb hat er der armen Frau Jansen sein falsches Alibi eingetrichtert. Angeblich hat er sich jeden Montag um sie gekümmert, dabei war er in Wirklichkeit in Wohltorf und hat Anne Koslik gevögelt.«

»Na, na, na.« Brook verzog den Mund. Diese Ausdrucksweise gefiel ihm gar nicht. »Es kann immer noch sein, dass diese Frau Koslik nicht die Wahrheit sagt. Dass sie irgendwie mit Röhl unter einer Decke steckte … grinsen Sie nicht so.«

»Schon gut. Klar, möglich ist alles. Aber vielleicht haben wir doch aufs falsche Pferd gesetzt.«

Während Brook sich noch über diese Metapher wunderte, klingelte das Telefon. Brook nahm das Gespräch an.

Als er auflegte, sah Hellkamp gleich, dass es keine guten Nachrichten gab.

»Was war denn?«

Brook atmete tief durch die Nase ein, bevor er antwortete.

»Das war Dr. Kolb vom Labor. Die Vermehrung der DNA ist noch nicht abgeschlossen, aber er kann jetzt schon mit ziemlicher Sicherheit sagen, dass sich Volker Röhl nicht in der Wohnung von Frau Heinemann aufgehalten hat.«

Sie saßen beide stumm da, bis Hellkamp beschloss, Kaffee zu holen.

29

Lejeune parkte das zivile Dienstfahrzeug, den VW Golf Variant, vorm »Barmbeker Callshop & Internetcafé« am Wiesendamm 150a, auf der Straße, in zweiter Reihe. Dreimal war er an dem Geschäft vorbeigefahren auf der Suche nach einem legalen Parkplatz, und dann hatte er sich gesagt, die Aufklärung des Mordfalls gehe vor.

Als er den Laden betrat, ertönte ein altmodisches Glöckchen an der Tür. Lejeune blieb stehen und sah sich um. Auf mehreren Tischen standen Computerbildschirme und Tastaturen. An der hinteren Wand des Raums sah er schmale, durch dünne Wände voneinander getrennte Kabinen, an deren Glastüren ein großes rotes Telefonsymbol prangte. Rechts neben dem Eingang stand ein mannshoher Kaffeeautomat. An den Wänden hingen keine Bilder, sondern Plakate, die für schwer nachvollziehbare Auslandstarife verschiedener Telefonanbieter warben, und eine große Weltkarte, auf der offenbar verschiedene Tarifzonen eingezeichnet waren. Eine einsame hohe Grünpflanze in der Ecke versuchte vergeblich, dem durch Leuchtstoffröhren erhellten Raum eine gemütliche Atmosphäre zu verleihen.

Im Laden befand sich nur eine einzige Person. Ein großer, dicker Afrikaner mit Brille, im Hemd mit Krawatte, der hinter einem Schreibtisch am Computer saß. Er hatte gerade noch etwas in die Tastatur getippt, aber jetzt sah er auf und lächelte Lejeune freundlich an.

»Guten Tag«, sagte der Mann. »Was kann ich für Sie tun?« Er hatte eine tiefe Stimme und einen breiten Akzent.

»Guten Tag«, gab Lejeune zurück, während er seinen Dienstausweis aus der Gesäßtasche nestelte. Er zeigte ihn dem Mann und stellte sich vor. »Ich hätte gerne den Geschäftsführer gesprochen.«

»Das bin ich«, sagte der Mann, »und ich bin auch der Besitzer. Mein Name ist Bitangaro. Wie kann ich helfen?«

»Ich brauche lediglich eine Auskunft.« Lejeune holte das erkennungsdienstliche Foto von Volker Röhl aus der Innentasche seiner Jacke. Er hielt es Bitangaro hin. »Kennen Sie diesen Mann? Haben Sie ihn schon einmal gesehen?«

Bitangaro blieb hinter dem Schreibtisch sitzen, nahm das Bild und sah es sich mehrere Sekunden lang genau an.

»Sie meinen, hier im Geschäft?«, fragte er, ohne aufzublicken.
Lejeune bejahte. Der Mann besah sich das Foto noch ein paar Sekunden, dann schüttelte er den Kopf und gab es Lejeune zurück.

»Tut mir leid, nein.«

»Sind Sie ganz sicher?«

»Ja, ich habe ein gutes Gedächtnis für Gesichter. Dieser Mann war noch nie hier. So ähnliche Leute, aber nicht der hier.«

Lejeune steckte das Foto wieder ein. Er war enttäuscht, aber noch nicht entmutigt. »Sie sind doch sicher nicht immer hier, wenn Ihr Geschäft aufhat, oder? Sie haben ja bis spätabends auf und auch sonntags. Gibt es noch andere Mitarbeiter?«

Bitangaro schien zu überlegen.

»Die meiste Zeit bin ich selbst hier im Geschäft. Manchmal hilft mein Bruder aus, und ich habe eine Vierhundert-Euro-Kraft als Aushilfe.«

»Was war denn am Sonntag vor einer Woche?«, fragte Lejeune. »War da vielleicht Ihr Bruder oder die Aushilfe hier? Am 2. September?«

Der Mann hinter dem Schreibtisch murmelte etwas, das Lejeune nicht verstand, sah auf den Bildschirm vor sich und klickte ein paarmal mit der Maus.

»Da ist es«, sagte er schließlich. »Tut mir leid, an dem Tag war ich selbst hier. Von vierzehn bis zweiundzwanzig Uhr.«

»Und Sie sind sich sicher, dass Sie sich an den Mann erinnern würden?«

»Ja, wirklich. Kennen Sie ›Schlag den Raab‹?«

»Ja, sicher«, sagte Lejeune vorsichtig, weil er nicht wusste, worauf die Frage zielte.

»Da gibt es ein Spiel, wo Fotos von Prominenten gezeigt werden. Und dann muss man den Namen sagen. Da würde ich jedes Mal gewinnen. Ich kann mich wirklich gut an Gesichter erinnern. Sagt mein Bruder auch.«

Lejeune wusste auch nicht so recht, wie er sonst noch ansetzen sollte.

»Wissen Sie denn, wann dieser Mann hier gewesen sein soll?«, fragte Bitangaro nun.

Lejeune überlegte kurz, ob er diese Information preisgeben

durfte. Wie viel von dem, was sie seit Tagen diskutierten, der Geheimhaltung unterlag, wusste er gar nicht genau. Aber er beschloss, dass diese Information ungefährlich war, und außerdem mussten sie ja irgendwie weiterkommen.

»Kurz nach sechzehn Uhr. Erinnern Sie sich vielleicht daran, wer stattdessen hier war?«

Bitangaro grinste breit. »Tut mir leid, aber daran kann ich mich wirklich nicht erinnern. Das ist ja fast zwei Wochen her. An Gesichter erinnere ich mich, aber nicht daran, wer vor Wochen wann genau hier war. Wir haben viele Kunden.«

Lejeune sah sich um. Wenn der Laden »viele Kunden« hatte, dann zumindest nicht jetzt im Moment.

»Worum geht es denn eigentlich? Ein Verbrechen?«, fragte sein Gegenüber.

In diesem Moment kam Lejeune ein Gedanke, der ihm die Nackenhaare hochstehen ließ. Was, wenn dieser Mann hier der Täter war? Der psychopathische Killer? Immerhin wussten sie, dass der Täter von diesem Internetanschluss aus, von dieser Adresse aus sein erstes Opfer in den Wohltorfer Wald gelockt hatte, um es zu verstümmeln und verbluten zu lassen.

»Wenn es hilft, können Sie sich ja das Video ansehen.«

»Wie bitte?«

»Na, das Video … Ist Ihnen nicht gut? Sie sind so blass. Möchten Sie ein Glas Wasser?«

Lejeune sah ihn mit aufgerissenen Augen an. »Nein … nein«, sagte er und zwang sich, ruhig zu atmen. Er musste normal wirken, sich nichts anmerken lassen. Weiterreden. Natürlich sah er wieder Gespenster. Trotzdem war es Wahnsinn gewesen, ohne Verstärkung herzukommen.

»Was meinen Sie, welches Video?«, fragte Lejeune und versuchte, seine Stimme so normal wie möglich klingen zu lassen.

»Na, wir haben eine Überwachungskamera. Da oben.« Bitangaro zeigte über die Eingangstür.

Lejeune musste genau hinsehen, um die kleine Kamera zu entdecken, deren Gehäuse die gleiche helle Farbe wie die Wand hatte. Sie war winzig klein, vielleicht eine Webcam.

Er blickte sich noch einmal um. Wie er vermutet hatte.

»Herr Bitangaro, wo sind denn die Hinweisschilder?«

Bitangaro sah perplex aus. »Hinweisschilder?«, wiederholte er. »Ich verstehe nicht.«

»Sie dürfen Ihre Räumlichkeiten natürlich gerne überwachen, aber dann müssen Sie gut sichtbar im Verkaufsraum eine Hinweisbeschilderung gemäß DIN 33450 anbringen. Damit Ihre Kunden wissen, dass sie gefilmt werden.«

Lejeune wunderte sich über sich selbst. Einerseits, weil ihm diese seltsame DIN-Nummer eingefallen war. Wo hatte er die bloß her? Und andererseits, weil er über die fehlende Beschilderung, die ihn wirklich ärgerte, alle Angst, die er eben noch verspürt hatte, abgelegt hatte. Jetzt fühlte er sich wieder überlegen, als Arm des Gesetzes. Das Gleichgewicht war wiederhergestellt.

Und die Idee, sagte er sich, dass Bitangaro der Täter ist, war ohnehin absurd. Wer wüsste besser als der Besitzer eines Internetcafés, dass jedes Einwählen ins Internet über die IP-Adresse zurückverfolgbar ist?

Lejeune sah Bitangaro an, der ihn jetzt seinerseits verlegen wie ein bei einem Streich ertappter Schuljunge ansah.

Da durchzuckte es Lejeune wie ein Stromschlag. Erst jetzt begriff er, was Bitangaro da gerade gesagt hatte.

»Moment«, sagte Lejeune, der seine plötzliche Aufregung kaum verbergen konnte. »Sie haben eine Aufzeichnung vom Laden, vom Nachmittag des 2. September?«

Bitangaro nickte und grinste wieder. »Speichern wir einen Monat lang. Wollen Sie mal schauen?«

Lejeune überlegte kurz. Wenn es stimmte, würden sie den Mörder auf der Aufnahme sehen. Durfte Herr Bitangaro das, als Zivilist?

»Können Sie mir das Video nicht mitgeben, irgendwie?«, fragte Lejeune.

»Natürlich, kein Problem. Warten Sie bitte.«

Bitangaro widmete sich erneut dem Rechner. Dann öffnete er eine Schublade.

Einen kurzen Augenblick lang hatte Lejeune Angst, dass er eine Waffe hervorholte. Aber Bitangaro nahm lediglich einen silberfarbenen USB-Stick aus der Schublade und steckte ihn in den Computer.

Es dauerte nicht länger als zwei Minuten, dann hielt er Lejeune den Stick hin. Der nahm ihn dankbar an. »Vielen Dank, was macht das?«

Er griff nach seinem Portemonnaie, aber Bitangaro winkte ab und lächelte.

»Für die Polizei gratis. Dafür könnten Sie ja vielleicht ein Auge zudrücken – ich meine, wegen des Schildes, das fehlt. Gleich morgen früh lasse ich das Schild anbringen. Versprochen.«

Lejeune sah ihn an. Daran hatte er gar nicht mehr gedacht.

»Mal sehen.«

Lejeune verabschiedete sich, und Bitangaro sah ihm hinterher. Erst als sich die Tür wieder schloss, schüttelte er den Kopf.

Draußen vor dem Laden hielt Lejeune den USB-Stick fest umklammert. Er wollte Brook anrufen und ihm gleich davon erzählen, aber während er noch nach dem Handy suchte, entschied er sich anders. Dies war *sein* Ermittlungserfolg. *Er* wollte ihn den Kollegen präsentieren. Die konnten ruhig noch so lange warten, bis er wieder im Büro war.

Mit einem Gefühl des Triumphs steckte er den Stick in die Jackentasche.

30

Der Weg durch die Wüste ist länger, als ich dachte. Wir sind immer noch nicht am Ziel. Die Sonne versengt weiterhin die Haut derer, die sich nicht ausreichend vor ihr schützen. Wieder haben wir seit mehreren Tagen die Wasservorräte nicht befüllen können. Immerhin hat Sarah die Geburt gut überstanden und trägt das Kind in ein Tuch gewickelt auf dem Rücken. Und immerhin hat der Herr endlich wieder zu mir gesprochen. Ich hatte die Worte noch ganz deutlich im Ohr, als ich aufgewacht bin – aufgewacht in der falschen, der grauen Welt, in der Welt, in der ich auf einer Matratze liege statt auf einem Strohlager, in ein Badezimmer mit hellen Fliesen gehe, um mich zu erleichtern, anstatt zur Grube am Rand des Lagers, und dann in eine Küche mit Tisch, Stuhl und Herd. Es ist nicht meine Welt. Es ist die Welt der Dämonen. Vorm Fenster wird es allmählich dunkel. In der falschen Welt geht der Tag zu Ende. Der Küchentisch, wieder und wieder.

Wenn ich die Augen schließe, ist es mir, als seien die Worte des Herrn noch da. Undeutlich zwar, ich muss sie aus meiner Erinnerung heraussuchen, mühsam und Wort für Wort. Doch, das ist es, das war es. Die tiefe, dröhnende Stimme. Sie hat mir befohlen, auf den höchsten Berg des Gebirges zu steigen. Und wenn ich jetzt die Augen schließe und in die Welt des Herrn zurückkehre, sehe ich sie, die Berge am Horizont. Dunkle, hohe Berge, die in der heißen Luft flimmern. Wieso habe ich sie bislang nie bemerkt? Und die anderen, sehen sie sie nicht? Es ist ein Gebirge, das sich vor uns auftürmt. Aber keiner der anderen scheint es wahrzunehmen. Vielleicht ist es nur für mich bestimmt. Ja, das ist es. Nur ich sehe, was gesehen werden muss. Und hinter den Bergen wird sich das gelobte Land auftun, das Land, in das der Herr mich führt, und dort wird endlich alles gut sein. Grüne Wiesen, duftende Bäume und ein kühlender Bach. Aber auf einmal wieder Rot, rotes Blut. Wieso sehe ich Blut, immer Blut?

Ich öffne schnell die Augen. Der Gedanke ist fort. Was war das bloß? Meine Stirn fühlt sich kühl an. Ich taste danach. Es ist kalter Schweiß. Alles um mich herum ist auf einmal so fremd, als hätte ich es noch nie gesehen. Wasser, einen Becher Wasser. Der Herr will noch nicht, dass ich diese Scheinwelt verlasse. Erst muss der Plan erfüllt sein.

Schreit das Kind schon lange? Vielleicht habe ich es einfach nicht gehört. Da liegt es vor mir, im großen Bastkorb. Ich weiß nicht, warum der Herr mir das Kind immer noch mit in die falsche Welt schickt. Jetzt, wo es doch endlich zur Welt gekommen ist. Eine Prüfung, es muss eine Prüfung sein. Ich glaube, es braucht eine neue Windel. Zum Glück sind dort im Schrank noch welche. Wie lange wird es dauern, bis der Herr mir seinen letzten Plan enthüllt? Ist der nächste Schritt schon der letzte? Was geschieht, wenn ich den höchsten Berg des Gebirges erreiche? Hat es etwas mit dem Kind zu tun? Sicher, das Kind wird die entscheidende Rolle spielen. Es muss wichtig sein, sonst hätte der Herr es mich nicht auf die Welt bringen lassen.

Jetzt ist das Kind schon ruhiger. Warum hat der Herr mir Sarah in dieser Welt nicht folgen lassen? Sie könnte es stillen. Aber sie ist nicht da.

Isaak, kleiner Isaak. Es wird alles gut.

31

Um kurz nach fünf saßen Brook, Hellkamp und Matthiesen gespannt um den Computer herum, auf dem Lejeune ihnen gleich den Täter präsentieren würde – so seine vollmundige Ankündigung, die nunmehr ihre einzige Hoffnung war, in diesem Fall weiterzukommen.

Kurz vor Lejeune war auch Thea Matthiesen wieder eingetroffen. Der Besuch bei den Eltern des verschwundenen Kindes hatte nicht lange gedauert. Selbstverständlich waren sie besorgt und wunderten sich, warum es noch keine Nachricht des Entführers gab. Und Thea Matthiesen konnte der erst sechzehnjährigen Jenny und ihrem Freund Lasse natürlich nicht sagen, dass sie annehmen mussten, ein zweifacher Mörder habe den kleinen Ben geraubt. Und dass sie den hellblauen Strampler voll Blut in einer Hecke gefunden hatten, vor dem Haus des zweiten Mordopfers. Stattdessen hatte sie den jungen Eltern das Foto von Volker Röhl gezeigt. Sie gaben an, ihn noch nie gesehen zu haben. Und am Sonntag waren sie auch nicht im Park gewesen.

Brook hatte dann begonnen, ihr vom Besuch Anne Kosliks, der Geliebten Röhls, zu erzählen, und als kurz darauf Lejeune eintraf, triumphierend den USB-Stick schwenkend, hatte er noch einmal von vorn begonnen. Als Lejeune begriff, dass Volker Röhl höchstwahrscheinlich ein Alibi hatte und dass das Video, das er mitbrachte, damit umso wichtiger wurde, ja sogar das einzige greifbare Indiz war, das sie besaßen, hatte er sich erst einmal setzen müssen.

Jetzt hielten sie alle gespannt den Atem an, während Lejeune sich durch ein paar Ordner klickte. Es öffnete sich das Fenster des Videoplayers. Das Bild war komplett dunkel, man sah nur unten rechts Datum und Uhrzeit in weißer Schrift – das Video begann um kurz nach 0:00 Uhr am 2. September.

»Das ist ja mitten in der Nacht«, stellte Hellkamp scharfsinnig fest.

»Ich nehme an, das Programm zeichnet rund um die Uhr auf«, sagte Lejeune, »und dann macht es eine Videodatei pro Tag daraus und speichert diese ab.«

Er klickte auf das Fenster, und auf einmal sah man das Innere des Internetcafés von einer erhöhten Position an der Fensterfront aus, fast den gesamten Raum, und sogar die Auflösung war gut.

Lejeune pfiff durch die Zähne. »Nicht schlecht, die Qualität. Hätte ich nicht gedacht. Das war nur eine ganz kleine Kamera, höchstens so groß wie –«

»Jaja«, unterbrach ihn Brook.

Am rechten unteren Bildschirmrand konnten sie erkennen, dass es auf der Aufnahme nun kurz nach 9:00 Uhr war. Noch war der Raum leer. Ton gab es keinen.

»Spulen Sie mal bitte vor bis …« Brook überlegte kurz. »Wann war der Chat? Kurz nach vier, oder?«

Lejeune wusste es: »16:08 Uhr, Herr Hauptkommissar.« Er klickte ein paarmal, und schließlich sah man unten rechts »15:58« und dahinter vier weitere Stellen, die anzeigten, wie die Sekunden und Hundertstelsekunden abliefen.

Leider war das Bild, das sie sahen, nicht das erhoffte. Der Bildschirm war weißlich grau, man konnte im Grunde nichts erkennen.

»Was zum Teufel …?«, fluchte Lejeune. Er klickte weiter, aber weder bei 16:08 Uhr noch bei 16:15, bei 16:30 oder bei 21:44 Uhr zeigte sich ein anderes Bild, höchstens dass es noch etwas heller geworden war.

Brook stöhnte. Es durfte nicht wahr sein. Mussten sie ein solches Pech haben?

»Was ist denn da los?«, fragte Hellkamp.

Lejeune zuckte die Schultern. Fieberhaft klickte er auf dem Bildschirm herum.

»Hätten Sie das nicht vorher ansehen können, bevor Sie uns solche Hoffnungen machen?«, schnauzte Brook den jungen Kollegen an.

Hellkamp erhob sich. »Lassen Sie man, Brook. Das hat er doch nur gut gemeint. Kommen Sie mit, einen Kaffee holen?«

Brook nickte stumm, ließ Lejeune am Rechner sitzen und folgte Hellkamp zur Kaffeeküche. Warum musste der sich nur immer für den jungen Wichtigtuer starkmachen? Andererseits konnte Lejeune natürlich nichts dafür, dass die Aufnahme verpfuscht war. Trotzdem würde Brook ja wohl noch seine Enttäuschung an jemandem auslassen dürfen, oder?

Als sie sich auf dem Weg zurück von der Kaffeeküche wieder Brooks Büro näherten, hörten sie Lejeune durch die offene Tür fluchen.

»Was ist denn hier los?«, fragte Hellkamp mit gespielter Empörung.

»Ich habe das Problem gefunden.« Lejeune deutete auf den Bildschirm. »Passen Sie mal auf!«

Zunächst sah man wieder den leeren Raum, die Uhr zeigte kurz vor zehn. Dann auf einmal tauchte eine Gestalt auf. Es war eine Reinigungskraft, die mit einem Staubsauger hantierte. Sie nahm die Düse ab und begann, die Ecken zwischen Wand und Decke abzusaugen. Sie begann auf der linken Seite des Raums, näherte sich dann der Vorderfront, war kurz verschwunden, und auf einmal wackelte das Bild und zeigte nunmehr nur noch ein verschwommenes Grauweiß, wie sie es vorhin schon gesehen hatten.

»Das war's dann«, sagte Lejeune enttäuscht.

Hellkamp seufzte. »Vielleicht sollte denen mal jemand sagen, dass ihre Kamera seit zwei Wochen nur noch die Decke filmt.«

32

Am Freitagmorgen regnete es wieder. Nicht besonders stark, aber doch so, dass Brook zehn Minuten lang seinen Regenschirm suchte, bevor er es aufgab und ohne Schirm aus dem Haus ging. Er hatte schlecht geschlafen.

Als er sich dem Flur zu seinem Büro näherte, hörte er, noch bevor er die Feuerschutztür vom Treppenhaus ganz geöffnet hatte, Pöhlmanns Stimme, was bei ihm ein sofortiges Ziehen in der Magengegend zur Folge hatte. Man konnte nicht genau verstehen, was der Dienststellenleiter sagte, aber er fand offenbar, dass er Grund hatte, sich aufzuregen.

Die Stimme wurde immer lauter, bis Brook auf Höhe von Hellkamps Büro war. Brook klopfte und trat ein, ohne eine Antwort abzuwarten.

»Und was soll ich jetzt der Presse sagen?«, jammerte Pöhlmann gerade. »Um zwölf Uhr ist Pressekonferenz. Da will ich verkünden, dass der Fall abgeschlossen ist.«

»Guten Morgen«, sagte Brook.

Pöhlmann fuhr herum.

»Brook! Was soll das Ganze? Ich habe mich auf Sie verlassen, verdammt! Und jetzt erfahre ich, dass Röhl vielleicht gar nicht der Täter ist? Ich meine: war?«

»So ist es.«

»Mehr haben Sie nicht dazu zu sagen, Brook?«

Brook sah ihn scharf an. »Ich habe Ihnen nichts versprochen. Röhl war nie mehr als ein Verdächtiger. Manche Fälle brauchen ihre Zeit, und wir müssen jetzt erst einmal ein paar noch offenen Hinweisen nachgehen.«

Pöhlmann wandte sich wieder an Hellkamp. »Und jetzt?«

»Sagen Sie die Pressekonferenz ab. Es gibt keine neuen Erkenntnisse.«

Pöhlmann atmete hörbar ein, drehte sich auf dem Absatz um und verschwand.

Er ließ die Tür hinter sich offen stehen.

»Na, der hat ja mal wieder eine Laune, was?«, brummte Brook.

Es klopfte an den Türrahmen, und Matthiesen stand in der Tür und lächelte.

»Morgen, die Herren. Was war denn das eben für ein Gebrüll? Pöhlmann?«

Brook nickte, und Hellkamp sagte: »Der hat mal wieder einen seiner richtig guten Tage.«

»Ich geh mir erst mal einen Kaffee holen«, sagte Matthiesen. »Noch jemand?«

Hellkamp hielt seinen noch halb vollen Kaffeebecher hoch und schüttelte den Kopf.

»Oh ja, bitte«, sagte Brook.

Er ging an seinen eigenen Schreibtisch, schaltete den Rechner ein und begann, die eingegangenen E-Mails zu sichten, bis Matthiesen mit dem Kaffee kam.

»Haben wir eigentlich schon eine Spur von Frau Röhl und den Kindern?«, fragte sie Brook.

»Nein, die Fahndung läuft, bisher gibt es keine Ergebnisse, oder, Hellkamp?«

»Nix«, rief Hellkamp von nebenan.

»Ist das nicht seltsam? Ich meine, wenn jemand wirklich untertauchen will, okay. Aber dass eine Frau mit ihren Kindern im Familienwagen wegfährt? Da müsste man doch eine Spur finden.«

»Vielleicht sind sie ins Ausland«, sagte Hellkamp. »Nach Dänemark oder so.«

»Andererseits, jetzt, wo wir annehmen müssen, dass Röhl es gar nicht war, hat die Fahndung natürlich auch keine besondere Priorität mehr für uns.«

Nachdem Matthiesen gegangen war, sah Brook seine E-Mails weiter durch. Zu zwei Gerichtsverhandlungen musste er in der folgenden Woche, als Zeuge. Er trug sich die Termine in seinen Taschenkalender ein. Eine neue Mail blinkte im Posteingang auf: Pöhlmann informierte die Presseabteilung, dass die geplante Pressekonferenz auf Montag, zwölf Uhr, verschoben werde, ohne Angabe von Gründen.

Montagmittag. Pöhlmann ließ nicht locker. Jetzt sollten sie den Fall also bis Montag um kurz vor zwölf gelöst haben. Prost Mahlzeit.

Um halb zehn machten sich Brook und Hellkamp auf den Weg zum Polizeikommissariat 33 am Wiesendamm. Sie informierten die Kollegen, die an der Kindesentführung im Stadtpark arbeiteten, über die Fortschritte ihrer eigenen Ermittlungen. Dass die Frau des Pastors, nach der gefahndet wurde, nun wahrscheinlich als Verdächtige ausfiel, hatte dort nicht gerade für die beste Stimmung gesorgt.

Vom PK 33 aus gingen sie noch zum »Barmbeker Callshop & Internetcafé« hinüber, das in Sichtweite der Barmbeker Dienststelle lag. Doch Hellkamps Geistesblitz, dass der Mann, den sie suchten, vielleicht mit EC-Karte bezahlt hatte, brachte kein Ergebnis: Am 2. September hatten alle Kunden, die ab dem Nachmittag im Laden gewesen waren, bar bezahlt.

Die Kriminalbeamten bedankten sich und gingen. Ein Gefühl tiefer Hoffnungslosigkeit breitete sich in Brook aus.

Als Brook um elf Uhr zurück ins Büro kam, staunte er nicht schlecht. Auf seinem Schreibtisch stand eine Flasche Whisky.

Sie war nagelneu. Scotch, zwölf Jahre alt, in einer Pappschachtel. Sie sah teuer aus.

Brook hatte keine Ahnung, woher sie kam. Sie musste aber von jemandem stammen, der ihn nicht besonders gut kannte. Er trank nicht oft Alkohol, schon gar keinen hochprozentigen.

Er rief Hellkamp. Der konnte sich ebenfalls keinen Reim darauf machen.

»Eine Karte oder so ist nicht dabei?«

»Nee«, knurrte Brook. »Soll das irgendwie 'n Scherz sein?«

Hellkamp grinste. »Sieht nach heimlicher Verehrerin aus.«

»Heimliche Verehrerin?«

Sofort tauchte das Bild Thea Matthiesens vor Brooks geistigem Auge auf. Wie er im Gras neben ihr gesessen hatte, nur ein paar Zentimeter entfernt.

Er schüttelte den Kopf, damit das Bild verschwand.

»Reden Sie keinen Quatsch.«

Um dreizehn Uhr saß die Soko »Wald« wieder zusammen, doch es fehlten neue Denkanstöße. Das Auftauchen von Anne Koslik und die Analyse des genetischen Materials aus Steilshoop hatte ihre gesamte Ermittlung in sich zusammenfallen lassen. Brooks Hoffnung, Volker Röhls Geliebte habe ihm ein falsches Alibi verschaffen wollen, war mittlerweile geschwunden.

Jetzt gingen sie noch einmal alles durch, was sich in den letzten zwei Wochen an Fakten angesammelt hatte.

»Ich habe auch noch mal über die Bibelgeschichte nachgedacht«, sagte Matthiesen. »Abraham, Ismael und so. Ich finde, irgendwie fehlt da noch etwas.«

»Wie meinen Sie das?«, fragte Brook.

»Vielleicht haben wir nicht weit genug gelesen. Wie geht es denn weiter mit der Geschichte?«

Zum Glück lag die Bibel noch auf Brooks Schreibtisch. Er hatte sie eigentlich schon wieder zurück nach Hause nehmen wollen.

Er suchte ein wenig, bis er die Stelle fand. Dann überflog er den Text und paraphrasierte dabei: »Sie ziehen in ein anderes Land … und da bekommen Abraham und Sarah doch noch ein Kind, als Abraham hundert Jahre alt ist. … Und das Kind nennen sie Isaak. … Und der Herr sagt, Abraham soll ihm Isaak opfern, als Brandopfer.«

»Den eigenen Sohn?« Matthiesen klang ungläubig.

»Na klar«, bestätigte Hellkamp, »die Geschichte kenne ich auch noch. In letzter Sekunde, als Abraham schon das Messer in der Hand hat, taucht ein Engel auf und sagt, dass alles nur ein Test war.« Hellkamp nahm einen großen Schluck Kaffee. »Da ist doch mal etwas mit Mord und Totschlag. Jedenfalls versuchter Mord, oder?«

»Aber Moment mal«, sagte Matthiesen. »Der Sohn, den er opfern soll, der heißt doch Isaak, oder? Nicht Ismael?«

»Richtig. Ismael war der erstgeborene Sohn. Und den, den er mit Sarah hat, soll er opfern.«

»Logisch«, bestätigte Hellkamp, »das ist ja auch der, den er mit seiner eigentlichen Frau gezeugt hat. Und er soll natürlich den opfern, den er lieber hat. Sonst wäre es ja nicht so ein raffinierter Test.«

»Na, dann ist da ja wieder nichts mit unserem Fall. Ismael wird nicht ermordet, und es wird ihm auch nicht mit dem Messer gedroht.«

»Vielleicht hat er in seinem Wahn Sarah Heinemann für den König gehalten, der …« Hellkamp unterbrach sich selbst. »Nein, sorry, das ist Quatsch.«

Da kam Matthiesen ein Gedanke, der ihr kurz den Atem verschlug.

»Das Baby«, sagte sie.

»Das Baby?«

Brook und Hellkamp sahen sie überrascht an.

»Das Baby! Er hat das Baby entführt, weil es ...« Matthiesen musste ihre Gedanken erst zu Worten ordnen. »Das Baby ist für ihn Isaak.«

»Und er wird es opfern?«, sagte Hellkamp.

»Zumindest passt es irgendwie ins Bild«, sagte Brook. »Das könnte das fehlende Puzzleteil sein. Es ist der erste Anhaltspunkt, den wir haben, warum der Täter das Baby entführt hat.«

»Immerhin geht alles gut aus«, warf Hellkamp ein. »Im letzten Moment schreitet Gott doch ein und hindert ihn daran, das Kind zu töten. Also dürfte das Baby relativ sicher sein, oder?«

»Und was, wenn nicht?«, fragte Matthiesen. Sie klang äußerst alarmiert. »Was, wenn Gott nicht einschreitet?«

Brook legte die Stirn in Falten. »Da ist etwas dran. Sarah und Ismael sterben in der Bibel ja ebenfalls nicht.« Er sah die beiden anderen eindringlich an. »Wir müssen den Täter so schnell wie möglich finden.«

»Und wir sind immer noch keinen Schritt weiter«, sagte Hellkamp wütend.

33

Ich habe es geschafft. Ich bin auf den Berg gestiegen, den der Herr mir verheißen hat. Die Ebene unter mir flimmert in der Hitze. Ich habe Durst. Mein Sohn Isaak liegt im Korb, den ich im Arm trage. Er ist ganz still, genau wie die Welt um mich herum.

Ein Opfer soll ich darbringen, hat der Herr mir gesagt. Hier oben auf dem kahlen Berg, hat er gesagt, würde ich alles vorfinden, was ich dazu bräuchte. Es wird ein Brandopfer sein.

Ich habe mein Messer in der Tasche, das Messer aus Stein, das mir schon so gute Dienste geleistet hat bei den Aufgaben, die der Herr mir gestellt hat. Schwer liegt es in der Tasche meines Mantels. Vor mir taucht ein flacher, großer Fels auf. Wie ein Altar.

Das muss es sein.

Ich blicke mich um, aber da ist nichts, was ich opfern könnte.

Mein Blick geht zum Himmel empor.

»Herr, was soll ich tun?«

Stille.

»Herr, was verlangst du von mir?«

Ein leiser Windhauch, der ein wenig Abkühlung bringt. Aber ich höre die Stimme nicht, die Stimme, die mir sagen muss, was sie von mir will.

Hört der Herr mich nicht?

Noch einmal rufe ich, ich schreie, so laut ich kann: »Herr, ich bin hier! Herr, sag mir, was ich tun soll! Was soll ich dir opfern?«

Nun fängt auch Isaak an zu schreien. Ein wenig leiser als sonst, scheint es mir. Kraftloser.

Doch da ist noch ein anderes Geräusch.

Ein Klingeln. Ein lautes, schrilles Klingeln.

Der Berg und die kahlen Felsen rings um ihn herum verschwanden. Er stand in der Küche und brauchte ein paar Sekunden, bis er verstand, dass er wieder in die Welt der Dämonen eingetaucht war.

Er ließ das schreiende Kind im Bastkorb liegen, ging zur Wohnungstür und öffnete sie.

Im Flur stand eine Frau mit grauem Haar und Kittelschürze.

»Sagen Sie mal«, fuhr sie ihn an, »was ist da eigentlich bei

Ihnen los? Es ist kurz vor zwei. Von eins bis drei ist hier im Haus Mittagsruhe, das steht in der Hausordnung. Und Sie brüllen hier herum wie am Spieß.«

Sie sah ihn mit zusammengekniffenen Augen an und wartete offenbar auf eine Antwort.

Er sagte nichts.

»Und was ist das für ein Baby da bei Ihnen? Das schreit und schreit. Und Sie sind doch gar nicht verheiratet, oder?«

Er schloss die Tür und ließ die Nachbarin stehen.

Die Klingel ertönte erneut, und durch die geschlossene Tür hörte er die Stimme der alten Frau: »Wenn hier nicht bald Ruhe herrscht, rufe ich die Polizei!«

Er nahm das Plastikgehäuse und riss die Klingel mit einem Ruck von der Wand ab. Jetzt hörte man nur noch das Schreien des Säuglings. Abraham ging in die Küche.

Da, die Stimme, endlich. Da ist die Stimme wieder, die Stimme des Herrn. Laut und durchdringend.

Das Wimmern verschwindet, ich höre es nicht mehr. Nur noch die Stimme.

Der Befehl, das muss er sein.

Ich schließe die Augen und bin wieder auf der Spitze des Berges. Von hier aus sieht man viele Meilen weit, alles um mich herum ist wüst und leer. Und vor mir liegt jetzt wieder der Stein, der große, flache Stein. Der Opferaltar. Isaak liegt bereits darauf.

Ja, Herr, ich höre dich. Ich bin dein Werkzeug.

Die Klinge ist schon etwas abgenutzt. Kleine Splitter sind abgebrochen und bilden winzige Scharten in der geschliffenen Steinkante. Bei jedem Mal scheint sich etwas von der Klinge gelöst zu haben.

Ja, ich höre deine Worte, Herr. Sag mir, was ich zu tun habe.

34

Um kurz vor zwei klingelte Brooks Telefon.

»Brook?«

»Moin, Brook«, hörte er eine ihm unbekannte Stimme. »KK Heiner Walther hier vom Diebstahl. PK 23, Eimsbüttel.«

»Tag.«

»Falls du dich fragst, was die Flasche auf deinem Schreibtisch soll, die hab ich dir hinstellen lassen.«

Brook verzog das Gesicht. »Kennen wir uns?«

»Wie bitte?«, fragte Heiner Walther.

»Ich sagte: Kennen wir uns?«

»Nee, wieso?«

»Dann müssen wir uns wohl auch nicht duzen, oder?«

Es blieb kurz still in der Leitung.

»Und, was sollte das mit der Flasche jetzt?«

Brook ärgerte sich schon wieder über sich selbst. Sicherlich hatte Kollege Walther das Ganze nur gut gemeint, und er führte sich wieder auf wie ein Elefant im Porzellanladen. Aber was fing der auch an, ihn zu duzen!

»Sollte ja nur eine Aufmerksamkeit sein. Immerhin haben Sie unsere Ermittlungen damit ein gutes Stück weitergebracht.«

Brook verstand überhaupt nichts. »Wie bitte? Was zum Teufel für Ermittlungen?«

»Na, den Einbruch beim Tierarzt Özbakir. In Hoheluft.«

Jetzt wurde Brook hellhörig.

»Beim Tierarzt?«

»Ja, also noch mal. Vielen Dank.«

»Aber wie ich es verstanden hatte, gab es doch weiterhin keinen Anhaltspunkt, nachdem wir da vor Ort waren.«

»Nein, nach Ihrem Besuch nicht. Aber trotzdem ist der Fall ja nun gelöst.«

Brook verstand immer noch nicht, was Walther meinte. Was hatte er denn sonst damit zu tun? Und vor allem: Inwiefern gelöst? »Soll das heißen …?«

»Ja, dank Ihnen haben wir ja den Kerl jetzt. Gerade eben hat er gestanden.«

Brook hielt die Hand auf die Sprechmuschel.

»Hellkamp«, zischte er ins Nachbarbüro, »schnell!«

Hellkamp eilte zu ihm herüber, und Brook schaltete den Lautsprecher des Telefons ein.

»Sie haben den Einbrecher vom Tierarzt«, flüsterte er Hellkamp zu. Ins Telefon sagte er: »Haben Sie schon festgestellt, wie er seine Ware verkauft hat?«

»Ja, übers Internet, irgendwelche Forums oder so. Den Namen von diesem Bekannten haben wir allerdings noch nicht.«

»Foren.«

»Bitte?«

»Foren. Plural von Forum«, sagte Brook. »Wo ist er jetzt?«

»Der Einbrecher? Immer noch im Vernehmungszimmer, ich dachte mir, Sie wollten vielleicht –«

Brook ließ ihn nicht ausreden. »Sehr gut. Wir kommen gleich rum.«

Er knallte den Hörer auf die Gabel.

Eine Flasche Whisky. Wohl eher aus Dankbarkeit dafür, dass Brook nicht seine Vorgesetzten darüber informiert hatte, wie schlampig die Ermittlungen zum Einbruch durchgeführt worden waren.

Dann musste er wieder an Walthers Formulierung denken: *Dank Ihnen haben wir ja den Kerl jetzt.* Was sollte das heißen? Vielleicht war es der fehlende Hinweis gewesen, dass der Einbrecher es lediglich auf die Medikamente abgesehen hatte?

Kriminalkommissar Heiner Walther war ein schlaksiger Mann Anfang fünfzig, mit vollem grauem Haar und einem ausgeprägten Adamsapfel. Er begrüßte Brook und Hellkamp und führte sie durch die Gänge des PK 23 in der Troplowitzstraße.

In den sechziger Jahren hatte das Gebäude vermutlich ziemlich futuristisch gewirkt, mit dem zweiten Stockwerk, das an der linken Gebäudeseite auf zwanzig Metern Länge über dem Parkplatz schwebte, nur von dünnen, sich kreuzenden Säulen gehalten. Heute sah es von außen schon recht altmodisch aus. Dieser Eindruck verflog, als sie durch die Gänge gingen. Hier war die letzte Renovierung noch nicht so lange her wie bei ihnen in Wandsbek.

Sie erreichten eine angelehnte Tür und betraten einen abgedunkelten Raum. Von hier aus blickte man durch eine große verspiegelte Scheibe in einen modern ausgestatteten Vernehmungsraum. Dort saß der überführte Täter am Tisch, das Gesicht ihnen zugewandt. Er war etwa Anfang zwanzig.

Brook erkannte ihn sofort. Es war der Junge, der ihn in der Sparkasse überfallen hatte. Und ganz richtig, sein rechter Arm hing in einer Schlinge, auf der Stirn klebte ein Pflaster.

Ein Beamter stand regungslos an der Tür. Der junge Mann blickte resigniert ins Leere. Seine Augen waren blutunterlaufen.

»Wie heißt er?«, fragte Brook.

»Jens Eichbaum«, sagte Walther. »Einundzwanzig Jahre alt, wohnhaft in Hoheluft-Ost. Keine Vorstrafen, aber offenbar nur, weil wir ihn noch nie erwischt haben. Er hat schon vier Einbrüche und ein halbes Dutzend Überfälle gestanden. Sieht aus, als wolle er reinen Tisch machen.«

Brook sah irritiert zu, wie Walther eine Zigarette aus einem silbernen Etui nahm und sich ansteckte. Dann erst bemerkte er den überquellenden Aschenbecher auf dem Tisch vor ihnen.

Walther steckte das Etui weg. Auch wenn sie beide Nichtraucher waren – wenigstens hätte er ihnen eine anbieten können. Wenn er schon durchgesetzt hatte, dass er hier rauchen durfte. Unsympathischer Kerl.

»Ach ja, da ist noch etwas«, sagte Walther, nachdem er einen tiefen Zug genommen hatte. »Seine Freundin ist gestern Nacht tot aufgefunden worden. Überdosis.«

Brook stöhnte. Auch das noch.

»Dann wissen wir wenigstens, wieso er auf einmal auspackt, oder?«

Walther zuckte die Achseln und grinste. »Mir egal. Hauptsache, er hat gestanden, fertig.«

Brook zog die Augenbrauen hoch und sah Hellkamp an. Der blickte durch die Scheibe in den angrenzenden Raum.

»Sagen Sie mal, Brook«, sagte Walther, »Sie bearbeiten doch die Sache mit dem Doppelmord? Mit diesen scheußlichen Einzelheiten?«

Brook sagte nichts und schaute nun auch wieder durch den Spiegel.

»Und Sie suchen jemanden, dem der Junge da« – er wies in

den Nebenraum – »die Medikamente aus dem Einbruch verkauft hat, oder wie?«

»Ja, ja.« Brook klang abweisend.

»Gehen wir rein?«, fragte Hellkamp.

»Nein«, antwortete Brook, »ich gehe allein.«

Er sah Kommissar Walther auffordernd an. Walther nickte, drückte seine Zigarette im Aschenbecher aus, und die zwei Männer verließen den abgedunkelten Raum. Walther betrat das Vernehmungszimmer und sagte leise etwas zu dem Beamten, der an der Tür stand. Er kam wieder heraus und hielt Brook die Tür auf.

Als Brook den Raum betrat, sah Jens Eichbaum ihn nicht an. Der junge Mann starrte ins Leere, auf den Spiegel, in dem er sich selbst am Tisch sitzen sah.

Brook nahm sich einen der herumstehenden Stühle und setzte sich dem Jungen gegenüber.

»Guten Tag«, sagte Brook.

Der junge Mann sagte nichts, aber Brook hatte das Gefühl, als habe er ihn wiedererkannt. Einen Moment lang dachte er, sein Gegenüber würde aufspringen, zu brüllen anfangen oder sonst etwas Lautes tun. Aber der Junge blieb sitzen.

Sein Blick hatte etwas Panisches, Getriebenes und, wie Brook fand, Trauriges. Das Weiße in seinen Augen war von unzähligen feinen roten Äderchen durchzogen.

»Deine Freundin ist gestorben«, begann Brook.

Der Junge rührte sich nicht und sagte auch nichts.

»Marie hieß sie, oder?«

Keine Reaktion.

Brook merkte auf einmal, wie müde er war. Einfach nur schlafen. Wie so oft in den letzten Jahren hatte er das Gefühl, dass ihm die ständige Anspannung immer weniger bekam. Er kniff kurz die Augen zu.

»Ja.« Jens Eichbaums Stimme war ganz leise, beinahe ein Flüstern. »Marie.«

Brook blickte auf und fing seinen Blick ein. »Tut mir leid.«

Jens Eichbaum sah einen kurzen Augenblick lang perplex aus. Er nickte langsam. Wahrscheinlich hatte ihm das hier noch niemand gesagt. Am allerwenigsten dieser dämliche Walther.

»Dir macht es doch nichts aus, wenn ich dich duze?«

Jens Eichbaum schüttelte den Kopf.

»Tut's noch sehr weh?« Brook deutete auf den Arm, der in der Schlinge hing.

Der Junge sah ihn an. »Wollen Sie mich noch mal verhören? Die gleichen Fragen stellen?«

»Nein. Ich bin hier, weil noch weitere Menschen gestorben sind. Sie sind umgebracht worden. Und außerdem hat der Mann, der sie getötet hat, ein Baby entführt.«

Der junge Mann sah skeptisch aus. »Und was hat das mit mir zu tun?«

»Die Medikamente, die du bei dem Tierarzt geklaut hast. Der Täter hat sie verwendet.«

»Genau die?«

»Wir glauben schon«, sagte Brook. »Es ist wichtig, dass du uns alles über den Mann erzählst, dem du sie verkauft hast. Du bist der Einzige, der den Täter identifizieren kann.«

Der Junge schüttelte den Kopf. »Ich habe Marie doch versprochen, dass wir nächsten Monat …«

Er brach ab und begann zu weinen. Dicke Tränen liefen durch die Finger seiner linken Hand, die er vor die Augen presste.

Brook musste an seine eigene Situation denken, nachdem Anna gestorben war. Nicht nur, dass er jeden Tag mindestens einmal eine Frau auf der Straße sah, von weiter weg oder von hinten, bei der er dachte, das sei seine Anna. Es war einfach nicht zu begreifen, dass sie tot war. Dass irgendjemand starb, ganz gleich, wer. Fort war und nicht wiederkam. Nie mehr.

Und damals, kurz nach ihrem Tod, war es natürlich besonders schlimm gewesen. Wenn ein Verwandter anrief und sich erkundigte, wie es ihm gehe, kam es mehr als einmal vor, dass Brook in dem Moment, als die Frage bei ihm ankam, merkte, dass er ganz einfach *vergessen* hatte, dass Anna tot war.

So schien es Jens Eichbaum auch zu ergehen. Der Gedanke an seine eigene Zukunft hatte vielleicht schon seit Langem Marie mit eingeschlossen. Auch trotz des Heroins.

»Meine Frau ist vor ein paar Jahren gestorben«, sagte Brook. »Krebs. Ich sage dir also nicht, dass alles wieder gut werden wird. Denn ich weiß, das stimmt nicht. Wenn du Marie geliebt hast, dann wird das nicht einfach aufhören.«

Ein wenig staunte er über sich selbst. Er redete sonst nie über seine Trauer.

»Du bist der Einzige, der uns helfen kann.«

Der junge Mann wischte sich die Tränen aus dem Gesicht. Ein neuer Ausdruck war darauf zu erkennen. Eine Entschlossenheit.

»Ich weiß nicht, wie der Mann heißt. Ich habe mich mit ihm übers Internet verabredet.«

Brook sah auf. »Wie ist das gelaufen?«

»Ein Kumpel hat mir den Tipp gegeben. Es gibt so eine Newsgroup für Leute, die bestimmte Sachen … na ja, die etwas suchen, was man nicht so einfach kaufen kann.«

»Und da hat jemand das Medikament gesucht?«

»Nein, nicht direkt das. Aber ein Narkosemittel.«

»Und wie bist du dann auf den Tierarzt gekommen?«

»Durch Marie. Sie hat … sie hatte so einen großen Hund, und deshalb kannte sie sich ein wenig aus. Der wurde mal operiert. Bei dem Tierarzt in Hoheluft, deshalb kannte sie auch die Praxis und wusste, wie es da aussieht. Der Rest war ein Kinderspiel.«

»Wie viel hat der Mann denn für die Spritzen bezahlt?«

»Zweitausend Euro. Krass, oder?«

Brook nickte. »Und wo hast du dich mit ihm getroffen?«

»Im Stadtpark. Auf der Wiese vorm Planetarium.«

»Kannst du ihn beschreiben?« Brook wagte nicht, seinen Notizblock aus der Tasche zu holen, aber er war sich sicher, dass Hellkamp nebenan mithörte und alles aufschrieb.

»Klar. Der sah aus wie der totale Spießer. Mit Anzug an und so. Und er hatte einen Schnauzer; ich dachte erst, das ist vielleicht ein Bulle.«

»Würdest du ihn wiedererkennen?«

Jens Eichbaum nickte. »Glaub schon.«

»Und uns helfen, ein Phantombild zu erstellen?«

Der Junge nickte noch einmal.

»Dann lasse ich dich nachher zu uns rüberfahren, okay?«

Brook streckte die Hand aus. »Vielleicht hilfst du, ein Leben zu retten.«

Der Junge ergriff sie mit der Linken und erwiderte den Händedruck.

»Er hat ein Baby entführt?«, fragte er noch, als Brook wieder losgelassen hatte und sich schon zum Gehen wandte.

»Ja, leider. Wir hoffen sehr, dass wir ihn schnappen, bevor noch mehr passiert.«

Als sie in Hellkamps Auto vom Parkplatz aus auf die Troplowitzstraße einbogen, sagte Brook: »Was für ein Kotzbrocken.«

»Weil er Sie überfallen hat?« Hellkamp grinste. »Ich fand den Jungen ganz nett.«

»Quatsch, ich meine doch diesen Walther.«

»Wenigstens kommen wir so mal einen Schritt weiter. Hoffentlich. Wäre natürlich schöner gewesen, wenn er uns gleich eine Adresse gesagt hätte.«

Brook sagte nichts und starrte aus dem Seitenfenster. Jens Eichbaum war der wichtigste Zeuge in einem Fall mit zwei gewaltsamen Tötungen. Das war wichtiger als ein paar Einbrüche, fand Brook. Für Walthers Aufklärungsquote hatte es jedoch weniger Bedeutung. Er hoffte, dass Walther trotzdem verstanden hatte, wie eilig das Ganze war. Am liebsten hätte Brook den Jungen gleich mitgenommen, aber das war natürlich gegen die Vorschriften.

Hoffentlich war es noch nicht zu spät.

35

Um fünf sollten sie das Phantombild bekommen. Brook, Hellkamp und Matthiesen saßen gespannt um den Tisch in Brooks Büro herum und warteten.

Das Telefon durchbrach die gespannte Stille. Fluchend erhob sich Brook und nahm den Hörer ab.

»Ja?«

Am anderen Ende der Leitung war der Laborleiter. »Dr. Kolb hier. Brook, es geht noch einmal um die DNA am Tatort Heinemann.«

»Ja, und?«, blaffte Brook ins Telefon.

»Nicht in diesem Ton, bitte, ja? Ich tue hier auch nur meine Arbeit.«

»Entschuldigen Sie. Ist es denn wichtig?«

In diesem Moment erschien Lejeune, das Phantombild schwenkend, in der Tür. Brook konnte sich nicht vorstellen, dass Dr. Kolbs Einlassungen wichtiger sein könnten, als endlich einen Blick in das Gesicht des mutmaßlichen Täters werfen zu können.

»Ich denke schon«, sagte Dr. Kolb. »Sagen Sie, hatte dieser Verdächtige, von dem ich die DNA hier habe, hatte der Verwandte?«

»Röhl? Ja klar, Frau und Kinder.« Brook wurde ungeduldig, und seine Anspannung stieg noch, als er sich umblickte und sah, wie seine drei Kollegen ihn aufgeregt zu sich herwinkten. Er formte in ihre Richtung das Wort »gleich« mit den Lippen.

»Hm. Wie alt sind die Kinder?«

»Ein Baby und ein Kleinkind, glaube ich. Hören Sie, ich kann jetzt –«

»Ist das alles?«

»Warum fragen Sie denn, um Himmels willen?«

»Weil die DNA nicht mit Röhls übereinstimmt, aber ihr ähnelt.«

»Was?« Brook spürte ein warmes Gefühl in der Zwerchfellgegend.

»Sie ist sehr ähnlich, das konnte ich erst jetzt sehen, nach der DNA-Akkumulation.«

Hellkamp war aufgestanden, stand nun neben Brook und hielt

ihm das Phantombild unter die Nase. Das warme Gefühl verstärkte sich, und in seinem linken Ohr begann ein leises Pfeifen.

Dennoch hörte er genau die Frage, die Kolb ihm in diesem Moment stellte: »Hat Röhl vielleicht … einen Bruder? Es könnte die DNA eines Bruders sein.«

»Ja. Ja, den hat er. Ich sehe gerade in sein Gesicht.«

Brook legte auf.

Auf dem Phantombild war Bernhard Röhl zu sehen. Kaum ein Zweifel war möglich. Der Junge hatte wirklich gute Arbeit geleistet und der Beamte, der das Bild angefertigt hatte, ebenso.

Sofort fuhren sie mit einem Streifenwagen als Verstärkung zur Kleingartenanlage in Wandsbek-Gartenstadt. Das kleine Häuschen war leer. Brook veranlasste eine Großfahndung und schickte das Phantombild an alle Dienststellen, mit dem Hinweis, es könnte einen Zusammenhang zur bereits laufenden Fahndung nach dem Säugling geben.

Dann saßen sie wieder im Büro und versuchten, die Fakten zu ordnen und Bernhard Röhl anstatt seines Bruders in das Bild einzubauen, das sie sich von diesem Fall gemacht hatten.

»Dieses Schwein«, empörte sich Hellkamp. »Und der sitzt vor uns, als könnte er kein Wässerchen trüben. Wissen Sie, was ich glaube? Der hat genau gewusst, was sein Bruder da draußen in Wohltorf treibt, und er hat sich deshalb extra um die Zeit mit dem Jungen im Wald verabredet.«

Brook brummte zustimmend.

»Moment mal«, sagte Matthiesen. »Wir gehen doch jetzt davon aus, dass Bernhard Röhl auch das Baby entführt hat, oder?«

»Ja, sicher.«

»Sie waren doch dort. Haben Sie da nichts von einem Säugling bemerkt?«

»Na ja, geschrien hat er nicht, als wir da waren«, sagte Hellkamp. »Aber ich rufe mal die Kollegen beim Schrebergarten an; wenn die noch da sind, sollen sie sich mal umschauen nach Windeln oder so was.«

»Aber wenn das Baby nicht im Schrebergarten ist, dann muss er es doch mitgenommen haben«, warf Lejeune ein.

»Kann gut sein«, sagte Brook. »Hellkamp, lassen Sie doch

diese Info noch zur Fahndung hinzufügen: Der Mann hat einen Säugling bei sich.«

Hellkamp stand auf. »Kommen Sie, Lejeune, dabei können Sie mir helfen.«

Matthiesen lehnte sich in ihrem Stuhl zurück. Sie schien nachdenklich und wickelte eine Locke ihres Haars um den Zeigefinger, eine typische Geste für sie, wenn sie nachdachte oder zerstreut war. Brook sah es und spürte sofort, wie sich etwas in ihm zusammenzog. Dieses leichte flaue Gefühl im Magen, das er schon fast vergessen hatte und das nicht daher kam, dass er schon jetzt zu viel Kaffee für den Tag getrunken hatte.

Brook versuchte, das Gefühl zu ignorieren.

»Ich habe solche Angst, Brook«, sagte sie auf einmal. »Was, wenn dem Baby etwas passiert ist? Ich finde die Vorstellung so schrecklich.« Sie atmete tief ein. »Ein so kleines Leben, das zerstört wird. Das kann doch alles nicht wahr sein. Das ist wie ein böser Traum.«

»Wir wissen ja noch gar nicht, ob er tatsächlich …« Brook sprach den Satz nicht zu Ende.

Sie sah ihn vorwurfsvoll an. »Aber es könnte, oder? Es könnte.«

Er sah Tränen in ihren Augen. Sie drehte sich weg.

Es kostete ihn viel Überwindung, zu sprechen, aber er spürte, dass er etwas sagen musste, um sie zu beruhigen. Als Vorgesetzter, vielleicht auch als Freund.

»Wir können jetzt nichts tun. Wir müssen Geduld haben. Was passiert ist, können wir nicht ändern. Wir können uns nur darauf konzentrieren, alles dafür zu tun, dass wir den Täter fassen.« Seine Sätze kamen ihm vor wie aus einem Lehrbuch, aber sie schienen zu wirken. Es war alles, was er an Trost zu spenden in der Lage war.

»Sie haben sicher recht«, sagte Thea Matthiesen, stand auf und ging zur Tür.

»Ich mach dann hier mal weiter«, brummte er, als sie schon auf dem Flur war.

Sie sah noch einmal zur Tür herein und sagte: »Wenn etwas ist, rufen Sie mich gleich, okay?«

Brook starrte auf den Computerbildschirm und nickte.

Er wusste nicht, wie lange er so dagesessen hatte. Konnten sie jetzt wirklich nur abwarten, dass Bernhard Röhl gefunden wurde? Was war mit dem Baby? Lebte es überhaupt noch? Es war wieder einmal das Telefon, das ihn aufschreckte. Sein erster Blick ging zur Uhr. Es war halb sieben. Auf dem Flur war es bereits ruhig geworden.

»Brook?«

»Moin. Hier PM Žagar vom PK 33 Wiesendamm. Ihr habt da so 'ne Fahndung rausgeschickt?«

»Ja. Habt ihr was?«

»Vielleicht. Ich war heute Mittag mit einem Kollegen bei einer Frau, die angerufen hatte, um sich wegen Lärm in ihrem Mietshaus zu beschweren. Ich dachte, es wär mal wieder zu laute Musik, aber als wir hinkamen, war da nur ein Säugling am Schreien.«

Brook sagte nichts.

»Sind Sie noch dran?«

»Ja, ja. War das alles?«

»Nein«, antwortete der Mann am anderen Ende der Leitung, »ich wollte ihr eigentlich erzählen, dass ein schreiendes Kleinkind keine Ruhestörung ist, aber sie so: Das geht schon seit Tagen so, Tag und Nacht. Ich so: Ich hab auch Kinder, und die schreien nun mal manchmal, auch nachts. Meine Frau und ich haben bei unserem ersten Kind monatelang kein Auge zugemacht. Aber sie dann so: Das ist ja das Seltsame, der Mann, bei dem der Säugling ist, der ist nicht verheiratet und lebt, soviel sie weiß, allein. Woher soll der ein Kind haben?«

Brook überlegte. Was sollten sie davon halten?

»Sie sind schon noch dran, oder?«, fragte Žagar.

»Ja«, sagte Brook. »Das klingt interessant. Haben Sie denn bei dem Mann auch geklingelt?«

»Ja, aber als wir da waren, war das Geschrei gerade verstummt. Zum ersten Mal seit Stunden, meinte die Frau. Und es hat niemand aufgemacht. Kann auch sein, dass die Klingel kaputt war, die hat man gar nicht gehört. Sie hat uns aber noch den Mann kurz beschrieben, die war ja gar nicht zu bremsen, so viel, wie die erzählt hat. Aber nach der Beschreibung könnte es hinhauen. Ich habe mir Notizen gemacht, Moment.«

Es raschelte in der Leitung.

»Hier. Um die sechzig … alleinstehend … korrekt gekleidet … Schnauzer …«

»Geben Sie mir mal bitte die Adresse.«

36

Abraham hielt noch immer das Messer in der Hand.

Hellgrau war es und aus einem einzigen Stück Stein geformt. Mehrere Stunden hatte er gebraucht, es zu schleifen. Es war wunderschön, und für ihn war es ein weiteres Zeichen, dass er auserwählt war. Er konnte Dinge schaffen, genau wie er sicherlich auch Dinge zerstören konnte. Nein, nicht er, sondern der Herr, mit ihm als Werkzeug.

Ein wunderschönes Messer.

Doch jetzt klebte Blut daran.

Etwas war schiefgelaufen. Er hatte einen Befehl vom Herrn erhalten, und er hatte sich zunächst gesträubt, ihn auszuführen.

Wie konnte er so vermessen sein?

Seine Hand begann zu zittern, und er merkte, wie ihm Tränen in die Augen stiegen. Er sackte in sich zusammen, seine Knie schlugen hart auf dem Felsboden auf. Er wollte sich umsehen, doch seine Augen sahen nicht durch die Tränen hindurch.

Erst langsam erkannte er, dass er die reale Welt wieder verlassen hatte und in die Welt der Dämonen übergewechselt war, wo er nicht mehr Abraham war, sondern Bernhard Röhl. Beinahe hatte er darauf gewartet.

37

Als Brook und Hellkamp bei der Adresse eintrafen, die Polizeimeister Žagar ihnen gegeben hatte, war es bereits dunkel. Borgweg 10, keine dreihundert Meter entfernt vom Polizeirevier am Wiesendamm, unterhalb des Stadtparks und fast schräg gegenüber vom Internetcafé. Rein von der Lage her passte es perfekt. Doch sie waren sich erst sicher, als sie der Frau, die am Vormittag wegen des Lärms die Polizei gerufen hatte, das Phantombild zeigten.

Es musste Bernhard Röhl sein, und er hatte eine Wohnung hier im Haus gemietet. Vielleicht als Zweitwohnung, das würde sich herausstellen. An der Wohnungstür befand sich kein Namensschild, und auch der zur Wohnung gehörende Klingelknopf vor der Haustür war namenlos.

Es dauerte keine halbe Stunde, da war das Gebäude Borgweg 10 umstellt. Beamte vom PK 33 waren dahinter postiert, falls der Verdächtige durchs Fenster flüchten wollte. Vor dem vierstöckigen Mietshaus auf der Straße befanden sich mehrere Kriminalbeamte in Zivil, die aussahen wie Passanten. Brook, Hellkamp und Matthiesen saßen im Auto vor dem Haus. Um die Ecke stand ein Krankenwagen. In den fünfzehn Minuten, seit sie eingetroffen waren, hatte kein Bewohner den Bau betreten oder verlassen.

Brook sah auf die Uhr. Sein erster Instinkt war es gewesen, sofort in die Wohnung zu gehen, nachdem die Nachbarin Bernhard Röhl identifiziert hatte; sie wussten ja nicht, wie viel Zeit ihnen noch blieb. Doch schließlich hatte er sich selbst davon überzeugen können, dass es sinnvoller war, nach dem Lehrbuch vorzugehen.

Babygeschrei hörte man, seit sie da waren, keines.

Brook, Hellkamp, Matthiesen und vier weitere Polizeibeamte betraten das Treppenhaus. Als sie die Wohnung erreichten, drückte Brook auf den Klingelknopf, aber es war kein Geräusch zu hören. Er klopfte fest an die Tür.

»Herr Röhl?«

Nichts geschah, und Brook drückte vorsichtig ein Ohr an die Tür.

Zunächst hörte er nichts als das Blut, das in seinem Ohr rauschte. Dann meinte er, ein leises Wimmern zu vernehmen.

Brook zögerte nicht, sondern trat einen Schritt zurück und bedeutete einem Kollegen, der mit beiden Händen einen schweren stählernen Rammbock trug, die Tür zu öffnen. Die Tür splitterte aus dem Rahmen, und mit zwei Sätzen war Brook, die Pistole vor sich mit ausgestreckten Armen auf den Boden gerichtet, im Flur. Der Gestank, der ihn empfing, war so durchdringend, dass Brook unwillkürlich mit einer Hand die Waffe losließ und sich Mund und Nase zuhielt.

Da sah er ihn. Bernhard Röhl. Er saß zusammengesunken vor dem Tisch in der Küche und schluchzte. Überall war Blut; auf der Tischplatte, auf dem Fußboden, auf seinem grauen Anzug.

»Notarzt!«, brüllte Brook den Umstehenden zu, bevor er mit einem Satz in der Küche war. Das Baby lag reglos auf dem Küchentisch. Es war nackt, aber es schien unverletzt. Kein Einschnitt, keine Stichwunde war zu sehen.

Stattdessen hatte sich Bernhard Röhl offenbar selbst verletzt. In der rechten Hand hielt er eine Art Messer umklammert. Er schien die Kripobeamten nicht zu registrieren. Brook trat hinter ihn und drehte ihm den Arm auf den Rücken. Röhl leistete keinerlei Gegenwehr, und Brook nahm ihm das Messer ab.

Es war nicht wirklich ein Messer, eher ein großer, zurechtgeschliffener Stein, aber immerhin mit einer scharf aussehenden Kante. Brook gab das Werkzeug an die Kollegen weiter.

Matthiesen beugte sich über den Säugling, der auf dem Tisch lag. Dann fühlte sie am Hals nach dem Puls.

»Er lebt, aber ich glaube, er ist sehr schwach. Man spürt ihn kaum atmen.«

Brook merkte, wie ihm Tränen der Wut in die Augen traten. Er musste sich stark zusammenreißen, um den Mann, der nun von zwei uniformierten Kollegen festgehalten wurde, nicht zu schlagen oder zu treten.

Endlich war der Notarzt da. Das Baby wurde ins Krankenhaus gebracht. Dann wurde Bernhard Röhl verbunden und abgeführt. Er sah niemanden an, sondern blickte nur teilnahmslos ins Leere.

Hellkamp öffnete alle Fenster. Erst jetzt kamen sie dazu, sich die Wohnung genauer anzusehen. Der Erkennungsdienst war bereits antelefoniert, aber bis die Kollegen eintrafen, wollten sie sich selbst umschauen. Die gesamte Wohnung machte einen merkwürdigen Eindruck. Sie wirkte, als sei sie gerade erst bezogen worden.

Kahle weiße Wände, in der Küche standen ein Holztisch und ein Stuhl, die aussahen, als seien sie vom Sperrmüll. Es gab keinen Schrank, keine Arbeitsplatte und noch nicht einmal einen Kühlschrank. Das Wohn- und Schlafzimmer der Einzimmerwohnung beinhaltete lediglich eine Matratze. Darauf befand sich eine Wolldecke. Kein Bettzeug, kein Laken. Ein paar Kleidungsstücke lagen auf einem Haufen neben dem Bett.

Im Flur stand ein niedriger Tisch. Darauf lag Bargeld – lose Scheine, ein paar Fünfer, ein Zwanziger, ein Fünfziger sowie ein paar Münzen. Erst jetzt sahen sie, dass hinter der Wohnungstür ein Stapel Post lag. Durch den Briefschlitz geworfene Werbeprospekte und Briefe. Offenbar hatte sich der Bewohner der Wohnung weder für Möbel noch für seine Post interessiert.

Im Badezimmer empfing sie atemberaubender Gestank. Er war Brook bereits im Flur aufgefallen, und nun sahen sie, woher er kam. Hier lagen Dutzende Tücher auf dem Boden. Offenbar als Windeln benutzte Stücke Stoff, die Bernhard Röhl nicht fortgeworfen hatte.

In den Ofen in der Küche sahen Brook und seine Kollegen nicht; das taten erst die Kollegen vom Erkennungsdienst, und dort entdeckten sie eine Schachtel, auf der »Xylaform 60« stand. Sie hatte offensichtlich einmal zehn Sechzig-Milliliter-Fertigspritzen der Marke NormaVet enthalten. Jetzt fehlten zwei. Die Spritzen, die beim Tierarzt gestohlen und mit denen Folke Kranert und Sarah Heinemann betäubt worden waren.

Es war der letzte Beweis.

38

Das Krankenhaus Barmbek gehörte seit ein paar Jahren nicht mehr der Stadt Hamburg, sondern einem privaten Klinikbetreiber. Die Privatisierung der städtischen Hamburger Krankenhäuser war ein mittelgroßer Skandal in der Hansestadt gewesen, als der Senat trotz eines Volksentscheids, der deutlich gegen den Verkauf gestimmt hatte, mit der Privatisierung fortfuhr.

Immerhin war die Klinik nach ihrem Verkauf großzügig umgebaut und renoviert worden. Brook und Matthiesen war das in diesem Moment allerdings ziemlich gleichgültig. Sie standen vor der Tür der Intensivstation und warteten auf die Nachricht, was mit dem Baby sei, dem kleinen Ben, den Bernhard Röhl entführt hatte.

Vor dem Fenster nach draußen sah man nichts als Schwärze, durch die Glastür einen leeren, neonbeleuchteten Flur.

Sie standen nebeneinander und sahen durch das Glas. Auf einmal spürte Brook, dass Thea Matthiesen seine Hand nahm und leicht drückte. Er schaute sie an. Sie schien ins Leere zu starren.

Matthiesen sah blass aus und sehr ernst, aber sie hatte keine Tränen in den Augen. Nun wandte sie den Kopf und sah ihn ebenfalls an, aber er blickte sofort weg, in den Gang, in dem einfach nichts passieren wollte.

Sie ließ seine Hand wieder los und wandte sich ab. Sie setzte sich auf eine Bank, die rechts neben dem Eingang zur Intensivstation an der Wand stand.

Einen Moment lang war Brook, als hörte er aus dem Inneren der Station einen kurzen hellen Aufschrei oder ein lautes Wimmern. Es verhieß nichts Gutes.

Sein Handy summte kurz und zeigte Brook an, dass er eine SMS erhalten hatte. Sie war von Pöhlmann, der ihm dazu gratulierte, dass »wir den Fall gelöst und den Täter gefasst haben« und behauptete, er freue sich bereits auf die Pressekonferenz am Montagmittag.

Drei Minuten später öffnete sich die Tür, und ein Mann im weißen Kittel erschien, der sich als Chefarzt Professor Bahr vorstellte. Er hatte keine guten Nachrichten.

»Der kleine Ben hat es leider nicht geschafft.«

Brook schloss kurz die Augen. Auch das noch. »Und wie ist es passiert?«

»Er ist verhungert. Einfach unterernährt. Wir konnten nichts mehr tun.«

Der Professor verschwand.

Thea Matthiesen saß immer noch auf der Bank. Sie stützte die Ellenbogen auf die Knie und vergrub ihr Gesicht in den Händen. Auch wenn sie offenbar versuchte, dabei keinen Laut von sich zu geben, war Brook klar, dass sie weinte.

Er war unschlüssig, was er tun sollte. Er setzte sich neben sie.

»Schlimm, schlimm«, sagte er, mehr zu sich selbst.

Sie nickte, die Hände immer noch vor dem Gesicht.

Brook hatte keine Ahnung, was er sagen sollte. Er wusste nicht einmal, was er sagen *wollte*. Er spürte, wie gern er den Arm um sie gelegt hätte. Oder beide Arme. Aber er konnte nicht. Stattdessen stand er wieder auf.

»Gehen wir«, sagte er laut, und Matthiesen erhob sich und ging ihm voran in Richtung Fahrstuhl.

Zurück in seiner Wohnung fühlte sich Brook so elend und allein wie schon lange nicht mehr. Nur gut, dass die Vernehmung Bernhard Röhls verschoben werden musste. Der lag jetzt erst mal im Krankenhaus.

Sie brauchten ein Geständnis. *Er* brauchte ein Geständnis. Vielleicht würde der Bruder des Pastors auch aufgrund der Beweise verurteilt werden, ziemlich sicher sogar. Auch wenn sie noch auf die DNA-Analyse warten müssten, die ergeben würde, dass er in Sarah Heinemanns Wohnung gewesen war.

Nein, er, Brook, brauchte das Geständnis. Dieser Mann sollte vor ihm sitzen und gestehen. Das war alles, was jetzt noch für ihn zählte.

39

Im Vernehmungszimmer war es kühl, ein wenig zu kühl, wie Brook fand. Die Heizung war zu niedrig eingestellt. Brook hatte kurz zuvor im Büro noch den Bericht aus dem Krankenhaus überflogen, in das Bernhard Röhl nach der Festnahme gebracht worden war.

Sein Blutverlust war nicht so groß gewesen wie befürchtet. Er hatte sich in den Arm gestochen, mehrmals, wie es schien, aber eine Arterie hatte er nicht erwischt. Was die Ärzte mehr beunruhigt hatte, war eine offenbar nicht fachmännisch behandelte Verletzung im Genitalbereich. Sie nahmen an, dass Bernhard Röhl sich selbst mit einem scharfen Gegenstand die Vorhaut entfernt hatte, etwa eine Woche zuvor.

Außerdem hatte man, als man ihn entkleidet hatte, an mehreren Stellen seines Körpers Narben und Verletzungen gefunden, die man im Krankenhaus nicht zu deuten wusste. Der Beschreibung nach entsprachen sie aber den Zeichen, die Brook und seinen Kollegen mittlerweile wohlbekannt waren: יהוה, *Jahwe*.

Röhl hatte dazu keine Angaben machen wollen. Die Behandlung musste noch fortgesetzt werden, aber sie hatten es zumindest vertreten können, ihn heute Vormittag zu ihnen ins PK 37 zur Vernehmung zu schicken.

Jetzt saß Bernhard Röhl auf dem Stuhl hinter dem breiten Tisch. Sein rechter Unterarm war verbunden. Er starrte an Brook und Hellkamp vorbei auf den Spiegel hinter ihnen. Dahinter saß Matthiesen, im Nebenraum. Brook hatte ihr angeboten, mit ihnen die Vernehmung zu führen, aber sie hatte abgelehnt.

Einen Moment lang merkte Brook, wie unangenehm es ihm war, dass Röhl dort auf den Spiegel starrte. Auch wenn ihm klar war, dass der Mann Matthiesen nicht sehen konnte, war er sofort wütend auf ihn. Es war wieder einer der Momente, wo Brook spürte, dass Thea Matthiesen ihm nicht gleichgültig war.

Ganz und gar nicht.

Dennoch, wütend zu sein war keine gute Voraussetzung für eine Vernehmung, das war ihm klar. Er musste sich zusammenreißen. Kühl bleiben.

Bernhard Röhl starrte weiter vor sich hin. Er reagierte nicht und schien sich auch überhaupt nicht zu bewegen. Man sah nicht, dass er atmete, er blinzelte noch nicht einmal.

Eine Sekunde lang dachte Brook, Röhl habe der Schlag getroffen. Gleich würde er nach vorn auf die Tischplatte kippen. Aber natürlich geschah das nicht.

Brook und Hellkamp stellten abwechselnd ein paar Fragen. Zu seiner Person, zu den Tatumständen. Es kam keinerlei Reaktion. Auch als Brook ihn fragte, ob er einen Anwalt einschalten wolle.

Die zwei Kriminalbeamten sahen einander an. Brook schüttelte den Kopf, Hellkamp zuckte mit den Schultern.

»Guten Morgen«, sagte Bernhard Röhl auf einmal.

Brook seufzte erleichtert.

»Guten Morgen, Herr Röhl. Schön, dass Sie beschlossen haben, doch noch mitzumachen.«

Bernhard Röhl lächelte. Ein rätselhaftes Lächeln, fand Brook. Er hatte nie verstanden, warum die Menschen das Lächeln der Mona Lisa als »rätselhaft« bezeichneten. Dieses Lächeln hier vor ihnen war rätselhaft. Man konnte nicht erkennen, ob es ein Lächeln der Freude war oder der Schadenfreude, ein gelassenes oder gezwungenes Lächeln.

Sie nahmen die Personalien auf, die ihnen teilweise schon bekannt waren. Bernhard Röhl sprach ruhig und offen. Doch als sie auf Folke Kranert, Sarah Heinemann und den kleinen Ben zu sprechen kamen, zeigte er sich vollkommen verständnislos. Als hätte er diese Namen nie gehört und wüsste nicht, was Brook und Hellkamp von ihm wollten. Dann saß er wieder da und regte sich nicht.

Brook seufzte. So ging es nicht. Er musste anders anfangen.

»Abraham«, sagte Brook langsam und laut.

Röhl schien aus einer Trance zu erwachen. Er starrte Brook an. Das leise Lächeln, das eben noch um seine Lippen gespielt hatte, war verschwunden.

»Sie sind Abraham.«

Bernhard Röhl nickte langsam.

»Und Sie waren mit Ismael und Sarah zusammen? Und Isaak?«

»Ja«, sagte Röhl vorsichtig. »Aber das können Sie nicht wissen. Woher kennen Sie diese Namen?«

»Na, aus der Bibel!«

»Ich weiß nicht, was Sie meinen.«

»Kommen Sie, jetzt mal Schluss mit dem Theater. Abraham, Isaak, Sarah, Ismael. Das sind Figuren aus der Bibel.«

Röhl blickte ihn mit leeren Augen an, als ob er kein Wort von dem, was Brook gerade gesagt hatte, verstünde.

Dann sagte Röhl etwas. Erst ganz leise, doch dann wurden seine Worte deutlicher.

»Herr, errette mich vor diesen Wesen. Lass mich zurück in die Welt, aus der ich komme.« Dann sah er wieder auf und sagte klar und deutlich: »Der Herr befiehlt, und ich gehorche. Der Herr hat mir meinen Namen gegeben, keine Bibel. Aber Sie sind ohnehin ein Trugbild. Sie sind ein Teil dieser Welt, der falschen Welt.«

»Und Sie nicht?«

Bernhard Röhl schüttelte den Kopf.

»Aber wieso hat Abraham Sarah und Ismael umgebracht?«, fragte Hellkamp auf einmal.

Idiot. Brook ärgerte sich. So mit der Tür ins Haus zu fallen.

Doch Röhls Reaktion war ganz anders, als Brook erwartet hatte. Er sackte ein wenig in sich zusammen und sah Hellkamp an, mit vor Entsetzen geweiteten Augen.

»Ermordet? Was … wie …?«

Brook wusste, dass er den Faden aufnehmen musste. Er wurde aus Röhl immer noch nicht ganz schlau. Aber vielleicht waren sie kurz vorm Durchbruch.

»Sie haben, als Abraham, Ismael und Sarah getötet. Warum?«

Röhl schüttelte den Kopf. »Nein, nein!«, rief er. »Das ist nicht wahr!«

Dann wurde er wieder ruhiger. Er sah Brook erneut direkt in die Augen und fragte: »Kennen Sie die Geschichte von dem Frosch und dem Skorpion?«

»Nein«, knurrte Brook. Ihm war auch nicht gerade nach Geschichten zumute. Doch irgendwie mussten sie ja weiterkommen.

»Ein Frosch und ein Skorpion saßen am Ufer eines Flusses. Der Skorpion sagte zum Frosch:›Nimmst du mich auf deinem Rücken mit auf die andere Seite?‹ Daraufhin der Frosch:›Wenn ich das tue, wirst du mich mitten im Fluss stechen.‹ – ›Das werde ich nicht‹, sagte der Skorpion. ›Schließlich würden wir dann beide sterben, weil ich mit dir untergehe und ertrinke.‹ Das leuchtete dem Frosch ein. Er ließ den Skorpion auf seinen Rücken steigen, und als sie in der Mitte des Flusses waren, stach der Skorpion den Frosch. Der Frosch sagte, noch im Sterben: ›Warum hast du das getan? Jetzt müssen wir beide sterben.‹ Daraufhin sagte der Skorpion: ›Weil ich ein Skorpion bin.‹«

Brook sah ihn lange an.

Röhl sagte nichts, bis Brook das Gespräch wieder aufnahm: »Warum haben Sie mir das erzählt?«

»Verstehen Sie denn nicht?« Röhl lehnte sich vor. »*Ich* bin der Skorpion. *Ich!*«

Seine Stimme war fest und klar und laut.

»Sie sind der Skorpion, soso.« Brook wich instinktiv ein wenig zurück, als der Mann ihm näher kam, auch wenn es nur ein paar Zentimeter waren und der breite Tisch sie immer noch trennte. »Sie sind der Skorpion? Und die Menschen, die Sie umgebracht haben – das waren die Frösche?«

»Nein, nein, nein!«, rief Bernhard Röhl und schlug sich die Hände vors Gesicht. Er begann am ganzen Körper zu zittern. Doch so schnell, wie dieser Anfall gekommen war, so schnell ging er vorbei. Röhl ließ die Hände sinken.

Er atmete kurz ein und sprach dann erneut ganz ruhig: »Ich habe niemanden umgebracht. *Ich* bin der Skorpion, weil ich das getan habe, wozu ich bestimmt war. Man muss Opfer bringen, um seine Bestimmung zu erfüllen, wissen Sie das nicht?«

Brook schwieg. Er versuchte, die Worte zu verarbeiten, aber er merkte, wie ihm stattdessen immer wieder die Bilder der Tatorte in den Sinn kamen. Dieser Mann, der vor ihnen saß, hatte zweimal ein Blutbad angerichtet und ein Baby verhungern lassen, das er entführt hatte. Auch wenn Brook mehr als genug blutüberströmte Leichen in seinem Leben gesehen hatte und ihn das selten aus der Fassung gebracht hatte, so hatte ihn dieser Fall tief erschüttert.

Vielleicht war es die Beliebigkeit. Die meisten Morde waren Beziehungstaten. Eifersucht, Hass, Liebe – alles Dinge, die Menschen zu Mördern machten. Hier waren drei Menschen mehr oder weniger durch Zufall einem Verrückten in die Finger gefallen.

Aber vielleicht wurde er auch einfach alt. Das alles bekam ihm irgendwie nicht mehr. Wie viele Jahre hatte er eigentlich noch, bis er sich pensionieren lassen konnte?

»Man muss Opfer bringen, um seine Bestimmung zu erfüllen«, hatte Röhl gesagt. Welche Bestimmung, verdammt noch mal?

»Ich habe nur getan, was ich tun musste«, sagte Röhl auf einmal selbstbewusst.

Brook horchte auf. Automatisch hielt er den Atem an.

»Es war mein Auftrag«, fuhr er fort, »und ich habe ihn ausgeführt. Der einzige Grund meines Daseins. Ich war dazu bestimmt, und ich habe mich meiner Bestimmung nicht entzogen. Erst am Schluss, als ...«

Er brach ab und sah Brook an. Röhls Lächeln war verschwunden, sein Blick düster.

Brook wartete noch ein paar Sekunden, aber es kam nichts mehr.

»Sie sagen, es war Ihr Auftrag. Wer hat Ihnen diesen Auftrag denn gegeben?«

»Der Herr.«

»Der Herr? Sie meinen Gott?«

Bernhard Röhl machte eine ausladende Bewegung mit beiden Armen. »Der Herr, Gott, der Schöpfer, Allmächtiger, Jahwe, Jehova – die Menschen nennen ihn mit vielen Namen. Aber nur zu mir spricht er.«

Brook zog die Augenbrauen hoch.

Röhl kniff die Augen zusammen und sagte verächtlich: »Dass Sie das nicht hören wollen, ist mir klar. Sie sind ein Dämon, und es macht Ihnen Angst, dass ich die Macht des Herrn verkörpere. Dass ich sein Arm bin, seine Hand. Aber ich weiß: Dies ist nicht die richtige Welt. Dies ist die Welt der Dämonen. Und Sie sind einer von ihnen.«

Ein seltsames Gefühl meldete sich in Brooks Magengegend. Etwas in ihm krampfte sich zusammen. Langsam kam alles ans Tageslicht. Zugleich spürte er, wie es ihm insgeheim irgendwie schmeichelte, dass Röhl ihn als »Dämon« bezeichnete. So hatte ihn, da war Brook sich sicher, noch niemand genannt. Ein Wort, das Kraft und Macht verhieß.

Brook war sich unschlüssig, was er tun sollte. Ein Geständnis hatten sie noch immer nicht.

Plötzlich beugte sich Hellkamp vor. Links von ihm auf dem Tisch lag ein großer brauner Umschlag, den Brook erst jetzt registrierte. Hellkamp musste ihn mitgebracht haben. Er holte Fotos aus dem Umschlag, großformatige Abzüge der Tatorte in Wohltorf und Steilshoop, Fotos von den verstümmelten Leichnamen und von der mit Blutspritzern übersäten Küche der Wohnung, in der Bernhard Röhl sich bei der Festnahme aufgehalten hatte.

Hellkamp schob Röhl die Fotos hin. Der sah nicht hin, sondern starrte wieder zwischen Hellkamp und Brook hindurch auf den großen Spiegel.

»Sehen Sie sich die Bilder an«, sagte Brook barsch.

Bernhard Röhl war wieder in diese seltsame, leblos wirkende Starre verfallen.

»Hier können Sie sehen, was Sie Ismael und Sarah angetan haben.«

Brooks Worte schienen nur langsam zu Röhl vorzudringen. Er sah vor sich auf den Tisch, auf einige der Fotos, die Hellkamp zu ihm herüberschob. Röhl bewegte seine Lippen und schien zu sprechen, aber es war kein Laut zu hören.

»Abraham!«, sagte Brook laut und scharf.

Röhl blickte zu ihm auf, seine Augen sahen ihn an wie durch einen Schleier, als könnten sie ihn gar nicht richtig wahrnehmen. Langsam füllten sie sich mit Tränen.

Seine Worte kamen langsam, zögerlich und leise. »Ich habe nur getan, was der Herr von mir verlangte, aber ich … Das habe ich nicht getan. Das ist das Werk von Dämonen.«

»Was haben Sie *denn* getan?«, fragte Brook.

»Ich habe Ismael beschnitten. Der Herr hat gesagt, dass ich meinen Sohn beschneiden soll. Dass man daran jetzt und in alle Zukunft seine Söhne erkennen wird. ›Und Abraham war neunundneunzig Jahre alt, da er die Vorhaut an seinem Fleisch beschnitt. Ismael aber, sein Sohn, war dreizehn Jahre alt, da seines Fleisches Vorhaut beschnitten ward.‹«

Brook nickte. »Und Sarah? Was war mit Sarah?«

»Sie hat mir ein Kind geschenkt.« Röhls Augen leuchteten auf einmal. »Meinen Sohn Isaak, wie der Herr es versprochen hat. ›Da sprach er: Ich will wieder zu dir kommen über ein Jahr; siehe, so soll Sarah, dein Weib, einen Sohn haben.‹ Es war ein Wunder!«

»Sie haben das Kind also auf die Welt gebracht?«

»Ja, genau.«

Brook sah Hellkamp an. Der nickte.

Das war es also. Der Mann, der vor ihnen saß, hatte niemanden ermorden wollen. Er war ganz offensichtlich geistig verwirrt, aber er hatte niemals vorgehabt, jemanden zu töten, vermutlich noch nicht einmal zu verletzen. Sicher hatte er auch das Baby nicht töten wollen – vielleicht war es in seiner Phantasiewelt wunderbar versorgt worden. Gewickelt, gestillt. Nur in der Realität eben nicht.

Natürlich konnte Bernhard Röhls Auftritt immer noch Theater sein, aber Brook hatte das starke Gefühl, dass er dem Mann glauben musste. Doch auch wenn Röhl nicht vorgehabt hatte, zu töten: Trotzdem – oder gerade deshalb – war der Mann, der vor ihnen saß, gefährlich. Ein Wahnsinniger, vor dem man die Allgemeinheit schützen musste.

Sie hatten das Geständnis. Zusammen mit den gesammelten Beweisen würde es ausreichen, um Röhl zu verurteilen. Die Technik hatte noch am Wochenende so schnell es ging die DNA-Spuren von beiden Tatorten mit Bernhard Röhls genetischem Fingerabdruck verglichen. Sie stimmten überein. Außerdem würde Jens Eichbaum aussagen, dass er ihm das gestohlene Medikament verkauft hatte.

Es war zu Ende, das wusste Brook. Sie waren mit Röhl fertig, jetzt konnte der nächste Arm der Justiz sich mit ihm befassen. Brook lehnte sich zurück und sah sich Bernhard Röhl noch einmal an. Den Mann mit dem buschigen Schnauzbart. Er musste unwillkürlich schmunzeln bei der Vorstellung, der biblische Abraham habe einen Schnauzer wie ein Achtziger-Jahre-Fußballprofi getragen. Jetzt fiel Brook auch endlich ein, an wen Bernhard Röhl ihn die ganze Zeit erinnerte: an Walter Frosch, den legendären Verteidiger des FC St. Pauli, der Ende der Siebziger, Anfang der Achtziger die Mannschaft geprägt und eine Rekordzahl an gelben Karten eingefahren hatte.

Wie lange würde man Röhl wegsperren? Kranert war betäubt

worden und dann mit einem Messer verletzt. Schließlich war er erstickt – das war Körperverletzung mit Todesfolge. Jeder Verteidiger würde sagen: Wenn er ihn hätte töten wollen, hätte er ihm die Kehle durchgeschnitten. Das Baby war verhungert; das war Kindesentführung und fahrlässige Tötung. Und die alte Frau war ebenfalls betäubt worden und dann verletzt und am Blutverlust gestorben. Bei einem Mord musste eine ganz klare Tötungsabsicht vorliegen. Und das war bei Röhl, wie es aussah, nicht der Fall. Blieb nur die Hoffnung, dass er den Rest seines Lebens in der geschlossenen Psychiatrie verbringen würde.

Brook drehte sich um und sah sich selbst im Spiegel. Er hätte gern durch den Spiegel hindurchgesehen, um festzustellen, ob Thea Matthiesen dort noch saß. Jetzt würde die Soko aufgelöst und Matthiesen wie früher in ihrem Büro am anderen Ende des Flurs sitzen. Sie würden sich höchstens zufällig über den Weg laufen. Bis sie vielleicht wieder einen Fall hatten, der so kompliziert war, dass er eine neue Sonderkommission würde bilden dürfen.

Schade. Brook spürte ein wehmütiges Ziehen in der Magengegend.

Wirklich schade.

40

In der Abteilung VI des Klinikums Heidberg-Ochsenzoll waren an die zweihundert Straftäter untergebracht. § 63 und § 64 StGB hießen die Paragrafen, die regelten, dass Menschen hier eingeliefert wurden. Menschen mit psychischer Erkrankung, von denen einige bis ans Lebensende hierbleiben würden. Die sich nicht in die Gesellschaft fügten und deren Freiheitsstrafe in der geschlossenen Psychiatrie man als »Sicherheitsverwahrung« bezeichnete. Sicherheit der Menschen vor den Mördern oder Vergewaltigern, die hier einsaßen – und Sicherheit mancher dieser Menschen vor sich selbst, vor ihren Trieben, denen nachzugeben bedeutete, dass sie die Leben anderer zerstörten.

Der Untersuchungsrichter hatte nach Sichtung der Sachlage sofort entschieden, Bernhard Röhl statt in normale Untersuchungshaft hierher in den Maßregelvollzug zu überstellen. Bis zum Prozess würde es noch eine Weile dauern, so lange würde er in der forensischen Psychiatrie untergebracht bleiben – und danach vielleicht bis an sein Lebensende.

Brook saß Dr. Wallhorn gegenüber, Röhls behandelnder Ärztin. Draußen hatte der Herbst das Wetter nun schon seit Tagen endgültig fest im Griff, wie es schien. Es stürmte, und der Regen trommelte ans Fenster.

Dr. Wallhorn hatte ihre Ausführungen mit so vielen Fachbegriffen begonnen, dass Brook sie bremsen musste.

»Ich verstehe immer noch nicht genau, wie Sie das meinen. Ist Röhl schizophren?«

Die Ärztin nickte. »Herr Röhl leidet an dem, was wir Psychiater als ›paranoide Schizophrenie‹ bezeichnen. Dazu gehören Halluzinationen und Wahnvorstellungen. Die meisten Patienten hören Stimmen.«

»Stimmen?«

»Ja, Stimmen, die ihnen zum Beispiel Befehle erteilen.«

»Hat Röhl auch Stimmen gehört?«

»Es sieht so aus. Es ist schwer, an ihn heranzukommen. Seine Psychose ist so weit fortgeschritten, dass er stundenlang nicht ansprechbar ist und in seiner Traumwelt lebt. Und wenn er klar ist, kann man auch kaum mit ihm arbeiten.«

»Wie meinen Sie das?«

»Für ihn haben sich die Realitäten umgekehrt. Seine Traumwelt ist für ihn real, so real wie für wenige Psychose-Patienten. Und die reale Welt ist für ihn ein Traum. Ein böser Traum.«

»Zumindest kam er aber in unserer realen Welt ganz gut zurecht, oder? Und seine Taten hat er auch ziemlich genau und detailliert geplant. Allein dass er sich ein Narkosemittel besorgt hat, um die Opfer vorher zu betäuben.«

»Da haben Sie recht«, sagte die Psychiaterin. »Dennoch war es in seinem Bewusstsein stets so, dass er wie durch einen Traum lief, wenn er seine Taten begangen hat.«

»Aber das geschah schon in unserer Realität?«

»Ja, in unserer Realität, die für ihn mittlerweile zum Traum geworden ist. Von daher musste er auch nicht darauf Rücksicht nehmen, ob er erwischt wird. Er brauchte aus dem Traum ja nur wieder aufzuwachen.«

»Deshalb hat er auch die Tür offen stehen lassen, als er Frau Heinemann getötet hatte?«

»Ja, weil er nicht fürchten musste, erwischt zu werden.«

»Aber er hat ja trotzdem den Computer aus der Wohnung mitgenommen.«

»Sind Sie sicher? Kann es nicht auch sein, dass die Tür offen stand, und dann ist jemand … nun ja, eingedrungen, hinterher, hat Wertsachen mitgehen lassen?«

»Mit einer so zugerichteten Leiche mitten im Raum?«

»Immerhin war es ja …« Sie blickte kurz auf die Zettel, die vor ihr lagen. »… in Steilshoop, nicht wahr. Da ist das ja vielleicht weniger unwahrscheinlich.«

Brook passte diese hochnäsige Art nicht. »Ob Sie's glauben oder nicht, dort wohnen auch Menschen.«

Dr. Wallhorn sah ihn an, als hätte sie ihn nicht verstanden. Dann lächelte sie. Warum, war Brook nicht so richtig klar. Er war mit seinen Fragen aber noch nicht am Ende.

»Kann man denn sagen, warum es zu einer solchen Psychose kommt?«

»Sicher. Hier spielen wohl mehrere Faktoren eine Rolle. Einmal Traumata, die noch aus der Kindheit herrühren. Soweit ich es bisher erfahren habe, hatte Herr Röhl einen sehr dominanten

Vater. Als die Mutter starb, musste sich Herr Röhl um seinen kleinen Bruder kümmern, der gerade erst zur Welt gekommen war.«

»Ja, das hat er uns auch erzählt.«

»Ich nehme an, dass da noch viel, viel mehr passiert ist. Wir kratzen gerade erst an der Oberfläche. Sie wissen, dass der Vater sich umgebracht hat?«

»Was?« Brook sah die Ärztin erstaunt an.

»Hier habe ich den Polizeibericht, 13. Oktober 2005. Suizid durch Erhängen. Bernhard Röhl hat die Leiche entdeckt, im Wohnzimmer des Hauses, das er zusammen mit seinem Vater bewohnte.«

»Das ist ja furchtbar.« Furchtbar fand Brook in diesem Moment aber auch die Schlamperei, dass sich im Laufe der Ermittlungen niemand darum gekümmert hatte, die weiteren Hintergründe zu erforschen. Das schloss ihn selbst natürlich ein. Nun, es war ja auch alles sehr schnell gegangen, sagte er sich, und ob ihnen diese Information als großer Erkenntnisgewinn vorgekommen wäre, war auch zu bezweifeln.

»Sie sagen es. So etwas kann sehr belastend sein, wenn man ohnehin eine eher labile Psyche hat. Wenn man als Kind misshandelt wurde, zum Beispiel. Vieles deutet bei Röhl darauf hin. Und wenn dann, etwas vereinfacht ausgedrückt, die unterbewusste Freude darüber, dass der gewalttätige Vater tot ist, mit der erlernten Moral und – in diesem Falle – einem sehr gläubigen Überbau, der schon in jungen Jahren erlernt wurde, kollidiert, dann kann das schwerwiegende Folgen haben. Von der physischen Komponente ganz zu schweigen.«

»Welche physische Komponente?«

»Sie scheinen ja nicht viel über meinen Patienten zu wissen.« Dr. Wallhorn sah Brook über den Rand ihrer Lesebrille hinweg streng an, und er fühlte sich sofort wie auf der Schulbank. »Aber dass Herr Röhl Frührentner war, ist Ihnen schon bekannt, oder?«

Brook nickte.

»Sie wissen aber nicht, warum.«

Brook schüttelte den Kopf.

»Er hatte einen Gehirntumor. Das war 2006. Er ist in St. Georg behandelt worden, Strahlentherapie, Chemo, alles erfolgreich.

Aber es kann durchaus sein, dass auch der Tumor Mitauslöser der Psychose war.«

»Tatsächlich?«

»Das kommt schon vor. Auch ein Schädelhirntrauma kann eine Psychose auslösen oder eine Hirnhautentzündung. Wir haben leider noch keine Ahnung, wie lange die Psychose bestanden hat. Immerhin kann ich mir gut vorstellen, dass Herr Röhl den Tumor als Strafe Gottes aufgefasst hat – dafür, dass er sich insgeheim über den Tod seines Vaters freute. Was wiederum auch ein Trauma zur Folge gehabt hätte.«

»Sie sagen, Sie wissen nicht, wie lange die Psychose schon bestand. Aber er hat doch erst jetzt die Taten begangen.«

»Das schon, aber er kann diese Bilder, seine Zweitwelt, sagen wir mal, schon länger im Kopf gehabt haben. Einfach so, wie einen Traum, aber ohne dass er fähig war, darin zu agieren. Vielleicht seit dieser schwierigen Zeit, 2005, 2006. Irgendwann aber hat seine zweite Realität dann so stark auf die Wirklichkeit übergegriffen, dass er im realen Leben Dinge tun konnte, ganz bewusst, die ihm in seiner Traumwelt halfen. Das Chatten im Internet zum Beispiel. Und auch, dass er in der erträumten Welt wirklich *handeln* konnte. Erst- und Zweitwelt sind eine Verbindung eingegangen, verstehen Sie? Das ist dann vielleicht im Laufe des letzten Jahres passiert oder der letzten Monate oder Wochen.«

Brook hatte sich eigentlich vorgenommen, sich Notizen zu machen, aber bis jetzt war die aufgeschlagene Seite des Blocks in seiner Hand leer. So interessant er es fand, ein paar Hintergründe zu erfahren, die vielleicht später auch bei anderen Fällen halfen, allmählich hatte er genug vom Fall Röhl. Ihm graute schon vor dem ausführlichen Bericht, den er nun endlich schreiben musste.

»Wie dem auch sei«, fuhr Dr. Wallhorn fort, »auf jeden Fall ist Herr Röhl ein Mensch mit einem sehr hohen Unrechtsbewusstsein. Höher als bei anderen Menschen, möchte ich sagen.«

»Wie bitte?« Brook sah die Ärztin fragend an.

»Das kleine Kind, der Säugling. Er hat ihm kein Haar gekrümmt, sondern die Waffe gegen sich selbst gerichtet.«

»Aber trotzdem ist das Kind tot.«

»Ja, das ist bedauerlich ...« Dr. Wallhorn blickte an Brook

vorbei. »Immerhin, das wollte er sicherlich nicht. Er war von der Situation überfordert.«

»Aber er hat zwei Menschen umgebracht.«

»Da ist er ganz anderer Meinung. Er hat nur Gutes getan. Einen Plan erfüllt. Das glaubt er, ganz fest.«

Brook winkte ab. »Jaja, Beschneidung, Geburt, Opfer. Diese Geschichten aus der Bibel. Das kennen wir ja schon. Wahrscheinlich hat er kurz zuvor noch in der Bibel geblättert, und da ist ihm aufgefallen, dass Abraham Isaak gar nicht tötet.«

»Kann schon sein.«

»Eines wüsste ich aber gerne noch. Warum gerade Abraham?«

»Kennen Sie die Geschichte von Abraham?«

»In Grundzügen.«

»Ich kann es mir bislang nur mit einer Identifikation mit dem Vater erklären. Abraham ist der Gründer des Stammes Israel. Der Stammvater. Sogar sein Name heißt übersetzt ›Vater vieler Völker‹. Wenn Sie so wollen, ist Abraham *der* Vater schlechthin. Nicht nur der Israeliten, sondern, zumindest der Interpretation von Herrn Röhl nach, der ganzen Menschheit. In seiner Zweitwelt scheint Herr Röhl zu glauben, dass er die Menschheit erlösen kann. Ihr einen neuen Start gewähren, sozusagen.«

»Identifikation mit dem Vater? Aber Sie sagten doch etwas von Misshandlung und so?«

»Das muss nicht dagegensprechen. Im Gegenteil. Wir hassen nicht automatisch die, die uns quälen. Vielleicht wollte er aber auch nur der bessere Vater sein. Dazu passt auch, dass er sich um seinen Bruder kümmern musste, als sei er selbst eine Art Ersatzvater. Wie ich Ihren Unterlagen entnommen habe, hatte Herr Röhl zu seinem Bruder ein enges Verhältnis?«

Brook nickte.

»Sicherlich hat die Identifikation mit Abraham mit dem Tod des eigenen Vaters zu tun. Die Vaterrolle wurde frei, und er hat sie gewissermaßen übererfüllt, indem er sich zum Vater aller machte. Aber das kann ich noch nicht genau sagen, ich stehe ja gerade erst am Anfang der Therapie.«

Brook hatte genug gehört und merkte auf einmal, wie müde er wurde. Er bedankte sich, stand auf, nahm seinen Mantel und murmelte eine Verabschiedung.

Als er schon an der Tür war, sagte Dr. Wallhorn: »Eine Frage noch, Herr Brook. Herr Röhl sagt immer wieder, er sei das ›blutende Herz Jesu‹. Wissen sie, was er damit meint?«

Brook hielt kurz inne und überlegte, ob er ihr von der ominösen Sekte erzählen sollte. Doch er entschied sich dagegen, verneinte und ging.

Draußen sah er auf die Uhr. Heute würde er früh Feierabend machen. Er konnte jetzt gut einen oder zwei Grappa vertragen. Auf zur Osteria Veneta.

Epilog

Ende September saßen Brook und Hellkamp zusammen mit Judith Röhl in Brooks Büro. Pastor Röhls Frau war tatsächlich mit ihren Kindern in Dänemark gewesen, wie Hellkamp vermutet hatte. In einem Sommerhaus, das dänischen Verwandten einer Freundin gehörte, kurz hinter der Grenze. Die hatte ihr dort auch mitgeteilt, dass ihr Mann sich umgebracht hatte. Die Zeitung, in der sie es gelesen hatte, hatte diese Freundin glücklicherweise nicht mitgehabt. Aber sie nahm die älteren Kinder mit zu sich nach Flensburg, während Judith Röhl allein mit dem Baby im Haus blieb. Sie hatte darum gebeten. Judith Röhl war es gewohnt, ihren Schmerz und ihre Trauer allein zu verarbeiten.

Letzten Samstag hatte sie die Kinder wieder holen wollen und war nach Flensburg gefahren, und dort hatte ein Streifenwagen ihren Wagen identifiziert, nach dem immer noch gefahndet wurde.

Nun saß sie Brook und Hellkamp gegenüber. Alle drei hatten eine Tasse Kaffee vor sich. Judith Röhl war sehr offen und erzählte alles, was sie auf dem Herzen hatte.

Sie erzählte, dass sie schon länger geahnt hatte, dass ihr Mann sie betrog. Und nachdem zum zweiten Mal ein Anruf gekommen war, bei dem jemand ohne etwas zu sagen auflegte, hatte sie ein neues Telefon gekauft, das ein Display hatte. Beim nächsten Anruf hatte sie sich die Nummer aufgeschrieben. Ein Blick ins Internet hatte genügt, um festzustellen, dass der Anrufer in Aumühle oder Wohltorf wohnte.

Sie war mehrmals kurz davor gewesen, selbst dort anzurufen und die Person zur Rede zu stellen. Aber sie hatte schließlich doch zu große Angst gehabt. Vor allem Angst davor, dass dort keine Frau am anderen Ende der Leitung war, sondern ein Mann.

»Ich habe Ihnen etwas mitgebracht.« Judith Röhl holte ein Bündel Briefe aus ihrer Umhängetasche. »Das sind Briefe von Bernhard an Volker, in denen er ihm sagt, er müsse sein Gewissen erleichtern. Er habe sich der Wollust hingegeben und müsse bereuen, so in der Art etwa. Falls Sie die haben möchten?«

»Das ist nicht nötig, vielen Dank.«

»Dann werfe ich sie halt weg. Ich möchte nicht mehr als nötig an Bernhard denken müssen. Und auch nicht daran, was Volker getan hat.«

»Darf ich Ihnen auch etwas zeigen?«, fragte Brook.

Judith Röhl nickte.

»Wir haben einen Abschiedsbrief bei Ihrem Mann gefunden.« Brook hatte den Brief schon bereitgelegt. »Möchten Sie ihn sehen?«

»Ja, gerne.«

Judith Röhl las die letzten Worte ihres Mannes aufmerksam durch, dann seufzte sie und gab ihn Brook zurück.

»Möchten Sie ihn behalten?«

Sie schüttelte den Kopf.

»Darf ich Ihnen dazu noch eine Frage stellen?«, fragte Brook.

»Natürlich.«

»Was kann Ihr Mann gemeint haben mit: ›Zwei der größten Sünden habe ich begangen‹?«

»Er hat mich betrogen, das ist sicherlich die eine Sünde.«

»Und die zweite?«

Judith Röhl zögerte. »Die alte Frau Jansen.«

Brook blickte sie fragend an. Man sah ihr an, dass es ihr schwerfiel, weiterzureden, aber schließlich seufzte sie und erzählte, dass ihr Mann es nicht mehr hatte mit ansehen können, wie es Frau Jansen immer schlechter ging, und als sie ihn gebeten hatte, ihr ein Schlafmittel zu besorgen, hatte er eingewilligt.

»Sterbehilfe«, sagte Frau Röhl. »Das ist die zweite Sünde. Ich habe versucht, es ihm auszureden, aber er wollte nicht auf mich hören. Ich wusste, wie sehr es ihm hinterher zu schaffen machen würde, aber er hat sich so lange um Frau Jansen gekümmert, er konnte ihr diesen Wunsch nicht abschlagen. Wie auch immer, ich werde das Gefühl nicht los, dass Bernhard auch für Volkers Tod verantwortlich ist. Dass er ihn zu sehr unter Druck gesetzt hat wegen der Affäre. Mein Gott, ich hätte ihn deswegen doch nicht umgebracht!«

Sie schien selbst ein wenig überrascht über ihre Wortwahl und verstummte.

Nur ein Punkt schien Brook jetzt noch offen zu sein, an dem sie selbst bislang nicht wirklich weitergekommen waren: das »Blutende Herz Jesu«.

»Frau Röhl, kurz nach dem Tod Ihres Mannes hat Ihr Schwager uns erzählt, dass Ihr Mann sich im Laufe des letzten Jahrs verändert hat.«

»Wie meinen Sie das?«

»Die Sache mit dem Fernseher zum Beispiel.«

Die Frau sah ihn mit fragendem Blick an. »Was meinen Sie?«

»Hat Ihr Mann denn nicht Ihren Fernseher zum Sperrmüll gebracht?«

Sie schüttelte den Kopf. »Das muss ein Irrtum sein. Wir haben noch nie einen Fernseher besessen. Wissen Sie, wir lesen lieber.«

Brook sah sie überrascht an. »Und der Kontakt zwischen Ihrem Mann und seinem Bruder?«

»Ich weiß nicht. Bernhard hat ihm zwar diese Briefe geschrieben, und dass diese Briefe existierten, habe ich ja auch mitbekommen. Aber sie haben sich sehr selten getroffen, soweit ich weiß. Ihr Verhältnis war nicht wirklich gut. *Ich* habe ihn jedenfalls seit Jahren nicht mehr gesehen und auch nicht mit ihm gesprochen. Das letzte Mal war auf der Beerdigung von Volkers Vater. Das muss an die sieben, acht Jahre her sein.«

Fehlanzeige, dachte Brook, als Frau Röhl gegangen war. Ob es das »Blutende Herz Jesu« überhaupt wirklich gab? War nicht Volker, sondern vielmehr Bernhard Röhl Mitglied dieser Gruppe gewesen? War seine Bemerkung der Psychiaterin gegenüber, *er* sei das blutende Herz Jesu, so zu verstehen? Oder doch eher so, dass er sich das Ganze ausgedacht hatte? Vielleicht um sie alle auf eine falsche Fährte zu führen?

Es war immerhin seltsam, dass niemand eine solche Gruppe kannte. Die Sektenbeauftragte des Senats ebenso wenig wie das BKA, selbst im Internet hatten sie absolut nichts über eine solche Gruppe finden können.

Er musste kurz danach suchen, dann hielt er den Brief in der Hand, den Bernhard Röhl seinem Bruder geschrieben hatte.

Du bist immer für mich da gewesen …

Ich rechne dir hoch an, dass du dich mir anvertrautest …

Wenn Judith Röhl die Wahrheit sagte – und warum sollte er daran zweifeln? –, dann hatten die Brüder kein so enges Vertrauensverhältnis gehabt, und dann musste man auch bezweifeln, dass der Pastor seinen Ehebruch dem Bruder anvertraut hatte. Aber er hatte davon gewusst, und sicherlich hatte Bernhard Röhl seine erste Tat, den Mord an Folke Kranert, auch so arrangiert, dass er am selben Ort und zur selben Zeit stattfand wie Volker Röhls Affäre. Also musste er ihm nachspioniert haben.

Warum nur hatte er dann den Brief so formuliert, dass es schien, als habe Volker Röhl seinen Bruder ins Vertrauen gezogen? Was hatte er sich davon versprochen? War das Teil seiner Schizophrenie, hatte er noch andere Wahnvorstellungen? Langsam begann Brook sich über sich selbst zu ärgern, dass er Judith Röhl das Briefbündel wieder hatte mitnehmen lassen.

Brook seufzte.

»Nun ist aber mal gut!«, sagte er laut zu sich selbst.

Am selben Abend machte Brook pünktlich Schluss. Noch einmal zur Toilette, dann würde er nach Hause fahren. In seine einsame Wohnung. Wie jeden Abend. Vielleicht auch noch in die Osteria, wenn ihm die Decke auf den Kopf fiel.

Auf dem Flur vor der Teeküche traf er Matthiesen, die gerade ihren Kaffeebecher in die Spülmaschine gestellt hatte. Sie trug schon ihren Mantel und war offenbar gerade dabei, ebenfalls Feierabend zu machen. Brook wünschte ihr einen schönen Abend und wollte weitergehen.

Aber sie sagte: »Wollen wir nicht noch ein Bier trinken gehen? Ich habe noch keine Lust, nach Hause zu fahren.«

Brook murmelte, er habe keine Zeit. Ein andermal gern.

Sie sah einen Moment enttäuscht aus. Dann wünschte sie ihm ebenfalls einen guten Abend und ging den Flur hinunter.

Als sie schon fast an der Feuerschutztür war, die zum Treppenhaus führte, hörte sie hinter sich Brooks Stimme: »Moment, Matthiesen! Äh, ich meine, ich komme gerne mit. Bin sofort fertig.«

Sie sah sich um und lächelte.